A TECELÃ DE SONHOS

ANGELA DUTRA DE MENEZES

A TECELÃ DE SONHOS

EDITORA RECORD
RIO DE JANEIRO • SÃO PAULO
2008

CIP-Brasil. Catalogação-na-fonte
Sindicato Nacional dos Editores de Livros, RJ.

Menezes, Angela Dutra de
M51t A tecelã de sonhos / Angela Dutra de Menezes. –
Rio de Janeiro: Record, 2008.

ISBN 978-85-01-08195-7

1. Romance brasileiro. I. Título.

08-2948. CDD – 869.93
CDU – 821.134.3(81)-3

Capa: Carolina Vaz

Imagem de capa: Ulla Nyeman/Getty Images

EDITORA RECORD LTDA.
Rua Argentina 171 – Rio de Janeiro, RJ – 20921-380 – Tel.: 2585-2000

Impresso no Brasil

ISBN 978-85-01-08195-7

PEDIDOS PELO REEMBOLSO POSTAL
Caixa Postal 23.052
Rio de Janeiro, RJ – 20922-970

Berenice nasceu de histórias imaginadas, ouvidas e vividas. Cresceu no encontro de diferentes pessoas, emoções e lembranças. Tornou-se independente quando, um dia, a autora deste livro acordou numa UTI, tomou a pílula do doutor Caramujo e desandou a falar.

Através dos tempos, muita gente me ajudou. Agradeço especialmente a:

Monteiro Lobato, o mais lindo escritor brasileiro. "Moro" em *Reinações de Narizinho* há mais de meio século.

Meus filhos Maria Claudia e Marcus van der Wal, que, me ofertando o mundo, permitem-me escrever sobre ele.

Minha prima-irmã Maria Aparecida Secco, única com quem ainda posso recordar a infância.

Meus avós maternos Maria Gaio de Castro e Antônio Gonçalves de Castro Júnior — precisei ter netos para descobrir a imensidão da paciência e do amor de ambos.

Doutora Glória Patrício, com quem tento compreender os meus caminhos.

Doutora Kátia Mano, amiga e dentista mãos-de-fada. Kátia me deu as dicas sobre a sua profissão, a mesma de Berenice. Os possíveis erros sobre a ciência odontológica são de total responsabilidade da autora, não cabendo a Kátia nenhum ônus.

(...) Emília, na varanda, balançava-se
numa pequena rede.
A boneca pensava na vida, com idéias
de virar escritora de histórias. (...)

Reinações de Narizinho.
Monteiro Lobato, Editora Brasiliense, 1956

Sumário

Bip, bip, bip...

Vozes altas, objetos metálicos entrechocando-se, gargalhadas. Som de pagode. O barulho a surpreende: samba é o ritmo do CTI. Pandeirinho sincopado, o mesmo que o filho de Dorotéia prometera tocar em seu casamento.

Casamento?

Berenice tenta se mover. Sobrevivera. Lembra-se de Dona Aranha, dos primeiros socorros, do helicóptero, início da barafunda que acabara em cirurgia. Inspira, o ar entra com facilidade. Inspira novamente e, novamente, o ar lhe enche o peito. Tranqüiliza-se. Cortaram-lhe o pulmão esquerdo, mas ela respira com facilidade. Berenice pensa em Deus — "obrigada, estou viva".

O peito, as pernas, a cabeça, as costas, todo o corpo dói. Uma enfermeira se aproxima, falando sem parar. Cada palavra muitos decibéis acima do necessário:

— Oi, como vai? Hora de levantar. Vamos mexer o corpo, estimular a circulação...

Ágil, enfia um braço sob o tórax de Berenice, tentando movê-la. O gesto a corta de dor. Quer protestar, a voz não sai. A cabeça roda nas palavras da enfermeira, mexendo, cutucando, perfurando, falando, falando, falando profissionalmente assustada:

— Doutor, depressa, o leito seis.

Correria. Ritmado, o alerta de um aparelho — bip, bip, bip. Calmamente, Berenice respira. Inspira e expira, curiosa em descobrir quem morre no leito seis.

— Berenice, Berenice.

Sente os tapas no rosto, alguém chama o seu nome. Inspira. Desta vez, não consegue. Um tubo rasga a sua garganta, suprindo-a de ar. A luz forte, subitamente acesa, reconforta-a. Envolta em confusos sentimentos de perdas e reencontros, de medo e de muito alívio, Berenice descobre: "O leito seis sou eu."

Olha o relógio na parede: dez horas, três minutos, quase cinco segundos.

Tanto, tanto silêncio.

Berenice, irmãos & Dorotéia cia. ltda.

Gente viva não respira. Ou melhor, não repara respirar. Repara — isso, sim — no sol manhoso, amoroso, escorregando na pele gostosa de morenice.

Berenice acaba de chegar da praia. Corpo morno de verão. Mole, cansado, aquecido. Seu primeiro momento sensual, ela mal completou três anos. A babá lhe dá um banho. Depois, hora do almoço.

— Não gosto.

— Não tem que gostar, tem que comer.

— Não.

A babá finge ir embora, Berenice chora.

— Não faz cena.

Não é cena, é choro verdadeiro. Berenice adora a babá e, para não vê-la partir, resolve engolir as lágrimas. Junto, o prato de arroz com feijão, franguinho e o maldito espinafre. Gosto amargo de mato, o amor é complicado, desvenda precocemente.

— Promete não fazer manha?

Dá um beijo na babá, concorda com a cabeça. A mulata põe Berenice na cama para o soninho da tarde, cantando algumas toadas que — passa boi, passa boiada — Berenice não esquece.

Pombinha branca,
O que estás fazendo?
"Tô" lavando roupa
Para o casamento
A roupa é muita
E eu sou vagarosa,
Minha natureza
É de preguiçosa.

"Preguiçosa, preguiçosa." Entra ano, sai ano, os irmãos não dão sossego. Também, analisa Berenice, precisava nascer mulher e, ainda por cima, desajeitada? Se os meninos soubessem que ela esconde outras Berenices, talvez não implicassem tanto. Mão-de-obra dividir-se entre a menina comportada, de lacinho no cabelo, e duas muito malucas: uma com fome de farra, outra com gosto de lua.

Tanto uma quanto a outra inventam mil novidades na rotina protegida da Berenice educada, que, na verdade, prefere conviver com suas versões menos sérias. Sente-se mais feliz na pele dos alter-egos execrados pelo mundo das pessoas bem-nascidas. Nostálgica, Berenice lamenta que a família renegue a Maluca e a Liberdade. Se conseguisse amarrá-las, criando uma só pessoa, Berenice viveria a Berenice de fato, que nunca lhe permitem ser. Na ânsia de conservá-las, não perder seu eu correto, Berenice Comportada esconde as outras faces no fundo do coração.

Conforme a necessidade, recorre a cada uma. Às vezes, surge a errada e se instala a confusão.

Felizmente, eu existo, agradece a Berenice Liberdade — a tal, com fome de farra — distribuindo cabos de vassouras em pontos estratégicos. Os irmãos e seus amigos, valentes cavalos, pularão obstáculos. O intransponível, o revelador do puro-sangue mais puro, equilibra-se entre o banheiro de empregada e a caixa-d'água construída no meio do quintal. Desafio assustador, não à toa é rigorosamente proibido pela mãe, pelo avô, pela avó, pela tia, pela babá, por todos os adultos da casa.

Gente chata, ninguém repara a perfeição do óbice — é assim que fala o avô advogado? — construído com dois engradados de cerveja, coroados por baldes emborcados, pontos de equilíbrio dos cabos de vassoura. Muito animal importante já se esborrachou ali. Inclusive o do rei da Inglaterra, um vistoso alazão denominado Camoneboy (segundo os outros cavalos, Camoneboy, antes de ir para Buckingham, era o animal preferido do mocinho Roy Rogers). Berenice aprende cedo. Mocinhos, principalmente os metidos a corajosos, sempre acabam se estrepando. Não é que, um belo dia, saltando o famoso obstáculo, Camoneboy aterrissa dentro da cisterna destampada? Destino humilhante para o herói mundial, Camoneboy não merecia. Mas a vida é assim, ensina a babá: cedo ou tarde, todo mundo cai do galho.

Correria, gritaria, o irmão do meio — que, segundos antes, incorporava Camoneboy — debate-se dentro d'água, com medo de se afogar. Salva-o a esperteza da mãe, atirando na cisterna a bóia de pneu, apetrecho essencial para as manhãs de praia.

O susto transforma-se em festa. O irmão pára de chorar e inicia uma farra, recusando ajuda para voltar à terra firme. Vira Simbad, o marujo, apesar da cara feia do avô, ameaçando colocar a tampa na caixa. Sinceramente comportada, Berenice, aflita, implora:

— Sai, Flopi, é perigoso.

Convenhamos, a mãe devia estar doida quando batizou o filho de Floriano. Absolve-o o irmão mais velho de nome também infeliz — Honório, mais conhecido por Lã, ninguém pergunte o motivo. Um dia, em cerimônia nobiliárquica, Lã nomeia Floriano *o mui digno cavaleiro Flopi, de aquém e além-mar*. Maquinação da Berenice Maluca que, depois, oferece chazinho em xícaras de plástico e caramelos Flopes, batutas para arrancar dentes moles.

A efeméride acaba em tragédia. O rei do Castelo, *sir* vovô, flagra o novo nobre — e toda a nobreza antiga, inclusive *lady* Berenice — fumando talos de samambaia. De castigo, descansam no calabouço, um dos quartos de empregada ainda desocupado. Tentando comover o soberano, a Berenice Maluca finge se descabelar, estratégia sem sucesso. Então, entra em cena a Comportada, chorando sentidamente. A chantagem funciona, o perdão real não demora. Enxugando as lágrimas, Berenice se enrosca no colo do avô, enquanto os irmãos comemoram. Só o caçula, pomposamente batizado de Alexandre Guilherme, nome que ele adora e que, de implicância, Berenice Maluca muda para Boggie-Woogie, continua impassível. Quieto, calado, ensimesmado, com o seu jeito de sempre. Exatamente o oposto do apelido que, aliás, pegou. A família inteira chama Alexandre Guilherme de Boggie-Woogie.

Liberada do castigo, a garotada, de rabo entre as pernas, dispersa-se rapidinho. Vale a pena a confusão. Após a cerimônia, Flopi esquece o Floriano. Até Boggie-Woogie, radicalmente contrário a codinomes, adota o novo epíteto.

Dentro da caixa-d'água, Flopi não parece disposto a colaborar com o clã, ansioso por trazê-lo à terra firme. Ri, afunda, sobe, volta a se agarrar na bóia. Malandro, muito malandro. Quando a encrenca aumenta e todos brigam com todos, Flopi pede ajuda para sair:

— Quero fazer pipi.

A avó aumenta o tom de voz:

— Aí, não. Esta água abastece a casa inteira.

Os cavalos relincham, gargalhando. A mãe dispersa a manada:

— Voltem para as suas casas.

Mas a cavalhada insiste, quer assistir ao malabarismo da babá, deitada no quintal, esticando-se para dentro da cisterna na intenção de pescar o quase-afogado. O motorista da família a segura pelos pés, pelas pernas, calcanhares. Berenice não entende tanta agitação de mãos, tanta alegria nos olhos. Afinal, Flopi naufragou e a babá, mergulhando para salvá-lo, corre risco de vida entre tubarões ferozes.

Subitamente, Berenice Maluca descobre que o chofer é Jack, o estripador, história que devorara num livreco. Antes dos cinco anos, catando sílabas no jornal, as Berenices, sozinhas, aprendem a ler. A família, conservadora e pudica, só descobre seu talento para decifrar palavras quando, xeretando um crime passional, assunto que adora, ela pergunta o significado de "castrar". Naquele tempo, anos 1950, ainda não haviam entrado em voga papos freudianos, de modo que ninguém conseguia sair pela tangente, explicando a existência de infelizes que "castram" os seus anseios. Num vôo de emergência, cabe à tia, especialista autodidata em vários ramos da medicina, esclarecer a dúvida.

Berenice fica em estado de choque. Apesar da pouca idade, sabe perfeitamente o quanto os irmãos valorizam os seus penduricalhos, detalhe anatômico que, aparentemente, é passaporte para as benesses da vida. Ao menos, muita coisa lhe é proibida apenas por ser menina. Ou seja, não portar os instrumentos que — quem diria? — existe quem aprecie cortar. Coitados dos irmãos, Deus os livre da trágica castração, reza todas as noites. Este fato, aliado ao trauma das festas natalinas, transforma todas as Berenices em pacifistas radicais.

Enquanto Berenice Maluca divaga, o irmão desaparece na água turva da cisterna e a babá, segura por seu Inaldo, joga o corpo na água, permanecendo apenas com os pés de fora. Assustada, Berenice grita. A avó a repreende:

— Não faz cena, Berenice. Quase que o seu Inaldo solta os pés da Anabela.

Berenice não grita pela babá, grita pelo estripador que, há menos de uma semana, cortou em mil pedaços o seu burrinho de *papier mâché*. Um brinquedo idiota. Quase em tamanho natural, esculpido sobre quatro rodinhas. Burrinho bobo, não servia para nada. Permanecia estático e, se a babá o puxava, andava em sem-gracice. Mas fora presente do avô e, apenas por isso, Berenice fingia apreciá-lo. Aliás, mesmo se não fingisse, jamais desejaria ao burro morte assim violenta. Tal assunto, infelizmente, conhece de cabo a rabo. Seu pai morrera em instantes após despencar de um cavalo e enfiar a cabeça num pedregulho pontudo. Ela, recém-nascida, ignorou a tragédia e, apesar dos esforços, não consegue lembrar dele — embora sinta saudades. Enquanto Berenice Maluca inventa um enredo assombroso envolvendo o motorista, o burrinho esquartejado e o pai esborrachado, Flopi é resgatado anunciando:

— Mijei.

O mundo vem abaixo. Berenice não duvida, adultos são malucos. Todos se desesperam como se o Flopi mijasse algum veneno mortífero. Misturado à água da cisterna — milhares de litros —, o pipi, se é que pipi existe, transformara-se em coisa alguma. Mas Flopi é castigado: uma semana sem sair de casa. Tempo que aproveita para, com a cumplicidade da cozinheira, derreter todos os soldadinhos de chumbo de Lã e transformá-los, num molde de caixa de fósforos, em goleiro de time de botão. O melhor do mundo chama-se Grosics.

— Ué, e o Veludo?

— Boba, o Veludo é ótimo, mas tem nome de cachorro. Goleiro com nome de goleiro é o Grosics.

— Me deixa ficar no gol?

— Menina não é goleiro.

— Por que não?

Lã e Flopi não facilitam, cumprem os papéis sociais. Apesar dos times incompletos, relutam em permitir que a irmã faça o papel de *kepper*. Nem desconfiam que ela, apesar de pequenina, já descobriu, há tempos, a qual sexo pertence. Gosta de jogar no gol para olhar de pertinho as coxas dos jogadores. Tanto Berenice insiste, que os dois cedem:

— Tá, vá para o gol. Mas não se atire no chão, nem cuspa. Ouviu?

Berenice desconhece a função dos goleiros imóveis. Resultado da peleja: 15 x 3, para o lado adversário. Lã não deixa barato, arrasa Berenice. Flopi a chama de "gorda". Boggie-Woogie escuta sem se manifestar. Berenice enfrenta os irmãos, não entende como pode amar meninos tão idiotas. Afinal, não foram eles que a mandaram não se mover? Distante das preocupações afetivo-desportivas de Berenice, Lã continua a censurá-la a golpes de machado:

— Por que você faz tudo errado? Menina não serve pra nada.

Humilhada, concorda com o irmão. Mulher não serve pra nada, nem para goleiro. Se ainda fosse bela, graciosa, penteada, alguma coisa certa que se espera das meninas, principalmente as ricas. Qual, apesar dos renovados esforços da mãe — bons vestidos, bons sapatos, bons perfumes, bons-de-um-tudo —, Berenice é um desastre. Além de fazer xixi na cama, só anda descabelada, descalça e distraída. Por sua culpa exclusiva, a família perde o chofer de décadas.

Depois de confundi-lo com o famoso assassino das madrugadas londrinas, Berenice recusa-se a sair de carro. Nem para ir à escola. Chora e esperneia, arma tamanhos escândalos que o avô desconfia das intenções do empregado. Aperta o homem daqui, aperta o homem de lá, enquanto Berenice, assustada, pendura-se no pescoço da avó, da mãe, da babá, da tia também maluca. As cenas dramáticas e conseqüentes suspeitas ofendem seu Inaldo:

— Se o doutor pensa que eu maltrato a menina, prefiro perder o emprego.

E apresenta as contas. Desastre para a avó, que adora seu Inaldo, ele sabe de cor cada igreja de cada santo do dia, 365 endereços, embora alguns se repitam. Mão-de-obra, nem os santos conhecem a data de todos os onomásticos. Só seu Inaldo e a avó realizam este milagre.

Já com seu Inaldo longe, o perigo afastado, Berenice confessa:

— Ele matou o meu burro, cortou-o em mil pedaços. Saiu das folhas do livro, é o esquartejador.

Muito a contragosto, Lã defende seu Inaldo. Ante a família muda — tanta e tanta maluquice, crianças encarnam o demo —, confessa a autoria da morte e do esquartejamento. Em noite de tempestade (horas após Berenice quebrar-lhe os carrinhos preferidos), passeava na savana africana quando encontrou um leão, disfarçado de burrinho. Lã pressentiu o desastre:

— Logo identifiquei que, na pele do burrinho, escondia-se, selvagem, uma fera carniceira. Boggie-Woogie e eu travamos imensa luta. Mas vencemos o inimigo.

Num fio de voz, a avó pergunta:

— Flopi também viajou à África?

— Não, preferiu dormir. Se ele entrasse na briga, o danado do leão morreria sem delongas. Três contra um é fácil. Mas sem Flopi, o bichou levou vantagem. Lutou tanto que até enfiou a rodinha — quero dizer, uma pata — dentro do meu olho esquerdo.

Finalmente esclarecida a conjuntivite que, há dias, preocupa a mãe. A tia-saúde-pública examina a vista do sobrinho. Assombrada, relata o diagnóstico:

— É um arranhão na córnea.

Despachado para o oftalmologista, o valente caçador esclarece que utilizou no homicídio a faca de cortar pão:

— Trabalhei sozinho. Seu Inaldo não se envolveu com a morte do leão. Ou melhor, do burro.

Como nada mais lhe é perguntado, retira-se para o médico, de onde retorna com um tampão no olho e rebatizado de *sir* Francis Drake. Novidade da tia doida, que não garante se Drake era caolho, mas garante ter sido pirata. Desnecessário explicar que Lã adora a novidade.

Inutilmente, a avó faz o possível e o impossível para o motorista voltar. Oferece-lhe mundos e fundos, além de astronômico aumento de salário. Ao saber da montoeira de dinheiro com que a avó pretende seduzir seu Inaldo, Flopi decide aprender a dirigir, economizar os salários e, um dia, comprar seu avião. Verdadeiro. Com hélices, bancos, instrumentos, do tipo que pousa e decola. O avô o provoca:

— Não posso lhe dar o emprego. Você é baixinho, não enxergará o tráfego.

Flopi argumenta que pode sentar num banquinho, igual ao das barbearias. O avô acha graça:

— Então, precisamos providenciar pernas de pau para você acionar os pedais.

Esperançoso, Flopi gruda no avô:

— Você manda fazer? O sapateiro da vovó arruma as pernas falsas. Ele não aumenta a vovó com plataformas?

Lã se ofende. Antes de o avô promover Flopi a motorista — e a futuro aviador —, precisa cumprir a promessa de construir o jardim zoológico no jardim. Com jaulas de grades pantográficas para não atrapalhar a entrada dos automóveis. Novamente, o avô pega carona:

— Mas quando a jaula grudar na parede, onde colocaremos os animais? É raro um caso como o seu e de Boggie-Woggie, que mataram um leão.

Cercada de conversas sem pé nem cabeça, a avó perde a paciência. Manda o marido e os netos pararem de falar bobagens. Coitada da avó, está triste e mal-humorada. A cozinheira acaba de lhe participar que seu Inaldo começara a trabalhar na casa vizinha.

Ao saber da novidade, Berenice Comportada adoece com a imensidão da injustiça cometida. Cala-se — o mais sério sintoma temido pela família — e fica esperando satanás vir buscá-la.

> *(...) Livrai-nos do fogo do inferno,*
> *levai as almas para o céu. Acolhei,*
> *principalmente, as mais necessitadas.*

Nada a atemoriza tanto quanto satanás. No sofisticado colégio de freiras, enquanto as colegas rezam em coro lideradas pelo padre de vozeirão, sotaque italiano e mau hálito (nem sempre nesta ordem), Berenice, tentando driblar o diabo, posa de peregrina do Novo-Mundo, desembarcando do *Mayflower* puxando um peru pela coleira — nunca acerta o idioma para conversar com a ave, o inglês de ambos é péssimo. Letícia, colega e amiga fiel, questiona a puritana que, fugida da Inglaterra, tropeça na língua de origem. Berenice não se aperta. Explica descender de Calvino:

— Só sei alemão. Mas, agora, o importante é enganar o demônio, entrei no rol das almas mais necessitadas.

Letícia recorda a infâmia contra seu Inaldo:

— A mentira é pecado capital.

— Eu não menti, eu pressenti.

Mesmo assim, reza, penitencia-se, esgota-se em promessas. Pelo sim, pelo não, continua se imaginando puritana e conversando com o peru calvinista. O coisa-ruim não aparece. Berenice ignora se pelas preces cristãs ou se pela pose romana. Consta, relata à Letícia, que o demo tem por hábito desprezar solenemente tanto as preces quanto a pose:

— Já que não veio e não me levou, o caso não foi tão sério.

As preocupações religiosas levam o desemprego de seu Inaldo a cair em exercício-findo. Auxilia o esquecimento do motorista a chegada do verão e das férias, trazendo a reboque o sol, a praia e, infelizmente, a desgraceira do Natal.

Quando a cozinheira, supervisionada pela avó, despeja a terceira caneca de cachaça na goela do peru católico, Berenice Comportada, que a própria Berenice confunde com a Berenice Medrosa, encolhe-se no banco do quintal. Matar o peru é torturar um animal indefeso. Como diz a babá, hora de cair do galho.

A via-crúcis do peru não parece nem um pouco com a facilidade com que a família mata galinhas. Produção industrial: a governanta as compra na feira, coloca-as sobre a mesa e, sabe-se lá como, hipnotiza-as. Assim, com o ar idiotizado de quem engoliu várias caixas de Valium 10, consolo da mãe nas noites de angústia, elas entregam o pescoço na maior descontração. Enfrentam a faca sem piar. Berenice não entende por que a governanta não patenteia o método de chapar galináceas. Enriqueceria.

Porém, no crime do peru há requintes de crueldade. O massacre começa em 20 de dezembro, quando a avó enfia um pterossauro, tal o tamanho da ave, numa caixinha de madeira de dimensões minúsculas, pomposamente denominado galinheiro, construído no fundo do quintal. Ali, torto e amassado, o infeliz permanece até a manhã do dia 23, início do ritual a que, entre fascinada e horrorizada, Berenice assiste anualmente. Desses festivais de brutalidade poderia emergir uma *serial killer*. Ou uma medrosa visceral. Acuada, Berenice Comportada embarca na segunda opção. Durante toda a vida só consegue assumir posição contra a pena de morte e a violência, não importa quais argumentos tentem justificá-las.

Opinião, aliás, dividida com as suas outras personalidades. Raramente elas concordam. Nesse caso específico, as três tornam-se radicais. Odeiam a morte e a tortura sustentando ideologias, servindo de instrumento do Estado, maltratando animais — humanos ou não — por vingança, por sadismo, em nome de qualquer líder, em honra a qualquer deus.

Explica-se: no íntimo, Berenice Comportada se identifica com o peru. Igual a ele, sente-se presa pelo não-existente. O peru, por um círculo de giz, que as empregadas desenham no chão. Ela, por algo tênue, que não identifica. Mas, no inexistente, Berenice e a ave enxergam uma muralha. Acuados, correm e se debatem. Ferem-se, mas não ultrapassam o metafísico limite, que os condena à morte.

Solidária ao peru torturado — entupido de cachaça, trôpego no espaço imaginário —, Berenice se angustia. Mas a mãe e a avó são gentis, não lhe permitem assistir à degola, praticada pelo jardineiro, assassino oficial das infelizes penosas que adentram sua casa. Grande coisa, conclui Berenice, o pior ela já viu: os minutos finais, quando o peru embriagado pressente o fim. Agita-se, distribui bicadas, tenta voar, caga-se inteiro — meu Deus, que horror. Aguardando a lâmina cortar o próprio pescoço, Berenice imagina como a mãe e a avó (tão boas, meigas e doces) conseguem esconder um lado negro. E como o jardineiro de mãos milagrosas, nascedouro de flores lindas, cultiva um perfil carrasco — será que, no mundo inteiro, as pessoas têm dois lados? Será que também é má?

Então Berenice Liberdade compreende que quem respeita limites impostos condena-se ao massacre. Assustada, enxerga ao longe um trator preparando-se para atropelá-la. É seu destino, dele não escapará. Berenice respira fundo e lembra da voz da mãe, volta e meia anunciando que, no mundo, há os fortes e os fracos. De tola, ela nasceu fraca e não existe conserto.

O pterossauro assassinado reaparece numa assadeira imensa, depenado e temperado. No fim da tarde, os criados o levam à padaria da esquina, onde passará a noite na geladeira industrial. Na manhã seguinte, entrará no forno, lado a lado com colegas igualmente portentosos. Na época, os minúsculos fornos domésticos não comportavam os exagerados espécimes. Finalmente, entre pêssegos e farofa, o executado ocupa lugar de honra no grande almoço que reúne a família festejando *um nascimento*. Credo, lamenta Berenice, o excesso de ignorância e crueldade seguramente provém da Inquisição. Talvez os adultos pensem que perus, de todos os quadrantes, são hereges calvinistas.

Traumatizada com o sacrifício das aves, Berenice Medrosa, ano após ano, não emite um som nas comemorações de Natal. Para evitar os irmãos implicando, esconde-se na Berenice Maluca, habituada a, eventualmente, caminhar muda e descalça pelos desvãos da casa, a cabeça divagando além do mundo da lua. Respeitosamente, Flopi observa:

— Quem sabe ela é mesmo protestante?

Lã perde a paciência:

— Protestantes, sua besta, também festejam o Natal. Berenice está fingindo ou é médium para, anualmente, entrar em órbita exatamente na data magna da cristandade.

Boggie-Woogie concorda, acenando a cabeça. A avó escuta e explica o engano de Lã: entre os cristãos, a Páscoa é a data magna:

— Deixem de falar bobagens, Berenice é tão católica quanto qualquer um de nós. Agora, passem daqui, o peru será depenado.

Berenice se tranca no banheiro e vomita, detesta o cheiro de penas queimadas. Só aprenderá a gostar das festas de fim de ano quando os filhos nascerem em uma época — louvado seja — em que os animais natalinos são comprados congelados. Cuidadosa, nunca informará às suas crianças que o peru, coitado, é um crucificado. Nem que o presunto é a coxa de um leitão engraçadinho, que morre se esgoelando.

Os natais são os momentos trágicos da infância de Berenice, que esquece o peru com a mesma facilidade com que esqueceu seu Inaldo. Passadas as dramáticas festas, anuncia-se a hora de roubar a tábua de Lã e pegar jacaré. Nada é fácil nesta vida, Lã guarda a tábua em locais inacessíveis. Mas Berenice é bamba em pegar ondas e em farejar esconderijos — desespero dos irmãos que preferem vê-la na areia, sestrosa e arrumada, conversando idiotices, como convém às meninas. Principalmente, as ricas. Todo ano, Lã se irrita:

— Você é um cachorro perdigueiro fantasiado de gente. Nunca vi faro igual. Onde eu enfio esta tábua, você consegue encontrar. Fosse mesmo um perdigueiro, daria menos trabalho.

Desgraçadamente, suspira Berenice, além de não ser cachorro, ela resume o avesso dos sonhos do clã. Desce em ondas, toma caldo, embrulha-se, emerge descabelada e, coroando a frustração coletiva, nasceu com faro canino, qualidade dispensável nas mocinhas refinadas. De tanto ouvir reprimendas quando entra ou sai da água, Berenice se considera um horror. Os irmãos não a desmentem. Boogie-Woogie a observa com olhos contrariados, Lã e Flopi não perdoam:

— Você não parece menina. É horrível, gorda, desarrumada.

Finalmente, após muita briga, os quatro chegam a um acordo. Berenice pode pegar jacaré desde que não grite — o berro vitorioso do macho triunfante — ao sobrepujar a onda. Trato feito, trato aceito. Em todos os oceanos, Berenice é a única a deslizar sem tugir nem mugir. Tira um pouco da graça, além de asfixiá-la. E, eventualmente, provocar sinusites e otites. O lado prático do grito é eliminar a água, que invade a garganta e o nariz. Mas, enfim, não se pode querer tudo. Discreta, ela agrada aos irmãos, aparentemente conformados com a caçula destrambelhada que lhes reservou a vida.

Além do mais — decide Berenice após o décimo jacaré perfeito, quase se afogando com o mar invadindo as suas vias aéreas superiores —, os manos são amorosos. Quando chove, convidam-na para acampar. As barracas são armadas com lençóis, colchas e reclamações da mãe.

Na brincadeira, os papéis são predefinidos. Boggie-Woogie é a sentinela; Flopi, ágil, o herói salvador; Lã, autoritário, assume a chefia. Quando não encarna Chita, a macaca do Tarzã, Berenice representa a cozinheira ou a heroína sem lar. Apesar do papel de segunda, não reclama. Não gosta de mandar, não escala cortinas e não tocaia inimigos. Melhor se fazer de macaco, de doméstica ou de infeliz. Descascando imaginárias batatas, Berenice avalia as circunstâncias e lamenta pelo futuro. Crescendo assim, a única opção será se tornar esposa de um riquinho educado, de sobrenome famoso, igualzinho em chatice à sua versão refinada. Realmente, uma lástima.

Nem sempre, descobre rápido. Às vezes, alguma ousadia vira o mundo de ponta-cabeça. A família perde o fôlego quando Berenice cisma de fazer pipi em pé, à maneira dos irmãos. Sem entender o motivo das proibições e espantos ante um simples pedido — até nos cantos da casa, a avó e a mãe conversam —, ela, sozinha, tenta urinar igual a eles. Cuidadosamente sobe na tampa da privada e molha as pernas, o chão, a tábua, arma uma bela lambança. Pede socorro à babá para limpar a sujeira e se enfia no banho, resolvida a continuar pipizando confortavelmente sentada. Gente velha é complicada, qual o problema de experimentar?

Resolvido o drama urinário, Berenice volta ao mar de Ipanema. O que é bom dura pouco. Não é que, num domingo, dominada pelo êxtase de um jacaré perfeito, Berenice solta um berro? Nossa, o mundo quase acaba. Lã arranca-lhe a tábua, Flopi a xinga de tudo, Boggie-Woogie some no mundo. Berenice enfrenta os três, volta ao mar e, sem tábua, desce no peito outra onda. Os irmãos se entreolham e resolvem abandoná-la. Muito valente, muito ousada, mas com eles do lado. Sozinha, Berenice se apavora. Chorando, aparece em casa comboiada por uma amiga da tia. Encontra a família preocupada, inclusive os irmãos. Sente um alívio feliz: pois não é que gostam dela?

Após este incidente — e durante algum tempo —, a praia lhes é vetada. Liberada, somente, a piscina da casa, quase sempre abandonada. Programa aborrecido. Piscina não esconde ondas, resume-se à pachorrice da mesma água azulada. Só é bom com amigos dispostos a aventuras subaquáticas. Brincadeiras perigosas. Há dois verões, um imenso tubarão quase morreu afogado. Salvou-o o seu Inaldo, que andava de bobeira e, por acaso, ouviu o berreiro das crianças. O tubarão, um vizinho, esqueceu de avisar que não sabia nadar e naufragou igual pedra. Flopi reclamava, enquanto o motorista — de uniforme e sapatos — resgatava o infeliz:

— Tubarão de meia-tigela. Deita no fundo e não ataca ninguém. Parece sardinha.

Depois do quase acidente, o avô fecha a piscina, reaberta há duas semanas, quando a tia-falsa-doutora surge com novo amor. Namorar, naqueles idos, somente dentro de casa. À tia cientista, apesar da sapiência, não permitem um segundo de chamegos. O castigo das crianças vira a desculpa perfeita para controlar o casal. Pela falta de opção — Berenice e seus irmãos conhecem, exatamente, a hora de resmungar com chance de algum êxito —, os quatro decidem conviver em relativa paz. Após as manhãs monótonas mergulhando na piscina, Berenice e a babá acompanham Flopi nas pescarias da tarde. Flopi adora pescar. Mas só fisga arraias pequenas e peixes-voadores. Estes morrem na hora. As arraias sobrevivem, um peixinho resistente. Flopi se irrita:

— Não é peixe, é tubarão.

— Só se for atropelado.

Ao voltar para casa, Berenice Comportada empilha os tubarões atropelados na geladeira. A avó quase desmaia quando depara com um edifício de arraias, arfando em descompasso, frágil construção prestes a desabar sobre uma caixa de figos:

— Tirem estes bichos daqui.

— Mas, vovó, eles vão apodrecer.

— Antes precisam morrer. Jesus, só na minha casa peixe morre de pneumonia.

Berenice corrige a avó:

— Não é peixe, é tubarão.

A avó a coloca de castigo, as arraias desencarnam no lixo, Flopi devora a caixa de figos. Ironizando, o avô participa necessitar de mais casos — cíveis, criminais, de família — para sustentar os netos em fase de crescimento:

— Comem, os danados.

A tia se casa e vai embora. Berenice adora ser a dama de honra na cerimônia da igreja. Arranjo de flor nos cabelos, vestido comprido de musselina cor do mar ressaltando-lhe o bronzeado. Caminhando lentamente para o altar, enquanto os músicos se esgoelam, decide que a festa pertence a ela — nem a noiva é tão bonita. Os irmãos se surpreendem:

— Olha a Berenice, parece gente...

Gente, não, dama de honra. Os meninos, uns idiotas, desconhecem a importância de tão alta posição. Um dia será duquesa, princesa, rainha. Flopi se dobra de rir:

— Só se for de um reino encantado.

Santa ignorância, Flopi não sabe de nada:

— Se a Narizinho casou com o herdeiro do Reino das Águas Claras, por que eu não casaria?

Os irmãos encerram a conversa:

— Voltou a Berenice Maluca. Quem é essa Narizinho?

Claro que, mesmo lindíssima, ela revida a implicância:

— Vocês são burros, precisam aprender a ler.

E se afasta portentosa, personificando a princesa Narizinho em seu vestido enfeitado com os peixinhos do mar. Todos os peixinhos, todas as cores nadando no azul do tecido, que não pára de faiscar, pois os bichinhos nadando e as algas ondeando transformam o seu traje em trama de madrepérola. Obra única de Dona Aranha, verdadeira jóia viva. Berenice não se recorda de outro dia em que se sentisse mais bela. Nem em seu próprio casório.

Uma tragédia despi-la após a festa. A gritaria é tanta que a avó, apesar de exausta e emocionada com o casamento da filha, entra no quarto para assuntar o acontecido. Em prantos, atrelada no pescoço da babá, Berenice recusa-se a despir a roupa-lindeza. Vovó a convence:

— Tira o vestido, Berenice, os peixinhos precisam descansar. E linda você já é. Flopi e Lã são uns bobos.

— Você esqueceu Boggie-Woogie.

— É meu neto mais comportado.

Na noite do casamento da tia, a princesa Berenice — banho tomado, camisola fresca e leve — adormece no colo do avô, feliz com a sua beleza, com as alegrias da vida.

Alegria transformada em angústia quando, na manhã seguinte, a família acompanha ao porto a tia e o marido, embarcando para a lua-de-mel: dois meses na Europa. Berenice não entende:

— A Lua fica na Europa?

Sorridente, a mãe explica:

— Não, minha filha. Lua-de-mel é o nome da primeira viagem de recém-casados. Eles vão para a Europa.

— A Europa fica na Lua?

Prático, o avô intervém:

— Esquece a Lua, Berenice. Sua tia vai para a Europa e ponto final.

Sobem todos ao navio para conhecer o camarote e para as despedidas finais. Berenice beija a tia com vontade de chorar. Pergunta quando ela volta, sente medo de adoecer ou se machucar:

— Sem você, quem cuidará de mim se eu ficar doente?

A tia a consola:

— Ora, Berenice, para isto existem os médicos.

— Mas você é o meu médico.

Assustada por perder a tia, com o tamanho do navio, com as possíveis doenças, com o mundo de saudades que, ela sabe, moerá seu coração, Berenice começa a chorar. Rapidamente, a avó a censura:

— Já cansei de lhe avisar que demonstrar emoção em público é atitude de gentinha.

— Gentinha é quem não cresce?

Lã, já domesticado, ensina à irmã:

— Não, gentinha é o povo pobre.

Berenice se assombra:

— Pobre não cresce nunca?

A avó perde a paciência:

— Ai, Berenice, não cansa. Vamos embora, o navio está apitando, avisando a partida.

Mais beijos, mais abraços. Berenice desembarca pensando em sua babá:

— Vovó, a minha babá é gentinha? Eu gosto tanto dela.

A mãe tenta salvar a situação. Afinal, os tempos são outros, nem todo pobre é gentinha:

— Não se preocupe, Berenice. Gentinha são pessoas sem educação, sem caráter. Não importa se rico ou se pobre. A babá não é gentinha, é ótima pessoa.

A avó não gosta muito da teoria da filha, moderninha em excesso para o seu gosto. Mas prefere se calar. Berenice é faladeira e, quando desatrela a língua, perguntando e perguntando, mata os outros de exaustão. Além do mais, engasga-a a partida da caçula. Seu coração apertado, se pudesse, imitaria o de Berenice e soltaria as lágrimas. Mas mantém-se composta, como manda o figurino. Pára ao lado do carro, esperando, impecável, que o *chauffeur* lhe abra a porta. Sabe-se lá por quê, Berenice repara-lhe o descompasso. Solta a mão da mãe e segura a da avó:

— Que mão gelada, vovó. É verão, você está sentindo frio?

A avó se emociona, olha Berenice com carinho e, sorrindo, esfrega a mão na mão da neta:

— Agora, não. Você me trouxe o calor, sua danadinha.

Sorrindo, Berenice entra no carro. Riso que desaparece quando o automóvel cruza o portal da mansão. No fim do caminho que atravessa o jardim, cultivado com desvelo pelo assassino de perus e galinhas, a babá, expressão aflita, aparenta esperá-los com más notícias no bolso. Berenice e os irmãos saltam correndo dos carros:

— O que aconteceu, babá?

— Nada, sentia saudades. Corram até a cozinha, tirei um bolo do forno.

Os quatro atacam o bolo, enquanto a babá avisa à mãe que o paparicado casal de periquitos australianos de Berenice faleceu de insolação no calorão de janeiro:

— O filho do jardineiro limpou as gaiolas e esqueceu a dos periquitos no chão de cimento. Sol forte na cabeça, quentura embaixo, os pobres cozinharam e morreram. Escondi os cadáveres para a senhora decidir o que faremos com eles.

Reúne-se o clã em cimeira para discutir o óbito. Cabe à avó a palavra final:

— Não se mente às crianças. Chamaremos Berenice e os meninos e contaremos a verdade, prometendo um novo casal de periquitos, escolhidos por ela.

Ninguém conhecia — olhavam-na pouco — a delicadeza de Berenice, que só falta desmaiar ao receber a notícia. Pálida, suando frio, a menina demonstra tanta dor, em excesso de controle, que comove o avô. Enquanto Flopi e Lã, a duras penas, tentam esconder as lágrimas, Berenice estatela. Com a voz baixa e tremendo, torcendo a saia do vestido engomado, ela arregala os olhos:

— Morreram? Os meus periquitos morreram? Como? Por quê? Onde está a minha tia? Por favor, chamem o médico.

A mãe tenta consolá-la:

— Nem médicos podem salvá-los. Mas vamos sair agora e comprar outros periquitos, iguais aos que você tinha.

Mamãe não entende nada, não se compra o amor, ao menos o verdadeiro. Ela comprou um marido após a morte do pai? Família mais complicada, que acredita no dinheiro como salvação de tudo:

— Eu não quero outros periquitos, quero os meus periquitos. Também não quero outra mãe, outra avó, outros irmãos, muito menos outro avô. Se eu morrer, você comprará outra filha?

Esperavam tudo, menos a reação lógica de Berenice, que se abraça à babá e chora triste, em silêncio. A babá é amorosa, acarinha Berenice e lhe fala coisas lindas, bem baixinho no ouvido. Embala-a, encorajando-a. Gentinha, avalia Berenice, é quem não mostra carinho, nem se desmancha em amor. A babá é gente grande, cresceu além do esperado. Com o rosto inchado de chorar, mas contida, atitude corajosa que sensibiliza a família, Berenice pede para ver os corpos. Depois quer tomar banho e dormir. A avó a adverte:

— Você precisa almoçar.

— Preciso é esquecer os periquitos, igual esqueço os perus e tento esquecer o meu pai. Almoçarei outro dia.

O avô reage, entende a necessidade de Berenice de vivenciar o rito final das mortes, em que, além do corpo, as dores são enterradas. Esta é oportunidade de a neta tão querida sepultar de vez o pai. Pega a menina no colo, dá-lhe um beijo estalado. O avô é carinhoso, o único da família a demonstrar sentimentos, advogado importante, mas não nasceu muito rico, a fortuna vem dos Vogel, sobrenome da avó, talvez o dinheiro embote, pensa Berenice abraçando o vovô. Após minutos de dengos — a avó contrariada com o exagero de mimos, morrer todo mundo morre, Berenice necessita acostumar-se de cedo —, o avô explica a Berenice:

— Compraremos um caixão e colheremos as flores. Eu mesmo farei a cova em um local do jardim escolhido por você. Lã e Flopi recitarão as preces. Convidaremos para o enterro sua mãe, sua avó e todos os empregados. Assim os periquitos receberão o respeito devido aos mortos. Combinado?

A avó protesta, acha desrespeitoso o arremedo de uma cerimônia religiosa. O avô a ignora. Levanta-se, dando ordens. O motorista deve, imediatamente, comprar uma caixa de giz. O jardineiro, colher flores escolhidas por Berenice. Lã e Flopi, escrever belas palavras e a governanta, atônita com tanto afago à fedelha, cobrir a mesa da sala de almoço com uma bela toalha para o rápido velório. A babá, antes de levar Berenice ao jardim, precisa cumprir a missão de pegar um paninho de bandeja — branco, rendado e engomado — nas gavetas da senhora:

— Para quê, doutor?

— Na hora você verá. Vamos, mexa-se.

A casa se movimenta, apesar de a avó concordar com a governanta: o excesso de vontades estragará Berenice. Na opinião de ambas, os periquitos mortos descansariam onde devem: dentro da lata de lixo. Enfim, não se contrariam os comandos do patrão. Em menos de meia hora, Berenice escolhe as flores, a mesa está arrumada, a toalha de bandeja separada e o motorista chega com a caixa de giz.

O *hobby* do avô é a sua oficina, dotada de ferramentas, chaves de qualquer tipo, alicates, martelos, lixas, furadeiras, brocas, pregos e parafusos, além de balcão de trabalho com um torno, que encanta os meninos. Durante os fins de semana, a distração do vovô é arrumar os carros, que andam sempre nos trinques. No momento, a oficina, transformada em funerária, prepara os periquitos para o eterno descanso. Dispensando testemunhas, o avô joga os gizes fora, limpa a caixa, forra-a com bastante jornal coberto pelo pano de bandeja. Ali arruma os periquitos lado a lado, cobrindo-os com a sobra do pano e deixando as cabecinhas de fora. Escolhe algumas flores pequenas, colhidas por Berenice, e enfeita o diminuto caixão.

Depois de aprontar tudo, manda a governanta reunir na sala de almoço as senhoras, Berenice e a criadagem. Quando ela avisa estar a ordem cumprida, o avô chama os netos e organiza a procissão. Flopi caminha na frente, levando a braçada de flores. Segue-o Lã, seriíssimo, carregando nas mãos o esquife dos periquitos. Boggie-Woggie não faz nada, no eterno jeito dele.

Parece mentira, mas a cena comove até os empregados. Alguns se persignam à passagem do cortejo. A mãe chora quando a pequena caixa de giz é colocada sobre a mesa e Berenice vê, pela primeira vez, os periquitos mortos. Em cima de uma cadeira, amparada pela babá, ela se debruça sobre os corpos, afaga as cabecinhas, fala e chora bem baixinho na despedida de ambos. Para apressar o momento — a intenção é apenas consolar a neta, sofrida precocemente pela perda do pai —, o avô manda Flopi ler os ditos de despedida. Assistindo à irmã chorar, triste com a tristeza dela e com o falecimento do casal, Flopi tira o papel do bolso e começa a discursar com a voz embargada:

— Queridos periquitos, nós estamos com saudades. Vocês voarão para sempre em nossas lembranças porque, mesmo quando formos grandes, nós nos lembraremos deste momento triste, que o vovô fez bonito. Descansem em paz no céu dos passarinhos. Adeus.

Surpreendido pelas palavras e emocionado — não suspeitava que os netos pequenos decifrassem o seu gesto de amor —, o avô pega o martelo e, com preguinhos minúsculos, prende a tampa na caixa. Então, o pequeno caixão passa à mão de Berenice, que caminha vagarosa em direção ao jardim, seguida pela família e pelos empregados. Sob o *flamboyant*, sua árvore predileta, ela pára e aponta ao avô o local escolhido para enterrar os pássaros.

Em silêncio, o avô retira a pá das mãos do jardineiro — que não merecia a honra de enterrar as aves, pois as mata sadicamente, suspira Berenice —, ele, pessoalmente, como prometera, cava o buraco, descanso eterno dos periquitos. A cerimônia acaba depressa. O caixão é posto no lugar, flores e terra cobrem-no. Berenice se angustia — o ritual a assusta, detesta testemunhá-lo —, mas não dá o braço a torcer. No íntimo, compreende a intenção do avô. Ao voltar para casa, corre para ele, abraça-o com força, murmurando:

— Obrigada, vovô, agora sei onde está o meu pai. Eu amo você.

Hora de o vovô chorar, a despeito de a vovó não achar muito elegante. Será que o avô, tão sério, também sente tristeza com a morte dos periquitos?, pergunta Flopi. Berenice Liberdade diz que não:

— O vovô chora o choro dos amores bem cumpridos.

De onde esta menina tira frases tão profundas? surpreende-se a avó, escutando a resposta de Berenice. Pelo sim, pelo não, aproxima-se da neta:

— Vamos, querida, almoçar. Agora os periquitos passeiam livres no céu, felizes com o seu carinho.

Sorri para a avó, severa e relutantemente carinhosa. Berenice a compreende — talvez falte à vovó um avô igual ao dela. Esbanjante de amor, mas com medo de doenças. Como fala a titia? Hi-po-con-drí-a-co. Após o fim do enterro, ele não desmente a fama. Manda as crianças para o banho e, depois, esfrega litros de álcool nas mãos e braços dos três. Boggie-Woggie se recusa a passar álcool no pêlo, com medo de estragá-lo. Mas o avô não se importa, conversa com os outros netos:

— Aprendam e nunca esqueçam. Quem chega de um enterro tira as roupas e lava as mãos com cuidados redobrados.

Berenice e os irmãos passam a vida sem esquecer. Comparecem a cada enterro, recordando os periquitos e as lições aprendidas na tarde inesquecível em que o amor prendeu a tristeza dentro de uma caixa de giz. Ao voltarem para casa, repetem a lição recebida. Tiram a roupa, tomam banho, passam álcool pelo corpo, recordando o avô que lhes ensinou tantas coisas, inclusive a vivência do afeto generoso, no qual ele foi um mestre.

Berenice almoça quase na hora do lanche e dorme até o dia seguinte. O excesso de emoção exagerara o cansaço. Ao acordar, procura a gaiola vazia, olha-a por alguns minutos. Depois, fita o céu sem dizer uma palavra. Finalmente, pede à babá para guardar a gaiola e não toca mais no assunto. Durante uma ou duas semanas, volta e meia caminha até o *flamboyant* e o enfeita com flores. O tempo se encarrega do resto, Berenice esquece os periquitos, como esquece os perus, o burrinho massacrado, a injustiça a seu Inaldo. Só não esquece, jamais esquecerá, o seu pai, a quem nunca conheceu, e o gesto do avô ensinando-lhe onde ele estava:

— Mamãe, como era o papai?

— Prefiro não falar nisto.

— Por quê, mãe? É meu pai.

— Mas também foi meu marido e a dor ainda dói.

Berenice não repara, mas a morte súbita dos pássaros desperta-lhe a lembrança do pai morto. Os periquitos, alados, com certeza avoejaram mais rápido para o céu. A babá lhe garante que alma de passarinho voa mais leve e depressa:

— Sossega, Berenice, seu pai está dando alpiste para os periquitos.

— Você conheceu o meu pai?

— Conheci. Homem bonito, moreno, elegante. Vocês três são a cara dele.

A avó escuta a conversa e proíbe a babá de comentar o assunto. Já basta aos netos órfãos conviver com a triste ausência. Imagina, Lã, o filho mais velho, não completara seis anos quando ocorreu a tragédia:

— Falar não resolve nada. O melhor para os meninos é esquecer o ocorrido.

— Berenice me pergunta, eu não sei como escapar.

— Diga que você não sabe, não trabalhava na casa.

Assim Berenice perde a única testemunha da existência do pai. Há um muro de silêncio envolvendo o passado. A única que fala, às vezes, é a tia que casou e agora está na Lua, passeando na Europa:

— Quando a titia chega?

Chega mais rápido do que Berenice imagina, trazendo para a sobrinha uma boneca de pano. O tempo gasto por Berenice para cansar da boneca é exatamente o mesmo levado pela tia para aparecer, um dia, comboiando uma criança. Para completar, menina, batizada Dorotéia:

— É sua priminha, vocês serão muito amigas.

Se ela sobreviver, pensa Berenice Maluca arquitetando planos para desmaterializar a criança. Como se fosse pouco lhe empurrarem uma priminha, o raio da criatura — tola, chorona, sem graça — encanta o avô, a avó, sua mãe e, para completar, *tem pai*. Berenice não entende e argumenta com a tia:

— Pais não existem, ele é falso.

— Existem, sim. O papai da priminha é seu tio.

Priminha e papai, uma ova. Berenice finge acreditar, embora saiba que se pais somem, priminhas, com algum esforço, também podem sumir. O pai de Berenice, por exemplo, após cumprir os trâmites de gerar os filhos, mudara-se para a favela que fecha a saída do bairro. Diariamente, Berenice o vê distante, no cocoruto do morro, à sombra da mangueira. Escutando a história, a tia se espanta:

— Que maluquice, Berenice. Seu pai voou para o céu. Você era miudinha, por isto não lembra dele. Imagina se seu pai, um homem fino, moraria na favela.

A tia é ignorante, a babá lhe explicara que o pai batera as asas e voara para longe. Sinceramente, fazer o que no céu? Lugar sem graça, sem rua, sem praia, sem nada? Gente grande é muito boba, papai deve estar no morro. Enredo complicado. Pelo que entende — se é que entende —, o pai caiu de um cavalo, bateu com a cabeça na pedra e, imediatamente, decolou em direção ao céu. Direto, sem escalas. Impossível acreditar. Se viajar de trem até Lambari, no sul de Minas, exige uma escala em Cruzeiro, no estado de São Paulo, imagina voar para o céu?

Durante cinco anos, Berenice espreita a chance de volatizar a prima. Objetivo quase alcançado quando Dorotéia, pela primeira vez, participa da coroação de Nossa Senhora, na igreja da praça. Um evento cenográfico constituído de uma arquibancada de madeira em vários andares onde se espalham, segundo o gosto do vigário, anjos vestidos de azul, de rosa e de branco. Estes, a elite. Só se vestem de branco as meninas elegantes, clarinhas e comportadas.

No último degrau, pendurado na boa vontade da Virgem (Berenice não entende como ninguém cai lá de cima), um anjo de boa família — bem-nascido, bem-criado, igualzinho a Berenice, só que menos maluco — fica na ponta dos pés e, entre os esganiçados litúrgicos dos fiéis, coroa Nossa Senhora. Na opinião de Berenice e da avó católica, aquela festa é lindíssima, irretocável, inesquecível. Mas Berenice, coitada, nunca foi anjo branco. Por conta da morenice, reforçada pelo sol, não passa de anjo azul. Reles figurante para entulhar os degraus. Embora a mãe a considere linda, as asas de pena de galinha, coloridas com anilina, melecam-lhe a veste, endoidecendo os adultos e frustrando Berenice.

A trajetória angelical quase termina no ano em que Ismênia, vizinha e amiga, apesar de um tanto taluda para o papel, representa o anjo que coroa a santa. Tremenda falta de sorte. No meio da festa, Ismênia menstrua pela primeira vez. Entediada nas asas azuis, Berenice Maluca nota o sangue manchando a veste branca. Sem entender o ocorrido — e exatamente no momento mais solene da cerimônia —, exclama assustada, em voz alta:

— Meu Deus, assassinaram a bunda da Ismênia.

Claro, a festa acaba. O vigário expulsa Berenice do palanque, enquanto Ismênia, rodeada pela mãe e pelas tias que tentam esconder a mancha reveladora, esconde-se na sacristia. Os seres celestiais caem na gargalhada, o coro esgoelante engasga nas próprias notas. Berenice sai da festa arrastada pelas asas. Sente-se injustiçada, só quis salvar a amiga. De prêmio, sobram censuras. Inclusive da mãe lacrimejante:

— Para que esta cena, Berenice? Não dá para você se comportar pelo menos uma vez?

Inúteis as tentativas de explicar que, sim, ela vira sangue. Sim, Ismênia ia morrer. Obviamente, sofrera um ataque na bunda:

— Quem sabe seu Inaldo voltou?

Ai, meu Deus, geme a família diante do disparate. Ninguém perdoa Berenice que, escondendo o rosto nas asas, igual a pinto com crupe, escuta as lamentações do clã. Berenice Bem Comportada morre de vergonha; a Liberdade, de rir; enquanto a Maluca não entende coisa alguma: mundinho complicado, que mal há em denunciar crimes de morte?

Ante a tristeza da avó, vexada com o papelão da neta, o avô soluciona o problema com generosa doação à igreja. Rapidamente, o vigário abre um sorriso amável, compreensivo com as traquinadas infantis:

— Berenice é um anjo exemplar. No ano que vem, contamos com a presença dela. Calada, claro.

O avô avisa a Berenice para nunca falar sem pensar, mas a menina insiste:

— Vovô, eu vi sangue na bunda da Ismênia. Por que ninguém acredita? Apenas tentei salvá-la.

O avô conclui filosoficamente, assustando Berenice:

— Bundas femininas não escapam desse inexorável destino, não há quem possa salvá-las. Prepare-se, um dia matarão a sua.

Dois anos depois, ao menstruar pela primeira vez, Berenice desmaia, lembrando-se do avô. A mãe a encontra no chão do banheiro, lívida e assustada. Após esclarecê-la, acalmá-la e apresentá-la ao desconforto dos absorventes dos anos 1950, um cobertor no entrepernas, Berenice se transforma em uma das raras mulheres que adoram menstruar. Até a menopausa, orgulha-se do sangue vivo que, mensalmente, lhe sublinha a posição feminina. O único perrengue centra-se na dificuldade de pegar jacaré. Se pudesse usar tampão, um supositório gigante rigorosamente proibido, não haveria problemas. Mas a proibição cerca-se de ameaças tão aterradoras, que, prudentemente, Berenice resolve obedecer. Sabe-se lá se o tampão transmite doenças?

Mas, antes de menstruar e no ano seguinte à tragédia da Ismênia, Berenice, inefável anjo azul, atendendo ao convite do vigário, comparece à coroação. Devidamente escondida no primeiro degrau do palanque, atrás de algumas dezenas de outros anjos, precaução do padre para evitar novo incidente, sente-se humilhadíssima. Não entende as pessoas que armam um banzé para homenagear Nossa Senhora — linda e maravilhosa, mas apenas uma imagem — e desconfiam de humanos. Ela não mentira, testemunhara com os próprios olhos o cataclismo sangrento na veste da ex-amiga.

Desta coroação só se salva o fato de, pela primeira vez, Dorotéia comparecer à festa. Consolo para Berenice — sou anjo azul, mas sou anjo, e minha priminha sem graça nem anjo consegue ser.

A babá tem razão, cedo ou tarde todo mundo cai do galho. No ano seguinte, durante a lengalenga de Maio-Mês-de-Maria, Berenice quase perde o ar ao constatar que a prima Dorotéia, estreando nas lides celestiais, transforma-se em anjo-maravilha. Toda de branco. Túnica plissada, cordão prateado em torno da cintura, asas imensas. Especialista em animais — ninguém mata baratas com mais destreza —, Flopi examina as asas da prima e decreta:

— São de peru, mergulhadas na água sanitária.

Felizmente, Berenice crescera o suficiente e desencarnara o anjo. Graças ao assassinato da própria bunda, a avó e a mãe a promoveram a virgem, ser igual aos anjos, mas desprovido de asas. Naturalmente, Berenice é uma virgem azul, detalhe que a exaspera. Se duvidar, morrerá e será enterrada com um camisão azul. Protestar, como? Não protestou quando viva.

A prima usurpadora — loura e linda — mataria de inveja o arcanjo Gabriel. Completa belezura. A família encantada tagarela em volta, retocando a mimosura. Finalmente, o anjo perfeito é deixado sozinho, sentado numa cadeira para não se amassar. Os adultos dispersam, arrumando-se para a festa. Sozinha com a prima, Berenice arma o bote:

— Dorotéia, você sabe onde moram os anjos?

A tetéia nega com a cabeça.

— No céu, junto com o meu pai. Ele se vestiu de anjo, bateu asas e voou. Nunca mais voltou para casa. Você já viu o meu pai que, aliás, é seu tio?

Sorte de uma, azar da outra, naquele exato momento passa um avião. Berenice embarca:

— Quando acabar a coroação de Nossa Senhora você voará até aquele avião e nunca mais voltará para casa.

Os olhos castanhos de Dorotéia — enormes, emoldurados por cílios imensos — tornam-se ainda maiores. Quando a tia aparece para escoltar a filha, Dorotéia se agarra no portão e chora desesperada, berrando não querer ir.

Clãs sutis, os lusos. Ninguém se dispõe a ouvir o anjo amedrontado. A tia o arrasta pela rua, enquanto ele, aos tropeções, rasga a túnica em tombos e perde as penas das asas em múltiplos encontrões nos postes e nas árvores. Ao chegar à igreja, o halo da santidade, torto e amassado, enfeita um rosto inchado de chorar. Ao lado do pequeno ser alado, a tia de Berenice e mãe do anjo berra ensandecida que a filha vai, sim, coroar Nossa Senhora:

— Nem que seja no tapa. Gastei uma fortuna na sua fantasia.

Fantasia? Berenice engasga de susto. Então ela é virgem de araque? A prima, anjo de armação? A coroação é um blefe? Tudo mentira, só mentira? Ajeitando os virginais miosótis sobre a desmiolada cabeça, Berenice decide que, para participar de uma pantomima, é melhor não ir em frente:

— Não vou subir no palanque nesta ridícula roupa azul.

A avó tenta contemporizar:

— O que deu nestas meninas, meu Deus? Cada coroação é um susto, nas outras famílias tudo parece normal. Vamos, depois a vovó compra pão doce.

A mãe de Berenice finge não entender, a tia continua brigando, uma vizinha se intromete — outro crime de morte? — mas é despachada pelo avô, rápido no gatilho:

— *Data venia*, a senhora não se intrometa. Nossos homicídios são assuntos privados.

Virgem e anjo complicados. Um continua aos prantos, pedindo para voltar para casa. A outra, mortificada de arrependimento — não esperava o exagero de emoção, vai que Dorotéia morre, igualzinho aos periquitos —, resolve aliviar a culpa, apoiando a prima:

— Eu fico com a Dorotéia, também não quero ir à festa.

A avó, constrangida com a nova encenação pública, volta a apelar ao pão doce. Sem sucesso. Dorotéia, com medo de sumir definitivamente, não pára de chorar. Berenice segura a prima, garantindo que a levará para casa nem que seja preciso brigar com Deus Pai, Nosso Senhor. A mãe empalidece:

— Virgem Santa, Berenice, quem lhe ensinou heresias?

Virgem Santa? Berenice encurrala a mãe querendo saber se, afinal, fantasiou-se de virgem ou de santa. O avô aposta que Berenice bebeu vinho do Porto e lhe analisa o bafo, um simples bafo de anjo, cheiro doce de criança. Dorotéia, encurralada, pendura-se na responsável por sua desdita. Afinal, Berenice é a única que tenta ajudá-la.

A confusão provoca algumas conseqüências:

1. Nunca, na história da Igreja Católica Apostólica Romana, um anjo tão desarrumado e sujo coroou Nossa Senhora. Ainda por cima, no colo da prima mais velha, uma virgem emburrada e com a veste azul manchada pelas lágrimas do arcanjo.

2. Unidas pela tragédia, Berenice e Dorotéia tornam-se amigas inseparáveis. Nem o tempo e suas várias desditas conseguem separá-las. Desnecessário acrescentar que, neste dia, Berenice aposenta a idéia de evaporar a prima.

3. Berenice aprende o significado da palavra heresia e começa a acreditar que a vida é mais divertida do que até então pensava.

4. Para desencanto da avó — e satisfação do avô, ateu convicto —, as meninas Vogel não são mais convidadas a participar das efemérides de maio.

5. A avó compra o pão doce, lição para Berenice: doçuras são ofertadas aos ariscos. Pessoas boas, do tipo que vão para o céu, comem pão dormido.

Da nova hecatombe familiar também resta para Berenice a imagem nunca esquecida do pai de Dorotéia em lágrimas, comovido com a aflição da filha. Ou seja, pais existem, pois homem não chora à toa. Ao menos diz o avô, exigindo dos meninos sempre engolir as lágrimas. Quem pode chorar é ela e Dorotéia. Mas se o tio chora e vovô não fala nada é porque é um papai de verdade, igualzinho ao papai-urso. Imagina, até aquele momento jurava que pais, como as mulas-sem-cabeça, não passam de assombrações. Invenção de gente grande para acalmar traquinadas.

— Onde está o meu pai?

Surpreendida pela curiosidade fora de hora, a família se atrapalha. A tia-dublê-de-psiquiatra tenta resolver a parada:

— Eu já expliquei, Berenice, o seu pai morreu. Você era pequenininha, não consegue lembrar.

O avô a segura pela mão:

— Não lhe mostrei para onde vão os falecidos? A alma — quero dizer, os pensamentos, os afetos — vai para o céu. O corpo, a gente enterra, para poder visitá-lo. Igualzinho fizemos com os periquitos, você lembra?

Tentando esquecer a injustiça — por que só o pai dela morre? —, volta para casa ensimesmada, esquece o pão doce e pede à babá para contar a história do ursinho. Papai-urso, mamãe-ursa, filhotinho-urso e uma menina adotada — Flopi estaria certo e ela viera do orfanato? Babá ri e diz que não:

— Menininha doida.

Doida, louca, atarantada. Para enterrar tal assunto, Berenice procura Flopi, às voltas com os apetrechos de nova pescaria. Indaga se é verdade que ela nasceu num repolho. Flopi jura que sim e a convida a pescar. Naquele tarde — apesar de angustiada, tentando descobrir em que horta florescera, será que a compraram na feira? — Berenice testemunha a mais importante pescaria da história dos sete mares: Flopi fisga um tubarão. Pequeno, mas tubarão. De carne, osso e não atropelado. Flopi corrige a irmã:

— Carne e osso, não. Cartilagem. Você é burra, hein?

— O que é cartilagem?

— Deixa pra lá.

Os dois correm para casa para mostrar o troféu. Lã tira a roupa do tanque, de molho no sabão em pó, nova tecnologia que assombra as donas-de-casa, e as espalha no chão. Pisando em lençóis e toalhas, mergulha na espuma azulada a cartilagem de tubarão que, apesar de morrendo, continua arisca e brava, só que cheirando a desinfetante.

Uma sensação na rua, a garotada se junta para ver o tubarãozinho se debatendo na espuma. Até os adultos bisbilhotam a maravilha. Cada um dá um palpite e, quando alguém comenta que a mãe do filhotinho provavelmente continua na praia, talvez na linha da arrebentação, Berenice se assusta com os perigos que corre diariamente quando, na aparente segurança de uma bóia de pneu de avião, lança-se no mar de Ipanema e vai longe, muito longe, apenas para ver o Pão de Açúcar.

Os companheiros dessa viagem quase transoceânica são Flopi e um ou outro amigo. Delícia de passeio. No mar gelado do verão, além de golfinhos, passam as arraias-jamantas, negras e enormes. O movimento de suas asas espalham enorme quantidade de água, num barulho ensurdecedor que amedronta Berenice, meio deslumbrada, meio acuada, diante do exagero de força. Geralmente, as aventuras marítimas terminam com alguns pingüins trancados no banheiro de empregada.

Pobres pingüins. O que têm de engraçadinhos, têm de fedorentos. Apenas um exemplar exala o aroma de um cardume de sardinhas. Na boa intenção de salvá-los para devolvê-los ao mar — e antes que a avó os descubra e invente uma receita de arroz de pingüim, a avó sofre a compulsão de transformar em arroz qualquer coisa marítima que lhe caia em mãos; Lã, por exemplo, adora arroz de tatuí —, Berenice e Flopi os lavam com sabão em pó. Depois, oferecem aos esfaimados uma saudável refeição de café com leite e pão com manteiga. Comer, eles comem. Mas morrem rapidinho, com expressão mareada e aos soluços. Os cadáveres, escondidos nas latas de lixo, nem sempre escapam dos gatos do vizinho, que espalham os despojos num espetáculo trágico de sangue e vísceras.

Somente uma vez, o avô depara com a cena macabra. Geralmente a babá antecipa-se à encrenca e recolhe as porcarias, reclamando sem cessar:

— Sangue podre transmite doenças, vocês enlouqueceram? Se encontrar isto de novo, falarei com o doutor.

Não fala, a babá ama as crianças, jamais as entregaria. Mas, infelizmente, o acaso se antecipa. Um dia, o avô acorda cedo. Por azar, há carnes putrefatas espalhadas no quintal. Nossa, que confusão. Zangado, manda chamar os netos, organiza-os em fila e pergunta, severo:

— Quem é o responsável? Vocês imaginam as conseqüências? Que, se alguém vir, pode chamar a polícia e nos acusar de assassinato? Até a perícia provar que os restos são de pingüins, ninguém abafa o escândalo. Somos uma família de posses, respeito, posição. Não há quem não queira um escândalo envolvendo o nosso nome. Ensinei-os a não mentir e quero saber agora: qual de vocês fez isto?

Silêncio. Os quatro, cabeça baixa, nem conseguem se olhar. O tom de voz do avô, geralmente cordato, não deixa dúvidas. Desta vez, o caso é sério. Berenice vê no acontecimento a perfeita ocasião de se redimir de um crime. Na semana anterior, sem quê, nem para quê, ateara fogo no aspirador da avó e a deixara acreditar em curto-circuito. Assim o avô explicara. O aspirador, guardado, continuara ligado na tomada. Berenice morrera de pena da avó, mas não reunira coragem para falar a verdade. Deixara-a acreditando que o aspirador, novo em folha, se incendiara sozinho. Mas a culpa lhe doía. Assim, quando o avô pergunta pela terceira vez, com a voz séria e zangada, o nome do responsável por seu despertar sangrento, ela considera que enfrentará um castigo merecido. Melhor sofrer um pouco, mas voltar à santa paz da consciência tranqüila. Trêmula, dá um passo à frente:

— Eu, vovô.

— Você? Mas você é uma menina. Como pega estes pingüins?

— Sei que sou menina, devia me comportar. Mas existe um outro eu, que adora a liberdade. O mar, nadar, me afastar da arrebentação, trazer os pingüins comboiados porque, perdidos, eles morrerão na certa. Então, os trago para casa. Cuido, lavo, dou comida para devolvê-los à praia. Não sei por que eles morrem. Sem saída, escondo-os no lixo. Os gatos surgem e, bem, você sabe o resto.

— Berenice, você não tem força para trazer, em seu colo, um pingüim da praia até aqui. Quem lhe ajuda?

Flopi quase se acusa, mas Berenice sinaliza para ele se calar. Olhando séria o avô, inicia um diálogo capaz de enlouquecê-lo:

— Eu não os trago no colo, vovô, trago-os pela mão. Quero dizer, minha mão segura a asa dele. Eles vêm bem direitinho, embora as pessoas olhem.

Mesmo em casos seriíssimos, o avô não consegue conversar com a neta sem vontade de rir. A menina, uma artista, mantém a mesma aparência enquanto inventa histórias. Mas, naquele dia, o acontecimento grave exige esclarecimento. Mantendo o ar severo, ele insiste:

— Você quer que eu acredite que você e um pingüim, de mãos dadas, passeiam por Ipanema?

— Nós não passeamos, nós andamos da praia até em casa.

— Sozinhos?

— É.

— Ao que eu saiba, pingüim não chega à areia. Onde você os apanha?

— Ah, lá no fundo. Vou de bóia, com amigos. Geralmente, recolhemos um ou dois pingüins. Mas, um dia, resgatamos cinco.

— Vieram você e os cinco de mãos dadas, conversando sobre a vida, da praia até aqui. Ninguém viu ou disse nada diante de um espetáculo que merecia destaque na primeira página do jornal. Ora, Berenice, você quer que eu acredite? Vamos, quem lhe ajuda?

Flopi não agüenta mais. Sente-se um covarde deixando a irmã sozinha, enfrentando o avô. Também dá um passo à frente:

— Sou eu quem ajuda. Na pesca dos pingüins e trazendo-os para casa. Mas uma coisa garanto, Lã não tem nada com isso.

Lã confirma, a doideira dos pingüins não é com ele. O avô o dispensa e carrega Berenice e Flopi até o escritório repleto de livros, próximo ao quarto de dormir. Berenice pensa que não escapará de algo horrível. Talvez a condenem à morte, igualzinho aos perus.

Vovô se acomoda na cadeira, atrás da escrivaninha, após ajeitar Flopi e Berenice no sofá de couro, em frente a ele:

— Sem mais mentiras, contem-me tudo.

Eles contam, não sem antes afirmar que o avô é o melhor amigo do mundo. Nada falaram antes preocupados que a avó, ao descobrir os pingüins, inventasse um novo prato. Berenice esclarece que a avó sofre de um vício:

— Tudo que vem da água, ela mistura no arroz. Flopi e eu morremos de medo de, um dia, sentarmos à mesa e precisarmos comer arroz de pingüim. Se isto fosse gostoso, alguém já teria inventado. Há séculos, no nosso mundo, sobram arroz e pingüins.

Ouvindo o descalabro de um arroz de pingüim, o avô cobre o rosto com as mãos, escondendo as gargalhadas. Será que os netos escutaram o seu mesmo discurso implicando com a mulher? Berenice adianta o corpo no sofá e continua explicando:

— Sabe, vovô, quando vamos à Barra da Tijuca pescar siris? Enquanto puxo o puçá, já lhes conheço o destino: eles vão virar arroz. Assim também acontece com as ostras de Sernambetiba, os mexilhões de Botafogo, os camarões que você pega de tarrafa na Ilha do Governador, os tatuís que catamos na areia molhada. Só sobram os barrigudinhos da Lagoa, que nem eu quero pescar, de tão pequenos e feios. A vovó tem mania de misturar com arroz os seres submarinos. Flopi e eu sentimos medo de ela fazer o mesmo com os nossos pingüins. Desejávamos salvá-los e devolvê-los à praia, para encontrar o bando.

Sem argumentos e com vontade de rir — ele mesmo reclamava o mesmíssimo problema —, o avô perguntou onde eles escondiam os pingüins, como lhes davam banho, o que lhes serviam de comida, o que acontecia para, sistematicamente, todos morrerem. Finalmente queixa-se de não ter sido avisado. Nunca negara apoio às estrepolias dos netos. Flopi concorda, desculpando-se:

— Você tem razão, nós erramos. Devíamos contar a verdade pelo menos a você, que é sempre nosso amigo. Por isto, acho que gostará de saber que nem todos os pingüins morreram. Um ainda vive no laguinho de um prédio na avenida Vieira Souto. Fomos nós e uns amigos que o levamos para lá. O porteiro tomou-se de amores e o bicho acomodou-se. Acho que não pretende retornar ao Pólo Sul.

— Pingüim na Vieira Souto, sei, é um fato normalíssimo. Por favor, continuem. Descrevam-me a trajetória do dia de um pingüim, destes que vocês trazem para casa.

Flopi continua:

— Bem, saímos de bóia e vamos para bem longe. Sempre há pingüins perdidos, cansados e esfomeados. Então, nós os pegamos, pensando em salvá-los e devolvê-los ao mar. Como sentimos medo de o cheiro denunciá-los, lavamos cada um com sabão em pó. Depois, lhes oferecemos uma boa refeição. Sempre café com leite e pão com manteiga, pois ainda é de manhã, não é hora de almoçar. Os bichinhos comem tudo, na maior voracidade. Logo depois passam mal, começam a soluçar e morrem. Aí ficamos aflitos e escondemos os corpos dentro da lata de lixo.

— Café com leite e pão com manteiga? Por isto que os bichos morrem...

Berenice concorda:

— Cansei de avisar ao Flopi que o cardápio estava errado. Pingüim é ave, devíamos oferecer uma tigela de alpiste. É nisto que dá ser teimoso e não gostar de ler. Tá vendo, Flopi?

Para o avô, a situação é uma loucura exagerada. Só podia sair da cabeça de criança, principalmente seus netos. A história, de alguma forma, lembra-lhe a confusão de Lã, que feriu a córnea ao estraçalhar um burrinho transformado em leão. Delírio que causou a demissão de seu Inaldo, o melhor motorista da casa em muitos e muitos anos, pois Berenice jurara que o *chauffeur* era Jack, o estripador. Este fato ensinou ao avô que, quando a fantasia é excessiva e adultos não acompanham, só resta uma solução: encerrar rápido a conversa, proibindo nova ocorrência sem chance de exceção. Se as crianças notassem que conseguem enrolá-lo, nunca mais controlaria a rotina e a disciplina. Por isto, antes de descobrir que os pingüins, por exemplo, dormem na geladeira, ele se levanta, avisando com a voz firme:

— De hoje em diante é rigorosamente proibida a entrada de qualquer pingüim nesta casa. Quem desobedecer vai para o colégio interno. Saibam que falo sério. Agora, sumam daqui. Estou muito zangado.

O caso dos pingüins dá chance aos avós de, escondidos, rirem às gargalhadas com a idéia certeira do risoto de pingüim. O avô não perde a chance:

— Há tempos, eu reclamo. Você não perde a mania de ensinar a cozinheira a misturar com arroz tudo de diferente que aparece nesta casa. Até as crianças notam.

Engasgada de rir, a avó se defende, jurando por todos os santos que tal receita mortífera não lhe passaria na cabeça:

— Nunca ouvi dizer que pingüim é comestível. Aliás, apesar de engraçadinho, exala um cheiro horroroso. A carne não me apetece. Que meninos levados, Jesus. Por isto é que, volta e meia, eu mandava esfregar o banheiro de empregada. Claro, cheio de pingüins lá dentro. Como não notei?

Calejados com a mortandade entre os *spheniscus magellanicus* — Berenice, curiosa, informara-se no *Tesouro da juventude* —, falecidos, coitados, pela ingestão do pão com manteiga, os irmãos concordam que não nasceram com vocação para a veterinária. Lamentavelmente, implica Flopi com Berenice:

— Eu poderia tratar de você, que é uma baleia.

Berenice paga na mesma moeda:

— E eu de você, que é veado.

Riem e planejam a excursão da manhã seguinte. Só para passear, sem pegar pingüins perdidos, nenhum dos dois se anima com a idéia de mofar num colégio interno. As aventuras marítimas ainda duram alguns verões. Flopi e Berenice só desistem de, pendurados na bóia, *sair* para ver o Pão de Açúcar no ano em que dois companheiros de praia, com uma tábua de pegar jacaré, mergulham para visitar as Ilhas Cagarras. Morrem, ambos. Os corpos surgem após semanas, corroídos pelos peixes. Então Berenice entende que, enfim, chegou a hora de permanecer na areia. Se possível, magra. Crescera o suficiente.

Diante da decisão de perder peso e pentear-se, a mãe — após pagar várias promessas a São Judas Tadeu, patrono das causas impossíveis —, toma as devidas providências para a hercúlea tarefa de transformar um urso em uma quase-menina. Antecipando-se aos tempos — atitude de vanguarda — leva-a a um médico especialista em surrupiar peso extra e contrata uma *personal trainer*, que corre na varanda da casa enquanto Berenice se arrasta, exausta pelo esforço. Um dia, a professora se despede:

— Berenice não quer nada. Dorme nas abdominais.

Mesmo sem a *personal*, os esforços de Berenice dão meio certo, rotina de sua vida. Encantada com os quilos a menos, com as melenas amansadas, com o corpo explodindo em seios, coxas, bunda, ancas, tudo certo, tudo lindo, tudo a tempo e a hora, ela finalmente senta-se na areia para — como convém às mocinhas — conversar idiotices. Chatice, lamenta Berenice Comportada, de olho comprido no mar, nos irmãos se divertindo, nas ondas descendo perfeitas.

Pobre Berenice, ela quase se estilhaça sem chances de retornar. Por falta de sorte é exatamente a versão boa moça que descobre no vizinho mais do que um companheiro de pular obstáculos. Ricardo, até então um cavalo apenas razoável, surge de um dia para o outro desfilando coxas grossas, mãos viris, olhos doces e uma barba que, meu Deus, endoida Berenice.

Na intenção de conquistá-lo, decide colocar em prática o aprendido com a família de muita pose e posses. Insidiosamente, a Bem Comportada começa a sobrepujar as outras, trazendo de contrapeso a Berenice Nazista, máscara mal-humorada e burra da menina de bom-tom.

Cega de encantamento por si mesma e pelo vizinho, e acreditando que ela é muito mais feliz devidamente enfeitada, besta, rica, poderosa, Berenice comete o erro fatal: assume o perfil boa moça. A sorte é que, eventualmente, a maluca e a libertária voltam para perturbá-la, impedindo a Comportada de passar a vida inteira às voltas com pães dormidos.

Dona Aranha Costureira

A paixão pelo vizinho dilui-se no reinício das aulas no tradicionalíssimo e esnobe colégio de freiras, freqüentado por Berenice desde os quatro anos, idade em que, inesquecivelmente, estréia no jardim-de-infância. Sem a mãe, a avó, a tia, a babá e ela própria desconfiarem, Berenice sinaliza naquele dia a futura personalidade fragmentada. Antes de sair de casa, a Maluca arma um escândalo. Recusa-se a entrar no carro, sente medo, angustia-se, acha que a jogam fora, assusta-se com a possibilidade de a esquecerem num local estranho. Acredita que ninguém irá buscá-la e que a velhice a encontrará, sozinha e desamparada, enredada numa enorme teia de aranha no sótão sombrio da escola católica.

Apesar da choradeira, acaba cedendo às pressões — todo o clã se mobiliza — e parte rumo ao destino inexorável. Empurrada pela mãe e pela babá através de um corredor longo e frio, onde passeiam pingüins gigantes — que Berenice logo descobre serem as freiras —, ela se vê diante de um fato irreversível e, imediatamente, muda de comportamento. Engole o choro, cala-se e corre para os braços da Berenice Mundo da Lua, gêmea do ego doido, onde permanece algumas semanas, até iniciar amizade com as meninas que a acompanharão até o seu casamento. Uma, aliás, torna-se amiga eterna.

Dos primeiros dias de vida acadêmica, Berenice não guarda nenhuma lembrança. Cumpre os horários rígidos desligada da tomada. Sem emoções, raivas, medos, pensamentos e vontades. O corpo mantém a rotina, a alma protege-se na fantasia. Com o tempo, começa a gostar do colégio e das colegas, companheiras na emoção de aprender e crescer. Passa o tempo, passa o vento e passam os anos também. Aos poucos, as pequenas farras de criança são substituídas por estrepolias mais sérias. Fumar escondida no banheiro, bater o sino antes da hora, esconder-se no coro da capela, não usar *soutien* — porta-seios, insiste a irmã sob uma coifa engomada, o corpo envolto em toneladas de pano — exatamente no dia da aula de educação física. Bom demais burlar as regras, alegra-se Berenice.

Dividida entre a Maluca, a Liberdade e a Comportada, Berenice caminha do jardim-de-infância à conclusão do curso clássico sem perder uma única oportunidade de desrespeitar limites. Diverte-se demais. As colegas gostam dela, admiram-lhe a coragem de começar as balbúrdias e, depois, assumi-las. Vira e mexe, Berenice aparece de castigo. É suspensa duas vezes e a expulsão não acontece por conta do sobrenome. Apesar do exagero de indisciplina, Berenice, boa aluna, acaba por conquistar a maioria das freiras. Mas o seu comportamento, lamentam elas, ultrapassa o inominável, tal menina não merece pertencer a clã famoso. A família, claro, não pára de lamentar as birutices da donzela que nasceu princesa mas insiste em agir igual à plebe. Com pouco mais de dez anos, escutando comentários, Berenice Maluca pergunta à mãe:

— Quer dizer que eu sou gentinha?

A avó se intromete:

— Gentinha, não. Acho que você é doida, além de muito mimada. Ou ao contrário, não sei.

— Mas a plebe não é gentinha?

— Você não é plebe, Berenice, você se finge de plebe. Mas não passa de uma tola. Quer saber? Vou lhe dar uma aula prática. Amanhã de manhã, marquei hora no Banco do Brasil, na Rua Primeiro de Março. Você me acompanhará. Lá, aplicamos nosso dinheiro, lá verá com seus próprios olhos o que é plebe, o que é elite. Acredite-me, você agradecerá a Deus pertencer à minoria que dá as cartas e manda.

Ordens da avó não se discutem. No dia seguinte, muito a contragosto, Berenice acompanha-a ao banco. Quase morre de vergonha quando o *chauffeur* estaciona sobre a calçada e o gerente se despenca, afobado, subserviente, cheio de salamaleques. Honrando a fama de elegante, a avó estende a ponta dos dedos, esperando o funcionário encurvar-se para lhe beijar a mão. Cumprido o protocolo, agradece com a cabeça e, imponente, adentra o saguão do banco, comboiando Berenice.

Um instante de emoção. Os funcionários rodopiam-lhe em volta, suplicando a grande honra de satisfazer-lhe os desejos. Oferecem copo d'água, cafezinho, sucos para a netinha. A turma que aguarda a hora de um caixa atendê-la — modesta, quieta na fila, deve ser a tal gentinha, conclui Berenice — admira embasbacada a madame poderosa que, com a sua simples presença, interrompe a rotina da mais importante agência do Banco do Brasil. Berenice constrange-se com as expressões conformadas de quem nada espera da vida, nem sequer algum respeito. Sem graça, abaixa a cabeça e aperta a mão da avó:

— Vovó, quero ir embora.

— Agora, não, querida. Antes preciso verificar alguns papéis. Por que não dá uma volta? Este prédio é uma beleza.

Berenice recusa. Quanto mais, a um sinal do gerente, os bancários borboleteiam em volta oferecendo-se para guiá-la no *tour*, mais Berenice se angustia com a gentinha simplória, que, aparentemente, é tão gente quanto ela. Tem boca, orelhas, cabelos, braços, pernas, dois olhos, apenas se veste mal. Recusando os convites com um gesto de cabeça, agarra-se mais à avó, que não diz uma palavra.

Impenetrável e distante, puxando Berenice pela mão, a avó caminha para o elevador. No terceiro andar, dirige-se a uma sala onde chefões a aguardam. Atendimento exclusivo, coisa rara em priscas eras, reservado aos notáveis. Enquanto metade dos grão-mestres financeiros obedece à avó, a outra metade paparica Berenice. Oferecem-lhe, inclusive, uma caixa de chocolates comprada às pressas na esquina. A herdeira surgira de supetão, susto quase irreparável. Não se trata sem caprichos uma menina fadada a desfrutar de bilhões, mesmo parecendo ela um tanto azoretada, basta observar-lhe os modos, nem parece requintada.

Aliás, pensa uma das autoridades presentes à conferência, alguém já lhe avisara que a netinha mais velha da distinta senhora Vogel — ou melhor, senhora Furtado, sobrenome do marido; Vogel quem assinava era o senhor pai dela, que multiplicara a fortuna herdada do avô, luso imigrante pobre, apesar de muito esperto — não batia bem da bola. Enfim, melhor engolir sorrindo a chatice da fedelha, que só aceita os chocolates após a avó a olhar feio. Gente rica nasce esnobe, ô guria nojenta.

Verificada a papelada, a avó se despede e sai do banco, seguida pelo cortejo que a recebeu na entrada, incansável em rapapés. Até a porta do carro o gerente, pessoalmente, faz questão de segurar. Berenice observa o nervosismo do homem, suando um despropósito, trocando os pés pelas mãos:

— Obrigado, madame, pela agradável visita. Sua neta é uma gracinha. Na próxima vez nos avise que ela também virá, teremos muito prazer em esperá-la com um presente.

Berenice admira o *savoir-faire* da avó, movimentando com charme uma das mãos enluvadas, respondendo simpática com, lá no fundo da voz, leve toque de desprezo:

— Por favor, não se incomode. Berenice acompanhou-me porque irá ao dentista e os horários combinam. Acho que não volta mais, não é, meu bem?

— Claro, vovó.

Bem instaladas no automóvel, a avó pergunta a Berenice o motivo do surto de timidez:

— Logo você, tão falante, mostrou-se assustada. Não esqueça, Berenice, pessoas como nós não se revelam tanto. Conte para a vovó, o que a incomodou?

— A gentinha, morri de pena dela. Achei-a igualzinha a nós. Só que se veste pior, não tem carro, nem *chauffeur* e parece triste. Senti vergonha expondo os meus privilégios, como se pretendesse humilhá-la.

Berenice Surpreendente desconcerta a avó. Tanta sinceridade encurrala a matriarca, que, porém, não perde a pose:

— Ah, Berenice, você não cansa de inventar novidades. O povo existe, querida, e nós precisamos dele. Não consigo lhe explicar o que, de fato, é gentinha. Na verdade somos iguais, pois somos filhos de um Deus. Mas existem diferenças, você não notou no banco o tratamento que recebemos? É porque temos dinheiro e também educação. Isto nos afasta do povo, faz-nos diferentes. Não melhores, mais importantes. Isto se chama elite. Entendeu?

— Mais ou menos. Deus é igual a meu pai? Faz filhos e vai embora? Se somos todos filhos Dele, por que há favorecidos? Isto não está certo.

Quase perdendo a paciência, a avó suspira:

— Não esqueça a vida eterna, querida. Nela há a compensação. No céu seremos todos iguais e fraternalmente felizes.

— Vovó, Deus não pode agir assim, Ele está errado. Se nós, a elite, gozamos a vida na Terra e depois a vida eterna, a gentinha continua em desvantagem. Não foi feliz a metade do caminho, nem o céu compensará tanta injustiça. Eu não consigo entender.

Paciência perdida:

— Nem eu, Berenice. Mas, chega. Você não sossega um instante, fala tolices sem pensar. Assunto encerrado. Não nos compete discutir as determinações divinas. Por enquanto, contente-se com a sua vida material. Um dia, você compreenderá a felicidade de usar um sobrenome que abre todas as portas. Você é minha neta do coração, eu decidi que só morro depois de vê-la ocupando, orgulhosa e refinada, o lugar que lhe pertence desde antes de nascer.

Assustada com a irritação da avó, temendo perder seu carinho, Berenice segura-lhe a mão:

— Desculpa, vovó, não falarei mais tolices. Mas não quero que você goste mais dos meninos do que de mim.

Você gosta mais deles? Gosta mais da Dorotéia? Diz que não, vovó, diz que eu sou a sua elite.

Entre comovida e assustada — mas que menina maluca... —, a avó beija Berenice na testa:

— Meu amor, eu adoro você. Também adoro os seus irmãos e a sua prima. Nunca terei netos preferidos, todos são os meus amores, a elite dos meus afetos.

Vovó devia ser deus, o mundo seria mais belo, conclui Berenice. Ao menos não existiria a gentinha, problema que a desastrada visita ao banco complicara ainda mais, pois Deus entrara na história. Logo Deus, um Ser voluntarioso, cheio de manias e implicâncias, que escapa à compreensão de Berenice, incapaz de entendê-Lo. Imagina se um pai — além do dela, claro, que, provavelmente, exalava odores de santidade — larga os filhos pelo caminho, tratando-os com um peso e várias medidas. Provavelmente o Senhor também mora à sombra da mangueira, raciocina espantadíssima.

Tamanho disparate não perguntaria à avó. Apenas a olha e sorri, pensando que a coitadinha e Deus iriam esperar sentados para vê-la crescer *poseur* e arrogante, igual às mulheres do clã. Carro e pensamento em movimento, Berenice descobre que a lição de superioridade pretendida pela avó fora um tiro pela culatra. Detestara o exagero de subserviência, como detesta o excesso de pompa, ramerrame rotineiro. Detesta infantilmente, sem reparar que a avó se cobre de razão: a pompa lhe facilita a vida. Terminando o admissão, ainda cheirando a fraldas, Berenice é viajada, fala mais de um idioma, nunca usou transporte público, só freqüenta bons lugares, recebe convites esnobes para programas exclusivos, compra tudo o que vê e tem, a serviço próprio, a babá e um motorista. O avô não imagina sua neta preferida circulando na cidade sem a proteção de um carro. Quando chega o automóvel comprado exclusivamente para servi-la, a avó dá seu recado:

— Está vendo, meu anjo? Só a elite aproveita confortos negados à maioria. Mas quem vive em privilégios assume responsabilidades. A sua é de comportar-se como alguém de sua estirpe.

— É, vovó, às vezes é bom ser elite. Outras vezes, cansa um pouco. Mas eu vou me esforçando. Um dia, quem sabe, aprendo.

Aprendeu, sem se dar conta. Mas esta é outra história. Importante, no momento, é que, durante a adolescência — que, no século passado, começava mais tarde e terminava infinitamente mais cedo, hoje entre os 8 e os 30 anos todo mundo se acha *teen* —, Berenice compreende que sempre contará com o apoio do amoroso avô materno, compreensivo com o seu temperamento original, sujeito a chuvas e trovoadas. Carinhosamente, ele chama de inteligência a personalidade mutante:

— Berenice é única. Devemos amá-la como é, oscilante e diferente.

O avô está certo. Desde o distante primeiro dia de aula, Berenice sente-se em desconformidade com as meninas que a rodeiam. Por isso, quando começam a aborrecê-la com conversas lero-lero ou brincadeiras de casinha, boneca e dona-de-casa, retorna ao mundo da lua. No primeiro mês do jardim-de-infância, quando devia envolver-se com massinhas e pincéis, a professora a surpreende mergulhada num livro infantil, distraidíssima. A mestra provoca-a, solicitando-a a compartilhar a história com as coleguinhas:

— Suas amigas merecem, não é?

Berenice concorda com a cabeça e, obedecendo à etiqueta do Sacré Coeur, caminha para a frente da turma e lê as cinco páginas do livrinho, sem tropeçar numa sílaba. Eis que acontece a sua primeira visita à sala de *Notre Mère*, codinome da diretora. A bem da verdade, única ocasião nos 14 anos de Sacré Coeur de Marie e cinco superioras diferentes, em que a confabulação com a altíssima autoridade origina-se em bom motivo. Na opinião das freiras, claro. Na de Berenice, boas mesmo são as dezenas de vezes em que, comandando uma farra, acaba pessoalmente punida pelas *Notres Mères*, que não conseguem entendê-la: ou Berenice é mimada, ou nasceu amalucada. Normal, como as outras alunas, ela não é. Assim, cria-se um hábito. Quando uma superiora entrega o bastão à outra, logo trata de avisar:

— Não tire os olhos da Berenice Vogel, a menina é um enigma. Boa aluna, educada, mas também doida de pedra. Surge com novidades que surpreendem a Deus.

Voltando ao jardim-de-infância. Para assegurar-se de que a pirralha não decorara o texto em casa, *Notre Mère* despeja sobre Berenice diferentes autores, mandando-a ler em voz alta. Pequenina e acuada — nem a família acredita em sua sabedoria, por que a freira acreditaria? —, Berenice Mundo da Lua considera conveniente voltar à realidade. Respira fundo e verbaliza correntemente o que lhe colocam em mãos. Encantada com a precocidade da aluna-bisneta-da-escola, a diretora lamenta a impossibilidade de produzir a charmosa fumacinha branca do Vaticano. Mas também não perde a chance. Pomposamente, anuncia:

— *Habemus genius*.

E instrui a professora a chamar a mãe de Berenice, primeira a merecer a honra de conhecer a alvissareira novidade. Ao receber a convocação para, urgentemente, comparecer ao Sacré Coeur, a mãe perde o rumo, sem atinar qual novidade sem pé nem cabeça a filha conseguira inventar em tão pouco tempo. Menos de meia hora após receber o telefonema, entra afobada na sala da diretoria, pedindo desculpas:

— Berenice me dá um trabalho incrível, não posso imaginar o que alguém com cinco anos foi capaz de maquinar, a ponto de me chamarem. Meu Deus, que loucura, se ela começa assim, onde irá parar? Sou ex-aluna, *Ma Mère*. Berenice me enlouquece, me cansa, me deixa louca. Por favor, desculpe-me, nem sei o que dizer.

Oferecem água com açúcar para a assustada progenitora, que não cessa de falar. Esmagada pela realidade — se todos sabem ler, por que ela não saberia? —, Berenice, coração batendo na garganta, assiste à cena dramática, curiosa se a mãe começaria a babar, igual ao cachorro do vizinho com nome de gente grande e *pedigree* de respeito. Chama-se Augusto Columbus Listo e usa carteira de identidade expedida e carimbada no *kennel* de Nova York. É um cão chique, mas fóbico, define o avô:

— Nossa rua vive um carma. O tal do Augusto Listo parece com a Berenice. Desfila nome importante, sem saber se comportar. Quando ouve trovoadas, ele se baba inteiro. Tem fobia de relâmpagos.

Pela graça do Senhor, agradece Berenice, apesar do faro apurado, ela não é perdigueiro, como acusava Lã. Também não alimenta fobias, não corre o risco horroroso de se emporcalhar, ganindo. Tomara que a mãe a iguale, já que a pobre coitada, por culpa da viuvez, vive com um pé na vida e o outro na saudade. Ao menos, diz a avó, Deus é pai, não é padrasto, nada acontece a ela. Um coice da *Notre Mère* encerra-lhe a lengalenga:

— Com tanto nervosismo, você não parece ex-aluna. Desculpo-a apenas por conhecer sua história. Viúva, moça e com filhos para criar. Mas, por Deus, acalme-se. Se não sabe o que falar, não fale nada. Nós a chamamos aqui para louvar Berenice, ela nos surpreendeu, lê como gente grande. Você a alfabetizou em casa?

Respondendo negativamente, a mãe começa a entender a extensão do milagre: Berenice, finalmente, produzira algo útil. Sua filha — incapaz de escovar os dentes sem ajuda e que mija na cama dia sim, o outro também — lê e escreve correntemente, sabe-se lá como. Tal habilidade desenvolvera sozinha, xeretando os jornais. Notando-lhe a distração, *Notre Mère* a traz de volta com outra pergunta:

— Você sabia? Quero dizer, sabia que Berenice é alfabetizada? Por que não nos informou?

A mãe se confunde. Claro que conhecia o talento de Berenice desde a triste ocorrência da castração de um homem. Céus, que doideira, como explicar a esperteza da menina sem citar o episódio? Melhor se fazer de besta, a freira não entenderia e a família acabaria com fama de carniceira, de tarada, trepadeira ou algo muito pior. O importante é que, ao menos daquela vez, Berenice, *Deo Gratias*, não aprontara merda:

— Claro que sim. Imagina. Mas se a notícia é só essa, acho melhor ir embora. Nem sei como agradecer a gentileza, *Ma Mère*. Posso partir sossegada, Berenice se comporta, como é obrigação das meninas educadas. Muito obrigada.

Despacha-se, ligeirinha, após beijar a mão da superiora ao *Sacré Coeur way*: face do rosto encostada no dorso da mão da freira, joelhos levemente curvados. Decepcionada, Berenice vê perdida a sua única chance de brilhar ante a família.

Notre Mère e a professora não entendem patavina. Mas, daquele dia em diante, Berenice se torna especial, com direito a tratamento diferenciado. Consideração que devolve sendo aluna exemplar, dona de boletim com notas irretocáveis. Só o quesito "comportamento" não sai do vermelho.

Mas o respeito das freiras não é a única conseqüência do primeiro *tour* à sala de *Notre Mère*. Naquele dia, ao voltar para casa, Berenice não ouve um comentário sobre a sua mente precoce. Apenas a informam que o avô encomendara o *Tesouro da juventude*, o Neanderthal do Google. Tudo que se quer saber — bem, nem tudo, reconhece mais tarde Berenice — encontra-se em um dos 18 exemplares da caríssima coleção. Lição ministrada, lição aprendida. Quando os livros chegam em três caixas, Berenice sorri, mas não dá uma palavra. Aprendera que emoções se escamoteiam e o não exaltado não é agradecido. Aparentemente, conforma-se, o silêncio é a regra de ouro de sua família de coração enorme e medrosa boca-de-siri. Uma pena. A característica de esconder os sentimentos, por se encaixar perfeitamente no perfil da Berenice Bem Comportada, atrapalha seu destino até quase a terceira idade. Graças a Deus, libera-se. Mas aí a mocidade já ficara para trás.

Farreando na escola e lendo durante as folgas — o *Tesouro da juventude*, toda a coleção infantil e adulta do amadíssimo Monteiro Lobato e, quando faltam livros, jornais, revistas e bulas de remédio (enfim desvendado o segredo da tia-autodidata-em-medicina) —, Berenice, um dia, descobre-se no primeiro ano do curso ginasial, antigo nome dos últimos anos do ensino fundamental contemporâneo.

O ginásio abre para Berenice o melhor e mais divertido tempo da vida. Finalmente, na aula de religião, uma freirinha a ensina a conviver com satanás. O cabra é duro, explica a mestra, mas há jeito de domá-lo. Ou não seria um diabo brasileiro, analisa Berenice, escutando a professora informar que quem assiste à missa durante nove sextas-feiras seguidas recebe indulgência plenária. Trocando em miúdos: zera a alma, os pecados desaparecem. Um negócio da China: nove semanas de farra, nove semanas de missas. Berenice mantém-se empatada com o céu. Em caso de emergência — morte súbita, engasgo, parada cardíaca diante do eleito —, sua alma, às portas do céu, tiraria do bolso um monte de missas às sextas. Se é que alma tem bolso, filosofa, disposta a esclarecer a dúvida teológica com a primeira freira que lhe cruzasse o caminho.

As missas são assistidas de joelhos, cabeça baixa, olhos fixos no livro da prova do dia, aberto no assento do banco da frente. A atitude de fé e contrição encanta a congregação responsável pela educação de três gerações femininas da família de Berenice, motivo que a faz se sentir uma filha-da-mãe elevada à terceira potência. Ela, Dorotéia, a mãe e a tia ainda são chamadas pela alcunha da bisavó, como se todas se resumissem a brotos de repolho, sem passado ou tradição. Traumatizada com a repetição de um sobrenome que sequer consta de sua certidão de nascimento, Berenice decide jamais abdicar do nome herdado do pai que está no céu — não de Deus, por favor, refere-se ao pai terreno, o tal que bateu as asas antes da hora. Gosta de seu sobrenome sério, pomposo, imponente: Lima e Miranda. Se bem que, intimamente, muito aprecie o Vogel da bisavó, que a persegue inclusive na lista de chamada. Sejamos práticas, do Vogel vêm o dinheiro e o conseqüente paparico das freiras. Berenice amadurece o suficiente para entender que, sendo apenas a órfã Lima e Miranda, jamais estudaria impunemente as matérias do dia num fichário escandalosamente aberto no banco da capela, virado e revirado durante as monótonas orações em latim.

Graças a Deus, a maioria de suas colegas a ombreia na disposição de descumprir regras. No Sacré Coeur ainda corre a lenda sobre uma freira enfezada — mal-amada e mal-vivida — que, após ser mestra-de-classe da desvairada turma de Berenice, pulou o muro do colégio e tratou de cair na vida. Se caiu ou não caiu, Berenice não sabe. Mas sabe que, numa noite, fugitiva das proibições maternas, encontrou a antiga freira a bordo de uma microssaia, na pista de dança da *boite* Le Bateau, a moda de Copacabana. Antes de Berenice se recuperar do susto e reparar que a mestra-de-classe tinha pernas suficientes para pular qualquer muro e encantar qualquer gajo, a ex-freirinha deu-lhe um adeusinho simpático e se atirou nos braços de um galã.

Se a freira pode, por que ela não? Resolvendo a equação entre as nove sextas de missa e as noves sextas de farra, Berenice também se joga nos braços do namorado. Não o vizinho, nesta altura despachado. Mas um pedaço de homem, judeu de ascendência polaca, que jura ser protestante e neto de holandeses. Desta forma, acredita ele, será mais fácil papar a jovem católica e amalucada, que o deixa confuso, agindo completamente diferente das outras meninas, todas à disposição do monumento de quase 1,90m, olhos verdes e corpo irretocável de nadador.

Coitado do polaco, não sabe com quem se meteu. Antevendo o tamanho da tentação — o eleito é um escândalo de boniteza —, nos dias de encontrá-lo, Berenice incorpora a Nazista. A cada investida, escapole igual peixe ensaboado. O sujeito não desiste, Berenice é a única a resistir a seus encantos. Detalhe que a torna, segundo os padrões da época, muitíssimo mais desejada. Lamentavelmente, até paixão se cansa. Depois de gastar todo o estoque de jogos de sedução e levar um susto sinistro, o frustrado garanhão bate em retirada. De prêmio, somente alguns beijos. A bem da verdade, o vencedor é ele. Berenice não o esquece e lamenta, a cada dia, nunca ter se deitado com o namorado de máscula beleza e aroma de hortelã. Quem paga é Dorotéia, useira e vezeira em ouvir a lamentação da prima:

— Um homaço em minhas mãos e eu bancando a virgem de camisolão azul. Merda.

A animada turma do colégio — por mero acaso denominada turma B — deixa fama no Sacré Coeur. Entre as alunas movimentam-se alguns futuros luminares: uma famosa artista plástica, uma ministra de Estado, várias *socialites*, médicas renomadas, duas ou três putas e uma lésbica *avant la lettre*, GLS nos anos 1960. Ela e Berenice, respeitadas as diferenças sexuais, são grandes amigas. Não houve, em todo o colégio, quem mais torcesse pelo sucesso do judeu-protestante do que a colega homo, que se derretia de amores pela atriz Sandra Dee, a belezura anos 1950/1960 de Hollywood.

Na absoluta incapacidade de se mudar para a Califórnia, a GLS de vanguarda cortejava uma sósia mais modesta da atriz, aluna da turma C. Lindo caso de amor.

Formadas em letras — com mestrado, doutorado e bela carreira acadêmica —, elas se casaram e estão juntas até hoje. Berenice conhece poucos casais tão felizes.

A artista plástica — hoje famosa, quiçá internacionalmente — faz par com Berenice nas lições de etiqueta: como usar chapéu e luvas, dispor os pratos à mesa, servir à francesa, enviar flores, cruzar as pernas e outros detalhes essenciais às verdadeiras damas. As irmãs acreditam que pequenos esquetes no palco do auditório pequeno — assim chamado porque, claro, existe o auditório grande — são a maneira mais pedagógica de doutrinar as alunas nos segredos do bom-tom.

A cada semana, segundo o tema proposto, uma envia flores, enquanto outra as recebe e, logo após, redige a nota de agradecimento. Ou alguém debate-se em dúvidas, sem saber qual chapéu uma senhora deve usar neste ou naquele momento, até surgir uma fada e desfazer o dilema. Em pé, vareta na mão, a freira-Socila — escola de boas maneiras, o *must* da época, a freira a freqüentou só para ensinar às meninas — corrige ou elogia, conforme o representado. É preciso que se diga: as *enfants du Sacré Coeur* formam-se sabendo tudo para arranjar bom marido, embora nem todas consigam.

Berenice vê formarem-se casais de maridos-estrupícios. Ou de gentis cavalheiros com delicadas senhoritas de péssimo caráter. Desperdício tanta aula de etiqueta para acasalar uns trastes. Graças a Deus, não é a história dela. Berenice é biruta, mas sincera. E o seu marido amou-a com desvelo enquanto durou o matrimônio. Até na separação revelou-se um *gentleman*, só derrapando ao contar ao juiz que homologou o desquite — o divórcio virou lei um par de anos depois — as loucuras da antiga consorte. Mas falou carinhosamente, afagando com as mãos os ombros da ex-mulher. Comovido, o juiz perguntou se o casal não gostaria de amadurecer a dramática decisão, mas ambos negaram com ênfase. Os dois, amores à parte, são inseparáveis amigos.

As alunas do Sacré Coeur amam as aulas de etiqueta. Menos, claro, as da turma de Berenice, que aproveitam a chance para tricotar bagunças. Quase no fim do antigo curso ginasial, Berenice e a futura artista, que ainda não completaram 14 anos, recebem a incumbência de representar uma visita de pêsames. Após a preleção da professora de boas maneiras — a melhor roupa a vestir, expressão a ostentar no rosto, palavras adequadas, tempo máximo de permanência na casa do defunto —, as duas tentam convencer a irmã-Socila a permitir improvisos. Senão o esquete ficará monótono, explica Berenice Liberdade, tirando do baú as mais belas palavras de seu repertório para garantir à professora que visitar enlutados é um momento difícil:

— Se nos comportarmos à vontade e pudermos falar com o coração, os resultados serão mais positivos.

A freirinha nega o pedido enfaticamente, sem conseguir esconder os pensamentos — confiar em Berenice Vogel? Nunca, esta menina é doida. A dupla é salva pela intercessão de *Notre Mère*, confiante de que o talento de uma e o *pedigree* da outra — doida, sim, mas bem-nascida — transformariam o tema trágico num momento glorioso das aulas de etiqueta.

No dia e na hora aprazados, as turmas A, B e C reúnem-se no auditório nem tão pequeno assim. Berenice e a futura atriz sobem ao palco, representando o senhor e a senhora Santos Flores, sentido casal visitando uma família que perdera o chefe. Após a missa de sétimo dia, claro, detalhe que a freira-Socila aproveita para enfatizar:

— Muito bem, vocês começaram com o pé direito.

Depois, dirige-se à assistência, atônita com a fundamental informação para um futuro bem-sucedido:

— Não se esqueçam, meninas. Visitas fúnebres são bem-vindas apenas após o sétimo dia. Antes, caracterizam uma terrível descortesia. Só os muitos íntimos entram em casa de enlutados.

A colega-futura-artista representa a senhora Santos Flores. Veste um *tailleur* preto emprestado pela mãe. Na cabeça, discreto *béret* arrematado por nuvens de *point de tulle*, que, charmosamente, encobrem parte dos olhos lacrimosos. Imagine se, em tempos idos, alunas do Sacré Coeur usariam uma reles boina ou um tule qualquer.

Com um terno de Flopi, chapéu e gravata surrupiados do avô, Berenice é o senhor Santos Flores. Figura tão ridícula — o chapéu enterrado até os olhos, o terno sambando no corpo, a gravata pendendo nas coxas — que, mal ela surge no palco, a platéia começa a rir descontroladamente.

Artista é artista, não importam as condições de temperatura e pressão. Antes de a freira-Socila repreender as colegas ou, pior, encerrar a apresentação arduamente ensaiada, a senhora Santos Flores toma as rédeas da situação. Improvisando, explica à assistência que ela e Berenice representariam uma cena dramática:

— Se Berenice parece engolida pela roupa é porque o sofrimento encolhe as pessoas. O papel dela é difícil: um homem, o meu marido, que acaba de enterrar o melhor amigo. Por favor, respeitem a nossa dor.

As meninas se calam, a freira-Socila sorri satisfeita,

Notre Mère balança positivamente a cabeça, avisando ao distinto público que, unidos, a vocação e o bom berço vencem qualquer obstáculo — ela acertara em cheio juntando as duas meninas.

De braços dados — Berenice seriíssima no papel masculino —, as duas adentram o cenário: uma sala de visitas simbolizada por um sofá, uma poltrona e uma mesa com flores de plástico. De pé, aguardando a "viúva", Berenice pensa não conseguir entender a obsessão das freiras, de todas as ordens religiosas do mundo, por flores de plástico. Então, sua cabeça embaralha. A Berenice Mundo da Lua sai do armário, senta-se no sofá e pergunta à colega falsamente soluçante:

— O que devo falar?

Madame Santos Flores esbanja presença de espírito. Apesar de a observação não estar no *script*, ela segura a peteca:

— O que é isto, querido? Você parece abalado, fale o que lhe vier à cabeça.

Obedecendo à distinta esposa, o senhor Santos Flores dispara:

— Estas flores são de plástico, existe freira na família?

Vendo o esquete fugir ao previamente ensaiado e antevendo confusão, a irmã-Socila empurra para o palco a aluna que representa a viúva, enquanto a futura atriz belisca Berenice, tentando trazê-la de volta para o auditório pequeno:

— Pare de fazer gracinha.

Mas, naquela altura, a Berenice Maluca abrira as portas para sua irmã Enluarada e ambas resolvem transformar o teatrinho numa grande festa:

— Não precisa me beliscar, sei que homens não choram. Mas, oh, é tanta tristeza. Quem diria, o nosso amigo desencarnar engasgado com um caroço de fruta-do-conde. Que passamento medíocre, igual a morte de pobre.

A viúva se espanta com a fuga do roteiro. A princípio, o marido tivera um enfarte. Desconcertada, pergunta sem perder o tom lastimoso:

— Quem morreu engasgado?

Berenice engata a primeira:

— Não foi o seu marido?

Nem a colega-atriz salva a situação. Berenice arma tamanha confusão que consegue incriminar a remida:

— Messalina, você matou seu amante. Ainda por cima, engasgado. O que ele tinha na boca? Hein? Hein? Eu sabia que a história do enfarte não passava de blefe, igual a estas horrendas flores falsas, decoração duvidosa de mau gosto católico. Vou denunciá-la ao Clube dos Decoradores.

Notre Mère quase desmaia, a irmã-Socila encerra a sessão, as colegas se torcem de rir, Berenice reclama ao ser levada à sala da diretora. Afinal, só estava brincando. Assim recebe a primeira suspensão, dividida com a colega-atriz que, percebendo o desastre da visita, resolve ajudar Berenice a falar sandices. A "viúva" — mais tarde, ministra de Estado — leva a choradeira à sala da *Notre Mère* e recebe um elogio no boletim pelo comportamento exemplar. Lição para Berenice: até para enterrar marido necessita-se de talento. Antes de completar o sétimo dia do infausto passamento, lágrimas são peças-chave. Mesmo que de crocodilo. Matutando sobre o disparate, pede perdão a Deus. Seu pai voador deveria estar bufando com o cinismo da filha. Preocupada com ele, justifica-se com *Notre Mère*, penitenciando-se publicamente:

— Minha culpa, minha culpa, minha máxima culpa. Homem faz muita falta. Quero dizer, marido e pai fazem falta.

Não escapa do castigo, embora, comovida com a história de Berenice, órfã antes dos três meses, a superiora, arrependida de a ter escalado para o esquete de pêsames, reduza a punição para somente um dia. Após Berenice bater em retirada para apanhar a caderneta onde lavram o castigo, *Notre Mère* comenta com a freira-Socila:

— Errei, deveria lembrar o passado dela. Nem de brincadeira Berenice suporta perdas, pois nunca assimilou a morte do pai. Jesus, perdão, como eu magoei a menina.

A bem da verdade, antes de Berenice receber a incumbência de representar o senhor Santos Flores, a congregação se dividiu. Metade apostou contra; metade, a favor. O voto de Minerva partiu de *Notre Mère*, naquela altura envergonhadíssima de decisão mal tomada. Então, a situação se inverte. As freiras anti-Berenice, após o *mea culpa*, concordam com a superiora. As outras afirmam que, órfã ou não, Berenice é bagunceira, debochada, inconfiável. Pelo sim, pelo não — e tentando evitar uma cisão entre elas —, a congregação inicia uma novena pedindo perdão aos céus pelo erro cometido: ou de escalar Berenice, ou de, depois, suspendê-la.

Um nome coroado, aliado à gorda conta bancária, conserta qualquer problema. A maioria das freiras gosta de paparicar a aluna que atesta a qualidade de ensino: três gerações de mulheres alfabetizadas configuram um fato louvável, ainda mais quando uma delas, exatamente Berenice, chega ao colégio aos quatro anos sabendo ler e escrever. Enfim, às vezes a sorte falha. Na clausura comenta-se à boca pequena que o episódio da trágica aula de boas maneiras é apenas o sinal do muito que ainda acontecerá. Afinal, a menina crescendo já aprende o indevido.

Aos trancos e barrancos, muita farra e alegria, castigos, prêmios de excelência acadêmica, amigas e mais amigas, confidências amorosas, bailes, festas e sonhos, Berenice chega ao curso clássico, o moderno ensino médio. No início do último ano, quase é expulsa do colégio. Também, a loucura engendrada durante o retiro espiritual ultrapassa, com folga, qualquer asneira inventada durante o curso no Sacré Coeur de Marie.

Preparando a alma para, no fim do ano, abandonar o saudável ambiente religioso, Berenice e todas as formandas passam três dias internas num anexo à Igreja Nossa Senhora da Paz, em Ipanema. Ali, Berenice aproveita as horas de autoflagelação — meus pecados, Senhor, perdoai meus pecados — para escapulir e namorar na praça em frente, com o apoio irrestrito das colegas, alegremente penduradas nas janelas do edifício-clausura, torcendo para, enfim, Berenice entregar-se ao esplendoroso judeu polaco, autoproclamado batavo luterano.

Pois não é que, exatamente na noite em que Berenice perde a cabeça, o controle, a calma, enfim, tudo, *Notre Mère* adentra o recinto da torcida, acaba com a farra e suspende a turma inteira? Berenice, coitada, não só vê interrompido o seu quase primeiro momento amoroso, como é devolvida ao retiro espiritual arrastada pelo braço — nada capaz de traumatizá-la, na infância arrastaram-na pelas asas, ela se tornara imune a este tipo de provocação. O único problema é que, no decorrer da vida, Berenice ignora se o susto de, subitamente, ver-se cercado por freiras tagarelando histéricas invalidou para sempre o deus grego. Pobre rapaz, permanece solteiro décadas.

A mãe de Berenice, chamada imediatamente, é avisada que a filha não será expulsa porque o Sacré Coeur honra o costume de não se livrar das ovelhas desgarradas, se oriundas de bom aprisco. Berenice extrapolara, mas basta uma suspensão. Nossa Senhora, que capacidade cultivam as freiras de lavar roupa suja. As reclamações vão de Berenice comer durante as aulas (e sem rezar, agradecendo os alimentos) a não entender patavina de matemática e latim. Lembrar seu sucesso nas aulas de português, francês, geografia e história, *Notre Mère* não lembra. Nem poderia, claro. Afinal, Berenice — depravada, pecadora, impudica, despudorada — deleitava-se na praça, aos amassos com *um homem*.

Berenice se espanta — será que a superiora preferia encontrá-la amassando uma mulher? Quando pensa em abrir a boca e formular tal pergunta, a mãe a manda calar-se, na certeza de que a filha não diria boa coisa. Tentando mudar o assunto, mamãe recorre ao latim — *qui, quae, quod*. Susto, não se pisa em terreno minado, Berenice reconhece os seus desvarios latinos. Traduzira *De bello gallico* criando nova versão para a guerra gaulesa. Na certeza de que a professora também não sabia o que o general romano escrevera (ou fizera), soltara a imaginação e inventara batalhas que, com letra caprichada, descrevera no papel almaço imaculadamente limpo. Freiras adoram aparência, não é que a estratégia funcionara? Graças ao bom Deus, nem naquele momento *Notre Mère* cita a sua coparceria com Júlio César. Para completo alívio, até o início do século XXI, o Instituto Histórico Nacional também não a processara por deturpação dos fatos. Bem, se ainda o fizesse, Berenice argumentaria que não agira de má-fé. Latim é um perrengue.

Enquanto a mãe, em prantos, desculpa-se com a superiora, Berenice lembra de Dorotéia lhe perguntando o significado do dístico que encima o portão principal do cemitério de Botafogo, o São João Batista: *Revertere ad locum tuum*. A resposta não demora: "Só se aceita defunto até as 18 horas." Sua cabeça é objetiva, que outra coisa alguém escreveria na porta de um campo-santo? *Volte para seu lugar*? Quanta tolice, meu Deus, nem todo mundo nasceu no São João Batista. Ela, por exemplo, precisaria retornar à horta onde moram os repolhos.

O excesso de pragmatismo lingüístico leva a mãe a transformar as tardes dos sábados em torturantes aulas particulares de latim. Berenice tenta o impossível para fazê-la mudar de idéia e dispensar as lições. Recorre até ao fato de saber cantar três hinos nacionais nas línguas de origem: o brasileiro, o francês e o português. Quem neste mundo de Deus, argumenta, sabe cantar o hino português, além dos próprios lusos? Ante a mãe irredutível, Berenice apela à chantagem emocional:

— O hino lembra a bisavó Vogel. Você não imagina como me esforço para entoá-lo perfeitamente.

A mãe demonstra má vontade, mas cede à curiosidade:

— Por que você aprendeu o hino português?

Berenice explica que aprendera o canto pátrio da família materna para saudar a superiora de todas as superioras — provincial, dizem as irmãs —, lusa de nascimento e em visita ao Brasil para conhecer os colégios de além-mar.

— Todas as alunas, do primário ao clássico e normal, passaram algumas semanas ensaiando no auditório grande. Mas valeu a pena. A apresentação foi um sucesso. Ao receber a homenagem, a provincial sorriu felicíssima.

Ponto para Berenice. Não só acaba se livrando das aulas particulares de latim, como, de contrapeso, carrega pela vida a honra de cantar o hino luso — nem os portugueses cantam. A prova definitiva desta assertiva, ela colhe em um Clube de Artes que freqüenta aos 50 anos. Os sócios, a maioria d'além-mar, desconhecem a letra da segunda estrofe. Espantam-se quando Berenice começa a cantarolá-la:

Desfralda a insígnia bandeira,
À luz viva deste céu,
brada Europa à terra inteira,
Portugal não pereceu,
etc. e tal.

Incrível Portugal não perecer, matuta desde os tempos da provincial. Afinal, o estribilho incita o país a marchar "contra os canhões". Santa ignorância, ninguém em sã consciência marcha em direção a uma arma de fogo. Só se quiser morrer com uma bala no quengo. Mas, aparentemente, quem dispara os canhões contra os portugueses sofre de péssima pontaria. No mundo inteiro, eles sobram. Provavelmente sobrevivem pelo extraordinário talento na arte do amor. Pessoalmente, Berenice ostenta um luso em seu currículo. Entre as suas paixões, nenhuma o supera. O cidadão resume todas as qualidades de exemplar masculino, em proporções perfeitas. É homem demais, avalia a Berenice Bem Comportada, mordendo o freio menos de cinco minutos depois de conhecê-lo numa palestra sobre Luís de Camões. Felizmente a mãe ensinava: na cultura vive a felicidade. No caso específico, acertara na mosca.

Resumindo: após os 50 anos, entre *flûtes* de champanhe e saladas de endívias, Berenice aprende a escapar da rotina. O amado dança, canta, pinta, escreve, sabe música, joga tênis, cavalga, cozinha como ninguém. Nos momentos vagos, costura, cose e remenda corações dilacerados. É cirurgião torácico. Berenice acredita que ganhou na loteria e recorda-se da babá. Antes que, algum dia, um dos dois caia do galho, ela antecipa a cena. Manda o exemplar perfeito desgrudar da saia dela:

— Para o rato não roer as rendas do nosso reino.

De quando em vez, encontrando o namorado, é exageradamente feliz. A paixão deles é tanta que, durante uma viagem, a Terra empena no eixo. Um grande terremoto, seguido de um maremoto, quase engole a Ásia. Berenice e o luso, de loucos apaixonados, não notam a catástrofe debaixo de seus narizes. Enquanto o planeta embaralha, os dois arfam a vida no quarto andar de um hotel em Phuket, Tailândia. Berenice jura de pés juntos que o tsunami formou-se na onda do amor de ambos.

Da terrível experiência, eles não escapam ilesos. Após voltar ao Brasil, traumatizado pela imensidão do desejo capaz de abalar o sistema solar, o casal, em prol da ecologia, desiste de se encontrar. Durou três anos, quatro meses, duas semanas e cinco dias o idílio perfumado que enfeitiça Berenice e lhe fornece lembranças para o resto de seus dias. Mas ela se conforma, convoca o lado doido e sai andando sem rumo. Caminha horas. Volta para casa convencida de que o cirurgião e seus carinhos precisos eram areia demais para ela carregar. Então, engaveta o amado recordando a morenice, o charme e os galanteios do homem amável e forte, conforme exige o momento. Amante igual, jamais teve, suspira, pensando que se transladará para Lisboa, se ainda lhe sobrar tempo.

Engana-se quem pensa que Berenice é devassa. Sua história amorosa é de uma pobreza ímpar, a Berenice Sargento Nazista nunca lhe dá uma folga. A Bem Comportada, que circula na vida, conta os amores nos dedos. Quando jovem, apenas o judeu-protestante e o tal vizinho, ambos condenados a ficar no ora-veja. Depois do divórcio, um espanhol traumatizado, o supracitado português e um pintor brasileiro, mimosura nas artes do amor. Convenhamos, mimosura não é exatamente o melhor adjetivo para descrever um homem. Berenice prefere não recordá-lo.

Do judeu-quase-protestante, sabemos o destino. O amigo de Flopi, coitado, não conheceu melhor fim. Habituado a assistir à Berenice afogada, embolada na areia, afoita e descabelada, desafiando as ondas para pegar jacaré, ele reluta em aceitar a moça magra, discreta e bem-educada, capaz de passar horas conversando bobagens. Prefere a louca de antes. Decepcionado, implora que Berenice volte a incorporar a antiga personalidade, sem notar que, encantada, ela ama o novo corpo, conseguido à custa de muita fome e de muita anfetamina. A paixão morre sem começar, apesar de uma volta de lambreta em torno do quarteirão enquanto Flopi e Lã esperam na porta de casa, cronometrando os minutos. Impossível a paixão manifestar-se em condições tão adversas.

Berenice não esquece o ar de infelicidade do Romeu abandonado, seus olhos claros, os cabelos lisos e compridos. Moda recém-lançada, que irrita Lã, de repente transformado em guardião de donzela: monitora Berenice com o zelo de um radar. Às vezes, Berenice pensa em avisar ao irmão que sua versão comportada perturba o suficiente. Mas acha um desperdício, enquanto Lã a controla, os dois ainda conversam:

— Por que você é tão chato?

— Por que você é tão burra?

Berenice só volta a lembrar — e a lamentar — o triste desencontro quando, anos depois, é informada de que o galã da lambreta é exilado político em Paris. Um charme. Ah, o arrependimento. Após receber a notícia, gasta meses sonhando com a emoção de morar na França, freqüentar a Rive Gauche, viver um tanto marginalmente, sua verdadeira vocação. Ancoram-na na realidade os três filhos muito amados — se Berenice cedesse ao passeio de lambreta, os filhotes não seriam a perfeição que são.

Graças aos quilos extras sofridos na infância, seus amores só a conhecem ou faminta ou chapada de anfetamina. Resumindo, fora do estado normal. Com tendência a engordar e gulosa até onde a vista alcança, Berenice, desde que parou de se exercitar no mar, dribla a vontade de comer com medicamentos que lhe arrepiam os cabelos, provocam queda de dentes, insônia e mau humor. Para completar, o remédio limita todas as fomes. Inclusive, o tesão. Berenice considera um absurdo entupir-se de tal droga. Mas se entope. A moda exige mulher magra e, mesmo virando um legume, ela anda nos trinques: blusa de malha, calças jeans apertadinhas, um chuchu. Nos dois sentidos: bonita e desprovida de sensualidade. Merda.

Deve-se à anfetamina — e a um descuido da Bem Comportada — a prisão da Berenice Maluca, na véspera de Natal. Motivo: desacato à autoridade. Buscando numa butique o vestido que a filha caçula usaria na ceia, ela estaciona em Ipanema, exatamente no meio da rua Visconde de Pirajá. O guarda a multa, Berenice bate-boca e, quando ele lhe pede os documentos, Berenice — sem comer há meses, morrendo de calor sob um sol de 40 graus e estimulada pela anfetamina — manda-o tomar no cu.

Sob os aplausos dos circunstantes — mulher anda mesmo abusada — Berenice é presa. Na delegacia, socorre-se com Lã, altíssima autoridade estadual, que a livra da enrascada. Preocupado, o irmão liga para o delegado que, ao ouvir o nome do interlocutor, identifica-se como um dos cavalos de Ipanema. A conversa termina com Lã pronunciando a frase recorrente:

— Obrigado pela ajuda. Você sabe, Berenice é dada a cenas dramáticas.

Ao que, delicadamente, o eqüino delegado responde:

— Não se preocupe. Sua irmã sempre foi meio doida. Pelo visto, não mudou.

Mudou, sim. Para surpresa geral, casou antes dos 20 anos. Embora, em uma viagem à Europa — a primeira de Dorotéia; Berenice, o avô e a avó comboiando a pirralha —, ela se assombrasse com a história dos cisnes, animais monogâmicos do início ao fim da vida. Apesar de adolescente, Berenice Liberdade considera a monogamia tão fora de propósito quanto a castidade vitalícia. Discretamente, confabula com a prima, pequena demais para entender seus devaneios filosóficos:

— Se, neste mundo, existe quem aprecie jaca, por que não existiriam monógamos, misóginos, castos etc. e tal? Convenhamos, Dorotéia, você já entrou na idade de aprender que há tarados com vocação para tudo. Até para comer jaca e prezar fidelidade.

Felizes com o passeio, as meninas Vogel decidem desconsiderar a falta de imaginação dos cisnes. Afinal, pondera Berenice, o mundo animal esconde alguns idiotas. Experiente e sábia, do alto de seus 15 anos, conclui para a prima:

— Este bicho não erra completamente. Ao menos uma vez, precisamos dar chance ao amor.

Sua jovem pupila concorda e ambas esquecem a monótona felicidade aviária até o momento de o guia turístico — poliglota e versado em artes, especialmente contratado pelo avô para ministrar à encantadora neta caçula as primeiras noções sobre a riqueza artística do Velho Continente — começar a contar para a tradicional família verde-amarela a história de um cisne desaparafusado, apaixonado por um barquinho de madeira construído na forma e no tamanho de uma fêmea de sua espécie. Algo próximo ao pedalinho brasileiro.

À beira do lago Balaton, na Hungria, onde reside o casal biônico, o jovem guia desanda a explicar que, inicialmente, os tratadores não estranharam a insólita afeição. Embora, volta e meia, o cisne macho aparecesse com o órgão sexual danificado, pois fazer amor com um pedaço de madeira, embora mais comum do que se imagina, exige esmerado preparo físico e emocional, não é para qualquer um.

Quando o cisne se enroscava jururu nas margens do lago, os veterinários entravam em cena e com um iodo aqui, uma pomadinha acolá, resolviam o problema do frustrado amante. Até a próxima sessão de destruição lenta e gradual do próprio pênis: o garanhão aquático não desistia de acasalar com o barco. Uma infeliz novela.

O avô reclama dos detalhes. Considera-os ultrajantes aos ouvidos recatados de sua senhora esposa e das delicadas netas. Mas o guia, esperto, logo recorre ao clímax do enredo e o avô, mais curioso do que *gentleman*, deixa o barco correr, metáfora pouco apropriada para a ocasião, já que o atarantado do cisne queria porque queria derrubar o barco até fazê-lo gozar. Muita doideira, suspira Berenice, aflita para palpitar, mas respeitando o avô.

Não é que animal é igual a gente, também gosta de sofrer? O tal cisne, quem diria, esconde um inesperado lado masô? Ao chegar a época da migração, quando todos os companheiros, devidamente casados, voam para o sul atrás de sol e calor, o cisne apaixonado, já quase capado, ataca às bicadas quem tenta afastá-lo de sua amada, naturalmente incapaz de decolar. Navegar, ela navega na maior competência. Voar, não consegue. Nem com a ajuda de um engenheiro alemão, que adapta no barco um motorzinho turbinado conseguindo fazê-lo alçar vôo. Para se esborrachar logo depois.

Escondem o barco-fêmea, amarram o cisne, levam-no de carro para outra região, pagam uma cisne sedutora para distrair os hormônios do Romeu alado. Nada resolve o tresloucado caso de amor. Dois ou três dias depois de afastado centenas de quilômetros do barquinho de seus sonhos, o cisne macho ressurge ainda mais aflito e amoroso. Os veterinários já antevêem o momento em que o pobre do falo cairia de podre. De tão machucado, murcha com um início de gangrena.

À primeira neve, vem gente de Budapeste assistir comovida ao cisne macho morrer de frio, cumprindo seu milenar papel protetor, agasalhando com as asas a amada. Naturalmente, a exótica história atrai a atenção dos gênios de plantão e logo surgem cientistas, PhDs em veterinária, cartomantes, espíritas, cabalistas e até uma umbandista brasileira que mora no Leste Europeu. Cada qual apresenta uma solução para o episódio. A umbandista, por exemplo, avisa que o cisne, filho de Obaluaiê, permaneceria *ad aeternum* ao lado do barco:

— É melhor deixá-lo em paz.

Falando em português, fica o dito pelo não dito, ninguém entende nada. Filho ou não de Obaluaiê, o cisne finalmente começa a morrer de frio, sempre abraçado ao adorado barquinho.

Então, o bom senso fala mais alto e os seres humanos, geralmente ferozes com os semelhantes, unem-se em mutirão para salvar o animal psicopata. O governo comunista — pouco afeito ao romantismo pequeno-burguês — acaba cedendo à pressão popular e manda construir um abrigo para o estranho casal. Durante anos, o cisne e sua frígida e silenciosa esposa passam o inverno recolhidos na casa presenteada pelo governo. Ali os dois ainda vivem o invulgar caso de amor, criando várias ninhadas. O avô reage com raiva:

— Ninhadas? Logo vi que o senhor mentia. Fez-nos perder tempo e perturbou as meninas.

O guia se defende:

— Ninhadas, sim, senhor. Quando morre um cisne fêmea deixando filhotes e o viúvo torna a casar, o casal barquinho cria os pequeninos órfãos. No verão, multidões se aglomeram à beira do lago para testemunhar alguém tocando o barco, que navega acompanhado por uma fileira de cisnezinhos, ao lado do orgulhoso marido. Uma beleza, só vendo.

Só vendo mesmo, suspira Berenice, descobrindo que casamento, para dar certo, exige que um dos parceiros encarne o barquinho de madeira: viver em silêncio, sem tugir, mugir, reclamar ou expressar opiniões. Apenas navegar, na direção indicada por outra pessoa, com muda e serena expressão de felicidade. Será que, com o seu temperamento, daria conta do recado? Não queria virar barco, nem desposar um barco. Afinal, fazer o quê?

Tal pensamento não lhe passa na cabeça quando, logo após o retiro desastrado e quase expulsão do colégio, se apaixona por Henrique, rapaz de ótima estirpe, melhor do que a encomenda: único herdeiro de um dos mais importantes analistas financeiros do país. Economista doutorado em Harvard, magro e moreno, Henrique desperta em Berenice a mesma paixão cega do cisne pelo barquinho. Por sua vez, o doutor de Harvard, habituado às senhoritas lambisgóias, educadas, como Berenice, para miar e agradar, encanta-se com a jovem bonita e destrambelhada, capaz de falar o que lhe vem à cabeça para, minutos depois, comportar-se com a discrição da mais eficiente *dame* do Reino Unido. Resultado: em um ano, sinceramente apaixonados e sob o aplausos das duas famílias, eles se tornam oficialmente marido e mulher. Oficialmente. Oficiosamente, o doutor resolvera o problema havia alguns meses, com o aval da noiva que, sufocada de amor, manda a Berenice Nazista às favas e avisa ao pretendente não concordar com a hipocrisia do esfrega-esfrega só para alardear uma capenga virgindade.

A família de Berenice não mede esforços nem despesas para oferecer uma festa de arromba. Igreja elegante e caríssima, decoração em rosas *ton sur ton*, vestido de *griffe* do mais famoso estilista de então. Requintado e maneiroso, ele só fala em superlativos e metáforas hiperbólicas. Segundo a mãe e a futura sogra, no Brasil, de Norte a Sul, não existe outro igual: cria, desenha e costura divinamente bem, igual aos mestres franceses. Ao aprovar o modelo, exclusivo para Berenice, elas recorrem ao vocabulário do mestre das agulhas:

— Sofisticadíssimo, lindíssimo, finíssimo. Berenice ficará uma princesa.

Falsamente modesto, o grão-senhor do corte e da costura concorda, rebatendo com um elogio:

— Mas a noiva ajuda. Tem o porte de uma garça, parece uma gravura de Gustav Klimt. É longilínea, macérrima, sensualíssima. Virgem Santíssima, Berenice é exatamente tudo que um estilista almeja vestir.

A macérrima e sensualíssima Berenice, rosto chupado de fome, derrotada pelos comprimidos de reduzir o apetite, ri de seu porte de garça e da sensualidade Klimt. Fala-se qualquer asneira por dinheiro, pensa, enquanto sorri para a majestade dos alfinetes a quem, na intimidade, só trata por Dona Aranha Costureira.

Conhecendo a filha, a mãe se preocupa:

— Berenice, Berenice, o costureiro tem nome. Estou vendo a hora em que você vai chamá-lo de Dona Aranha. Faz favor, toma cuidado.

Apesar dos muitos cuidados, o dia fatídico amanhece. Em uma das muitas provas da obra-prima com que desfilaria na igreja, Berenice e o costureiro empacam na altura do decote. Ele quer lhe expor os seios, ela insiste em corte mais discreto. Discute daqui, discute de lá, o estilista tira do bolso uma expressão parnasiana:

— Seus seios são marmóreas perfeições. Você precisa exibi-los, excitar o noivo na igreja.

Mais excitado do que o discreto doutor andava, impossível. Se o motivo é este, melhor trajar-se de freira, avalia Berenice, irritada com o estilista. Tanta confusão em sua cabeça — vestibular, casamento, noivo excitado, fome, calor, apartamento novo — tira Berenice do sério. A Maluca aproveita a brecha e dá o ar de sua graça:

— Olha, Dona Aranha, faz como eu quero e ponto final. Deixa as minhas perfeições marmóreas em paz.

Noooossa, o mundo desaba. O artista atira longe a tesoura, as linhas e agulhas e se recusa a prosseguir com o trabalho:

— Jamais assinarei o vestido de uma bruxinha ousadíssima, capaz de me ofender tanto. Você é uma serpente viperina, que devia residir no Butantã.

Berenice tenta driblar o faniquito. Aflita, explica ao magoadíssimo estilista que acaba de o elogiar muitíssimo. Afinal, a Dona Aranha Costureira assinara o maravilhoso traje nupcial da Narizinho, quando ela casou com o Príncipe Escamado, do Reino das Águas Claras:

— Não, não se entristeça. Estou me referindo à mais linda cerimônia matrimonial da literatura brasileira. Se você nunca leu Monteiro Lobato, não sabe quanta inspiração está perdendo para as suas criações divinais.

O cidadão se acalma. Enxuga as lágrimas e, ainda meio ressentido, aproxima-se:

— A Narizinho usou um vestido mais bonito do que o seu?

À vontade em seu mundo — Berenice adora ler —, ela volta a incorporar a Bem Comportada e sorri suave:

— Muito, muito mais bonito. Nunca ninguém vestirá um traje igual ao dela: enfeitado com todos os animais do mundo submarino, costurado em tecido fabricado pela fada Miragem, cortado pela tesoura da imaginação, costurado com a agulha da fantasia e a linha do sonho. Os peixinhos, coloridos, nadavam entre as tramas e o vestido brilhava em muitos tons de furta-cor. Lindo, não é? Li e reli centenas de vezes esta passagem do livro *Reinações de Narizinho*. Vou comprar um exemplar e lhe dar de presente. Você é artista e sensível, adorará o excesso de imaginação e de beleza.

Ponto para Berenice, o mestre sossega um pouco. Recolhe a tesoura e as agulhas que as assustadas assistentes catam pelo chão, comentando com um sorrisinho maldoso:

— Deus me livre, achei que você se referia a alguma amiga tarada, praticante de zoofilia. Interessante, nunca soube de humanos mantendo relações sexuais com peixes. Mas, neste mundo, nada é impossível, não é, meu bem? De repente, com um tubarão, que tem dois pênis...

A mãe olha feio para Berenice e interrompe a conversa, que começa a tomar rumo perigoso:

— Concordo com Berenice. Vamos manter o decote discreto. Fica mais fino.

Assim acaba o litígio entre Berenice e o costureiro, devidamente rebatizado de Marquês de Rabicó, outra personagem de Monteiro Lobato. A mãe de Berenice quase enfarta à espera do momento em que Berenice o chamaria pelo nome do porquinho sem rabo, que Narizinho salvou de morrer assado. Deste susto, ela não morre. Quase morre, isso sim, com a vingança do estilista, que não entendera a explicação literária de Berenice e, ultrajadíssimo pela afronta de o confundirem com uma aranha, resolve não entregar a roupa na hora aprazada:

— Imagina, um vestido cheirando a peixe. Deus me livre.

No dia do casamento, Berenice — de véu, grinalda, calça, sutiã, sapatos altos, pronta para ir ao altar — ainda espera, na hora marcada de entrar na igreja, o vestido que não chega. Quando a mãe e ela, com a maquiagem pronta, começam a chorar assustadas, Flopi chama o motorista da família e traz o herói pelo braço, aos trancos. Acompanha-o enquanto ele veste a irmã, ameaçando o trêmulo artista das linhas:

— Se algo sair errado, acabo com você.

Não sai, graças a Deus e a Flopi. O vestido, elogiadíssimo, é o maior sucesso da boda. Quando Dorotéia se casa, oito anos depois, procura o mesmo profissional, sem explicar o parentesco com Berenice. No dia da cerimônia, Flopi repete a mesma cena e apanha o homem no ateliê às duas da tarde:

— Com as meninas da minha família, você não brinca mais. Hoje, a espera é sua. Igualzinho a minha irmã, há tempos. Trata de ficar sentadinho na sala até a hora de vestir a minha prima. Não estou para brincadeiras, entendeu bem?

O grão-senhor do corte e da costura entende e fica. Mas, depois desta experiência, passa a pedir a folha corrida de cada cliente, temendo, novamente, cair nas garras da família Vogel. Torna-se tão excêntrico e exigente que as freguesas desaparecem. Até as mães das noivas, sempre cordatas, revelam-se desprovidas da paciência exigida pelo artista. Coitado, o ilustre manda-chuva dos trajes nupciais acaba se mudando para o Nepal, onde medita, medita e medita, sem conseguir decifrar a charada de Berenice Klimt, a noiva praticante de zoofilia e viciada em aranhas. Um dia, após semanas na posição de lótus, a luz se fez:

— Meu Deus, ela é lésbica, como não entendi logo?

Arruma as malas e volta ao Brasil. Reencontra Berenice ainda na fase da felicidade, os olhos brilhando, contente da vida, madrinha de um casamento no qual ele assina o traje da noiva pelo qual cobrara uns trocados. Sabe como é, reinício de carreira... Os dois trocam cumprimentos efusivos, lembram a história de Dona Aranha Costureira, o zelo carinhoso de Flopi e se despedem entre risos e frufrus. Novamente atônito ante a indecifrável Berenice, o costureiro some no mundo sem deixar rastros. Nunca mais se soube dele.

Fora este entrevero, o casamento de Berenice é uma apoteose. As músicas soam tão lindas que os convidados acreditam num coral de arcanjos materializado na capela. Ninguém desconfia que o coro é maravilhoso porque, além de pertencer ao Teatro Municipal do Rio de Janeiro, todas as Berenices escolhem cuidadosamente os temas eruditos, que elas adoram e conhecem.

Uma beleza. Precedida por Dorotéia vestida de renda cor de vinho — uma ousadia para a época das damas de honra em tons pastel —, Berenice desfila pela nave nos braços do avô. Elegante e compenetrada, a quinta-essência do bom comportamento. Cerimônia *très chic*, como ansiava a família. A certidão é assinada por uma pena do tataravô financista (graças à sapiência dele, a família enriqueceu). Deus o tenha, abençoa-o a noiva, antes de começar a tentar escrever alguma coisa com o artefato medieval: uma peça de ouro maciço em forma de pena de ganso, medindo 35 centímetros. Uma ponta afilada, a outra ostentando um diamante escandaloso, que vale um apartamento. Pequeno, mas apartamento. Na Zona Sul do Rio de Janeiro.

As testemunhas deslumbram-se com o natural exibicionismo dos clãs *soigneux*. Aproveitando o momento, a Berenice Enluarada — exausta de arrastar a pena aurífera na certidão quase rasgando — dá o ar de sua graça:

— Esta droga não escreve, ninguém tem uma Bic?

A mãe enchapelada, temendo novas demonstrações de desequilíbrio, censura-a:

— Minha filha...

Berenice Bem Comportada sorri delicada para a genitora: enjaulara os seus monstrinhos. Após uma festança no mais fechado clube carioca, onde o novo casal se esbalda dançando até quase as quatro da manhã — atitude provocadora, rolou muito tititi; naquele tempo, mesmo as noivinhas-não-virgens fingiam pressa para sair rumo à lua-de-mel —, Berenice inicia a vida adulta: conforto, viagens, riqueza, amor e muita, mas muita mediocridade. Por isso, dói-lhe a cabeça, dia e noite, sem parar.

Os filhos nascem, cada um à sua maneira. O primeiro e a terceira em maternidade de luxo. O segundo vem ao mundo no Inamps, por culpa da mãe maluca, que calcula mal o tempo. Dois meninos e uma menina, donos de seu coração. Nada a faz tão feliz quanto esperá-los, amamentá-los e amá-los. A vida passa depressa. Eles crescem, caem, erguem-se, levam pontos, aprendem, amam, formam-se, casam-se, partem, têm filhos. Enriquecem-lhe a vida. Berenice engole as lágrimas só de lembrar dos filhos. Nunca amou com tanto amor quanto amou os seus meninos.

Por isso, cumpre os papéis sociais exatamente como desejam a família e o esposo. A avó pode morrer em paz, ela ocupa, refinada, o lugar que lhe pertence desde antes de nascer. Mas, ô vidinha chata, lamenta-se. Detesta gastar seu tempo tergiversando tolices, preparando imensas ceias natalinas, freqüentando jantares de negócios, recebendo os sócios do marido, fazendo regime, jogando conversa fora com os amigos de sempre. Salva-a da loucura a profissão que exerce, competente. Berenice é dentista, especializada em canais. Ganha rios de dinheiro, os clientes apreciam o seu jeito afetuoso. Também, ninguém vai a um consultório, com a boca em pandarecos, sem levar terror nos olhos. Berenice Comportada, mãos suaves, voz gentil, acalma os apavorados, enquanto cutuca os canais com as agulhinhas malditas. Se fosse nela, pensa, saía correndo para nunca mais voltar. Sempre que alcança o nervo, um pensamento insidioso a ameaça: "Imagina se o cliente descobre que eu tomo bolinha? Cruzes..."

À medida que os pacientes relaxam, Berenice — um olho no nervo exposto, o outro na própria alma — constata que o tempo engoliu a menina alegre e livre, que pegava jacarés. Sobra-lhe um coração triste, entorpecido e sem vida. Além de um corpo viciado em estimulantes. Aliás, corpo que veste divinamente o alvo traje de trabalho: sapatos italianos, calça bem cortada, um blazer sob medida que custa os olhos da cara. À vontade no uniforme milionário, Berenice entontece muitos clientes, mais dispostos a aproveitar as horas em arroubos amorosos do que remendando os dentes. Mas, à primeira investida, Berenice respira fundo e simula mal-estar para despachar o gajo sem grandes constrangimentos. Até o dia em que encara outro dentista, colega de faculdade:

— Deixa de cena, Berenice. Eu a conheço há anos, sei que você é doida.

O comentário desperta a Sargento Nazista, há muito dependurada em alguma teia de aranha na cabeça da Bem

Comportada. O colega é expulso aos coices e Berenice se desespera: até que ele daria um caldo, o diabo do anjo azul não a deixa viver em paz.

Um susto aqui, outro ali, Berenice segue a rotina de perfeita dona-de-casa, mãe exemplar, esposa amorosa, profissional competente e viciada em drogas. Para manter o cenário da dama *soigneuse*, toma pílulas para dormir, acordar, se acalmar, perder a fome, ir ao banheiro, diminuir a enxaqueca, não tremer e — que horror — não furar algum canal além do permitido pela ciência. Deste susto, ela não morre, sua carreira é um sucesso. Berenice e os clientes amam o consultório bem montado, com luz difusa e, ao fundo, música barroca. Enquanto fuxica as dentaduras alheias com as agulhas e poções de alquimista pós-moderna, a doutora Berenice conversa com a Berenice Enluarada. As duas sonham e divagam os mais delirantes planos.

Nasce de uma conversa entre elas, numa tarde em que Berenice trata um dente particularmente difícil — detesta obturar canais tortos, compensa cobrando mais —, a idéia de procurar uma ONG e se oferecer para viajar à África, onde, caridosamente, tal e qual boa cristã, passaria alguns meses cuidando de bocas pobres. Tanta benemerência não só lhe garantiria o carimbo para o céu — a tal felicidade eterna, que iguala elite e gentinha, vê se dá para acreditar — como a salvaria de um colapso nervoso. Seu corpo não mais suportava o excesso de remédios. Além do mais, morreria torta se continuasse batendo ponto na monotonia e na mediocridade. Lindo Henrique. Bom, educado, protetor, generoso, inteligente. Mas deixara de amar o homem, convivia com o marido. Trocando em miúdos: um ser egoísta, exigente, chato, invasivo, autoritário, implicante, que cismava de procurá-la em dupla jornada justamente na TPM, quando a cabeça doía mais. Saco. Necessitava de férias ou iria assassiná-lo.

Rapidamente, decide-se. Conclui o tortuoso canal e avisa à Berenice Liberdade que arrume as malas. Resolvera ir à África doar a sua ciência em troca da plenitude de seu ego esfarrapado. Sai do consultório sentindo-se feliz como somente se sentira no último semestre da faculdade.

A notícia cai como uma bomba no doce lar de Berenice. Henrique encrenca e ameaça com o desquite, os filhos se assustam com a terrível ameaça de o papai sair de casa. Tentando contornar o provável desastre, o herdeiro mais velho, quase com 15 anos, argumenta:

— Você morrerá quando colocar os pés na África. Ouvi dizer que lá os leões comem dentistas.

Berenice-Quase-Liberdade solta uma risada:

— Antes, eles comem meninos que falam bobagens. Além do mais, eu sei matar leões. Tio Lã já matou um. Vou me informar com ele.

Passa a mão no telefone, cumprimenta a cunhada e pede para falar com o irmão, naquele momento ocupadíssimo, em audiência com o governador. A cunhada, conhecendo Berenice, tenta antecipar o assunto:

— Posso ajudar?

— Por favor, peça a Lã para me ligar. Preciso de uma informação.

Beijinhos, beijinhos, risadas alegres e fim de papo. Enquanto espera a ligação de Lã, o tumulto continua na casa de Berenice. De cara fechada, Henrique rosna ameaças que sublinham o mundo odiado por ela e do qual quer escapar:

— O que as pessoas pensarão se você viajar sozinha?

— Ué, que eu fui trabalhar, ora. Que mal há nisto? E se pensarem outra coisa, que tratem de despensar. Não devemos satisfações a ninguém. Por que você não vai comigo e se torna financista de ONGs? Todas adoram um lucrinho, você ficaria mais rico.

Promovido, em segundos, de consorte de endodontista bem-sucedida — encara o trabalho da mulher como um *hobby*, exercido com a sua permissão — a possível futuro corno, o assustado Henrique, machista e habituado a mandar, não engole fácil a afronta da esposa metida a feminista, que inventa de sair pelo mundo sem lenço, nem documento, com certeza pensando em traí-lo:

— Eu proíbo, entendeu? Proíbo. Você só vai para a África depois de nos separarmos.

Bingo. Ela não imaginara um lucro extra tão fácil. Com o desquite acenando na esquina, Berenice suspira aliviada e firma pé na decisão de embarcar para o Congo, para a Somália, para o Sudão, para qualquer lugar bem miserável onde exerça em paz a sua versão madre Tereza de Calcutá:

— Ótimo. Chame o advogado.

Lã devolve o telefonema exatamente na hora em que as crianças se esgoelam diante do lar esfacelado. Bufando, o futuro ex-marido atende o telefone. Ao fundo, a trilha sonora de lágrimas e gritaria.

— Sua irmã enlouqueceu. Voltou do consultório com a novidade de que vai morar na África para cuidar de gente pobre.

Tentando acalmar o cunhado, Lã pede para conversar com Berenice:

— Pelo amor de Deus, Berenice, que novidade é esta? Quando eu penso que você sossegou, lá vem nova maluquice? Por favor, você está vivendo tão direitinho...

Berenice não desiste. Faz ouvidos moucos e, de chofre, pergunta:

— Quando éramos crianças, como você matou aquele leão, que causou a demissão do seu Inaldo?

Birutice demais para a cabeça da alta autoridade estadual, que tem mais o que fazer. Não perderia seu precioso tempo com a irmã tresloucada:

— Que leão, Berenice? Quem é seu Inaldo? Onde eu posso ter matado um leão?

— Lã, não é possível. Como você esqueceu esse episódio dramático? Meu Deus, você esclerosou precocemente. Eu já contei a seu sobrinho que você matou um leão de rodinhas. Não é possível você não lembrar...

Lã a interrompe:

— Berenice, presta atenção, eu não vou conversar sobre um leão tetraplégico, que andava sobre rodinhas. Você é doida; eu, não. Faça-me um favor: vá dormir, ponha a cabeça no lugar e me esqueça. Eu não agüento mais as suas loucuras. Henrique é um santo de ameaçá-la apenas com a separação. Eu a esganaria. Boa noite.

E desliga o telefone, surpreendendo Berenice. Os irmãos dizem e acontecem, mas sempre a apóiam nas invencionices. Aparentemente, viajar para a África significa algo misterioso, que ela não consegue decifrar, apesar dos 36 anos. A atitude de Lã rende, ao menos, um bom fruto. Surpreendida pela irritação do mano mais velho, resolve se esconder na cama e não tocar mais no assunto da viagem. Ao sentir Henrique se deitar, enroscando-se para o lado dela, tentando restabelecer a paz conjugal pelo velho método bateu/valeu, Berenice trata de dirimir qualquer dúvida:

— Se você pensa que desistirei da África, perca as esperanças. Eu vou, você queira ou não. Desisti de encarnar o barquinho de madeira.

Embora Henrique insista, Berenice recusa-se a novamente contar a história dos cisnes. Se ele não lembrava, provavelmente o enredo serviria para acusá-la de frigidez. Berenice é suficientemente bem-educada para não falar palavrões, mas, silenciosamente, não duvida que trepar anos a fio com apenas um só macho, além de burrice explícita, cansa qualquer fêmea razoavelmente dotada de hormônios:

— Deus me livre, é até falta de higiene.

Henrique tenta descobrir a que ela se refere, mas Berenice se cala. Em poucos minutos, dorme tranqüilamente, feliz em saber que, de novo, voltaria a ser feliz.

A ressurreição de Berenice Liberdade provoca uma convulsão familiar. Na manhã seguinte, mal acorda, esbarra na nova condição de defensora dos dentes desamparados do Quinto Mundo. Henrique, até então um romântico que a esperava para, diariamente, juntos tomarem o café-da-manhã, desaparecera rumo ao escritório. As crianças assustadas zanzam de lá para cá, sem rumo certo. A mãe, com ar de poucos amigos, a aguarda na sala escoltada por Lã, que, arrependido da grosseria da véspera, visita a irmã para os chamegos de sempre. Só faltam Boggie-Woggie — pobre, morreu jovem — e Flopi, que, finalmente, comprara um avião. Bem, comprar exatamente, não. Dedica-se à aviação comercial e comanda grandes jatos em rotas internacionais. Naquela manhã, não se apresenta em carne e osso pois voara a Londres. Mas envia um recado, bem ao estilo dele:

— Digam a Berenice para verificar se a onda é realmente certa. Se for, que pegue, mas mude o rumo. Na África, as baratas são imensas.

Berenice entende o aviso. Alegra-se, amedrontada. Nada a assusta tanto quanto baratas. Mas não dá o braço a torcer:

— Até onde sei, baratas são desdentadas. Não corro o risco de tratar nenhuma.

A mãe tenta vários métodos para dissuadi-la do mais novo transtorno mental. Da ira à chantagem sentimental. Primeiro, Lã briga. Depois, começa a paparicá-la, exatamente como na infância, quando pretendia dobrá-la. O embate dura dias: mãe aborrecendo, marido reclamando, irmãos azucrinando, sogra cacarejando, filhos chorando. Berenice quase cede à pressão familiar — dói-lhe, principalmente, a dor dos filhos — quando, subitamente, surge Dorotéia, cavalgando o corcel branco da ousadia. Formada em antropologia, ela pressente na viagem exótica a oportunidade única de desenvolver um extraordinário trabalho de campo para sua tese de mestrado:

— Prima, que idéia maravilhosa, viajarei com você para a África. Vou pesquisar e defender uma tese sobre dentaduras africanas e o ritmo das músicas locais. O que você acha?

— Acho que você enlouqueceu. Além do mais, sua tese já existe: é o "Samba do Crioulo Doido", do Sérgio Porto. Mas, se você quer ir, ótimo. Juntas, será mais fácil para nós. E o Felipe? Não se aborrecerá? Aqui, a casa explodiu.

Felipe não se aborrece. Pelo contrário, incentiva a mulher, orgulhoso de seu talento. Mas a casa de Berenice realmente vem abaixo. Enquanto ela trata da papelada junto à ONG Good Teeth Foundation — mais conhecida pela sigla GTF, organização dinamarquesa sem fins lucrativos sustentada pela Organização Mundial da Saúde e por biliardários do Primeiro Mundo, que desconhecem uma cárie —, o marido organiza o desquite, assinado entre as lágrimas de praxe.

Ponto final. Com o tempo passando, as crianças se acalmam, convencem-se de que a mãe vai, mas volta. Os irmãos — principalmente Flopi, que entende o jacaré existencial da mana — passam-lhe a mão na cabeça. A mãe interna-se em crise nervosa (deu-se alta na manhã seguinte ao embarque; já que não convencera a filha, melhor voltar para casa) e até o ex-marido conclui que, talvez, tenha se precipitado. Desde o tempo de namoro conhece o instável temperamento da ex-consorte. Meio arrependido, procura-a, oferece ajuda, brinda-lhe o sucesso em terras africanas. Entre tintins, o antigo casal sela amizade eterna.

Ao voltar da África, Berenice e a nova mulher de Henrique tornam-se grandes amigas. Quando, anos depois, ela falece — por incrível que pareça, engasgada com um caroço de fruta-de-conde, na vida há mistérios difíceis de decifrar —, Berenice, chocadíssima, preocupa-se tanto com o inconsolável viúvo que implora à filha para protegê-lo, enquanto ela viaja com o cirurgião português para a Tailândia. Um maremoto emocional. Mas justiça seja feita, Berenice só embarca no doloroso momento por estar com a consciência tranqüila. Há séculos insiste na idéia de que os japoneses deveriam inventar frangos de quatro patas, peixes sem coluna vertebral e frutas-de-conde sem caroço.

Ao ouvir os detalhes do falecimento da distinta esposa do primeiro marido de sua atual mulher, o cirurgião português, perfeitamente instalado na primeira classe de um avião, perde a paciência:

— Peixes sem coluna vertebral não nadam. Portanto, não são peixes.

Berenice se ofende:

— Detesto a sua lógica lusitana, repleta de silogismos. Peixes nadam. Peixes sem coluna vertebral não nadam. Portanto, não são peixes. O que você pensa que come quando pede um filé de linguado, servido sem a coluna vertebral?

— Meu amor, quando eu peço um filé de linguado, eu como um filé de pescado. O linguado já morreu, não é mais peixe, é pescado. Agora, me deixa dormir.

A Maluca se manifesta:

— Peixes nadam. Galinhas quadrúpedes também. Portanto, galinhas quadrúpedes são peixes. Baratas com antenas nadam. Baratas sem antenas também. Portanto, baratas são peixes.

O cirurgião encara Berenice, tentando se manter sério:

— Nunca vi uma galinha quadrúpede, não posso afirmar se, cientificamente, são anfíbias ou não. Sei, apenas, que proporcionariam imenso lucro pois todo mundo gosta de coxa e sobrecoxa. No próximo congresso de genética apresentarei a sua idéia diabolicamente maravilhosa e aplicarei as minhas economias no seu aviário-Frankstein, que, além de frangos quadrúpedes, também os oferecerá, para alegria e gozo das churrascarias, com dezenas de sistemas circulatórios. Ou seja, um só frango, quatro pernas e 15 corações. Sabe de uma coisa? Eu amo a sua cabeça maluca. Vamos, me dê um beijo.

Renasce a versão Bem Comportada:

— Sossega, somos ambos avós. Não fica bem nos agarrarmos em público.

Os beijos, claro, acontecem. Começam no escurinho pós-jantar e terminam no aeroporto de Bangkok, com uma escala respiratória em Amsterdã. O resto da história sabemos. Convenhamos, tanta energia concentrada só podia explodir o planeta.

Voltando ao *affair* África. Cumpridas as exigências de praxe — vacinas, tratamento *a priori* de malária, compras de material de primeira necessidade, estoque de remédios, etc. e tal — Berenice e Dorotéia embarcam. Uma à custa da GTF; a outra com bolsa de estudos da Pontifícia Universidade Católica do Rio de Janeiro. Destino: Joanesburgo, na África do Sul. Lá, um representante da GTF as aguarda para transportá-las ao local onde, reza o contrato de Berenice, ela deverá morar durante os próximos seis meses: uma aldeia perdida no interior da Tanzânia.

A passagem doada pelas respectivas instituições é na classe-galinheiro, maneira pejorativa pela qual as meninas Vogel costumam se referir à classe turística. Quando viajam — e viajam muito — a executiva é o mínimo que consideram digno para a excelência de suas bundinhas. Dali, apenas para a *first class*. De modo que se sentar na poltrona apertada, ouvindo a gritaria de passageiros guardando bagagem e procurando seus lugares, auxiliados por aeromoças escoiceando sem rumo, traumatiza Berenice, já arrependida de tentar se transformar em irmã Paula.

Dorotéia resolve o problema segundo os cânones da *tamancologia*, escola não ortodoxa da psicologia:

— Larga de ser fresca, você não quer fazer caridade? Então, agüenta. Nenhuma ONG pagaria passagem de primeira classe para você obturar meia dúzia de dentes. A vida é dura, priminha, nós é que não sabemos. Pode se preparar, a coisa vai piorar.

Piora mais do que prevê Dorotéia. Ao chegarem exaustas a Joanesburgo — classe-galinheiro, nunca mais —, encontram um negro alto e forte, que fala inglês com sotaque nordestino. Após os cumprimentos e a troca de sorrisos simpáticos, Berenice comenta em português com a prima:

— Você já pode começar o seu trabalho. Onde, meu Deus, este cidadão aprendeu a falar um idioma tão estranho? Será que, na língua portuguesa, o sotaque brasileiro é influência dos escravos?

O negro alto, também dentista da GTF, rebate na hora e em português castiço:

— Sou de Angola e me formei em odontologia pela Universidade Federal de Pernambuco. Mas a sua idéia é ótima, um lingüista deveria tentar descobrir se os escravos, oriundos de muitas tribos, ao aprenderem a língua portuguesa, criaram o sotaque brasileiro. Afinal, eles usavam as diferentes articulações vocabulares de seus vários dialetos. Quem sabe fizeram nascer a maneira de vocês falarem? Aliás, devo esclarecer que me dirigi às senhoras em inglês porque esta é língua oficial da Good Teeth Foundation. Mas nada impede que, nas horas vagas, nós possamos conversar em nosso próprio idioma.

No idioma dos três — nem tão igual assim, algumas palavras incompreensíveis de lado a lado acabam em risadas — eles voam para Dar Es Salaam, Tanzânia, de onde seguem de jipe até a aldeia remota, destino final. Berenice se assusta ao encarar, pela primeira vez, a pobreza do continente. O dentista angolano nota-lhe o mal-estar:

— A senhora não viu nada. Dar Es Salaam é considerada uma excelente cidade para os padrões d'África.

Realmente, uma metrópole. Apesar de quente, suja e paupérrima. Berenice sai de Dar Es Salaam por uma estrada esburacada, margeando um mar azul-turquesa espantosamente lindo. Apesar da precariedade, ela se encanta com a beleza rude do cenário e só quando o jipe pega o rumo do interior, começa a sentir saudades de seu consultório, do Brasil e a se preocupar — tomara a decisão acertada? Afinal, o que fazia ali? Tanta pobreza, nunca vira.

A aldeia à qual chegam no fim da tarde sequer tem nome e, para deleite de Dorotéia, a sociedade estrutura-se tribalmente: vários clãs e um só chefe. Naquele lugar inimaginável, a GTF estabelecera uma base avançada, igual a muitas outras espalhadas em vários países do continente negro.

Recebida com honras e pompas pelas autoridades locais e por algumas dinamarquesas sorridentes, cobertas de filtro solar e escondidas por chapéus de abas enormes, Berenice é saudada quase como uma heroína da humanidade. O impedimento de a considerarem uma heroína *full time*, a dinamarquesa-chefe não demora a esclarecer. Em inglês, naturalmente:

— A Good Teeth Foundation sente-se honrada em recebê-la e confia que a senhora realizará um excelente trabalho. Quando soubemos de sua vinda, ficamos especialmente felizes. Sendo brasileira, a senhora está habituada à pobreza e à falta de conforto. Estar na África é, digamos, estar em sua casa, não é mesmo? Seja bem-vinda.

Delicadamente maldosa, Berenice avalia a mulherzinha branca, a tostada pele alva onde, em breve, se Deus quiser, explodiria um melanoma. Felizmente, a Berenice Liberdade anda livre, só precisa invocar a congênere Maluca. Dorotéia identifica nos olhos da prima o mesmo brilho implicante da época da desastrada coroação de Nossa Senhora e, pressentindo o perigo, tenta intervir. Infelizmente, tarde demais. Apertando amável e sorridente a mão da dinamarquesa, Berenice solta a língua. Em inglês, naturalmente. Para ninguém alegar desentendimento:

— Muito obrigada pela gentil recepção. Mas, por favor, não diga tolices. Provavelmente, no Brasil, eu vivo melhor do que a senhora na Dinamarca, apesar do IDH. Culpa da pérfida distribuição de renda do meu país, pela qual, evidentemente, não sou responsável, apesar de beneficiária. Não me constranjo em pertencer à elite brasileira, um dos segmentos humanos que usufrui de mais conforto no planeta. Além do mais, minha senhora, nossa cultura é hedonista. Não sentimos vergonha em exibir nossos corpos e apreciamos nos esbanjar nos prazeres da carne e do espírito. O Brasil, tenha certeza, é o paraíso na Terra. Claro, para quem, como eu, nasceu muito rica. Infelizmente, na periferia, os pobres sentem-se tão sem direitos que acabam viciados ao papel de paisagem. Mas, enfim, achar que, porque venho do Terceiro Mundo, estou habituada à pobreza é o mesmo que eu acreditar que a senhora, oriunda de país frio, passa óleo de baleia no corpo para se aquecer, igual aos esquimós. Que loucura, não é?

No silêncio que se segue, Dorotéia ouve as moscas — milhares — voando. A dinamarquesa, um dos figurões da GTF, fecha a cara e se afasta. Na manhã seguinte, o angolano, às gargalhadas, informa que ela viajara na noite anterior, em caráter de urgência, para a Suíça, sede da GTF. Berenice dá a cutucada final:

— Ninguém é de ferro, aqui permanecem os idealistas e os loucos. Eu pertenço à segunda espécie. A chefia das ONGs se trata, doutor. Viajo muito, sei que a vida na Dinamarca é mil vezes melhor do que no Brasil. Mas não perderia a chance de revidar uma ignorância grosseira. Aliás, conhecendo o maravilhoso padrão de vida do Primeiro Mundo, desenvolvi uma teoria teológica, que ainda verei o Vaticano avalizar: purgatório existe apenas para quem nasce ao norte do Equador. A turma do sul, brasileiros e angolanos inclusive, voa direto para o céu. Imagina se Deus julgaria com os mesmos parâmetros quem vive em condições tão diferentes. Ele é Deus, não é doido.

O angolano olha longamente para Berenice, balança a cabeça e murmura:

— Teoria interessante. Herética, mas interessante. Pensarei cuidadosamente em suas palavras.

— Pense. Facilita para sobreviver ao lado da pobreza. Não resolve nada, mas consola um pouco. Dá para a gente ir tocando, iludido que a vida eterna compensará os nossos sofridos povos.

A chefona da GTF e Berenice e só se reencontram à época de a dentista voltar ao Brasil, após bons serviços prestados. Na despedida, trocam palavras protocolares, apesar de a dinamarquesa, a despeito da implicância por Berenice, usualmente comentar com os bem nutridos diretores da Good Teeth Foundation, residentes às margens do lago Lehman, Genebra, a competência profissional e a criatividade da brasileira enfezada:

— Recebi a informação de que a doutora Berenice extraiu, sem anestésico, os quatro dentes de siso do chefe da aldeia. Recorreu a uma bebida fortíssima, extraída de uma raiz existente no Brasil e na África. O chefe desmaiou e, enquanto não recobrava a consciência, ela fez o serviço. Uma lástima, a doutora se considerar melhor do que nós. Seria uma excelente aquisição para permanecer entre uma missão e outra. Na Somália precisamos, urgentemente, de alguém. Mas a moça é orgulhosa. Coitada, provavelmente morre de fome no país dela.

Beberica seu gim-tônica, lança um olhar lânguido nas águas do lago, pensa em qual vestido usará à noite na recepção ao diretor de outra ONG — Prada? Lagerfeld? Valentino? — enquanto amaldiçoa a África, lugar de nativos fedorentos e horríveis. Se pudesse enriquecer em algum lugar civilizado...

Após passar o bastão para Berenice, o dentista angolano vai embora. Cumprira o seu tempo, Berenice chegara para substituí-lo. Sua saída abala Berenice e Dorotéia, ele significava a pessoa confiável naquele vasto mundo desconhecido. As duas, únicas brancas, únicas a se comunicar no exótico idioma português, tentam o impossível para disfarçar o medo e a insegurança. Para surpresa de ambas, o chefe da aldeia as procura e, em inglês precário, garante-lhes a integridade, louva a benemerência de

Berenice, que largou o próprio país para cuidar de outro povo e garante que ninguém lhes fará mal, pois nelas reside a bondade.

Emocionada, a antropóloga Dorotéia anota o discurso em um caderno, comentando:

— Gostaria de saber quem aqui é mais civilizado.

Passado o susto da falta de proteção do angolano, Berenice e Dorotéia começam a se adaptar à nova vida. A primeira empreitada é enfrentar a cabana desconfortável, onde dormem sob um mosquiteiro que acentua o diuturno calor de 40 graus, ouvindo, às vezes, o rugido de uma fera e com medo de cobras, baratas, formigas, escorpiões, morcegos, aranhas e todos os bichos, peçonhentos ou não, que, real ou imaginariamente, as ameaçam.

O segundo problema são as refeições. Pela primeira vez, em muitos anos, Berenice abandona as anfetaminas. A comida é tão ruim, cheira tão desagradavelmente, que ela passa os dias se alimentando de frutas, enquanto sente as roupas alargarem. Em pouco tempo, a ausência do estimulante lhe permite dormir como um anjo, esquecida dos insetos ameaçadores, do calor infernal e de outros contratempos, inclusive as chuvas torrenciais que transformam o chão da cabana em um charco de sapos.

Aos poucos, sem perceber, Berenice abandona os outros medicamentos. Na África, além de dormir tal e qual um bebê, seu intestino funciona, as manhãs são bem-humoradas, as dores de cabeça desaparecem e a correria do dia inteiro volatiza as crises de angústia. O problema insuperável é a comida. Berenice tenta participar da mesa comunitária, mas é impossível. As ânsias de vômito não permitem.

Fresca, define Dorotéia esbaldando-se em especialidades cuja origem ela desconhece, de aroma e sabor estranhíssimos. A bem da verdade, Dorotéia nunca passa mal, parece carregar um fígado superdotado. Mas a situação de Berenice chega a tal ponto que ela precisa inventar sofrer de raro problema digestivo. No dia seguinte, servem-lhe um prato de *mohogo* cozido e levemente salgado. Dorotéia deslumbra-se em português:

— Aipim cozido. Que lindo, eles se preocupam com você.

— Se preocupam nada, Dorotéia. Desculpa-me ofender a sua antropologia, mas considero o homem um animal predador. Eles me oferecem aipim por medo de que a dentista bata as botas e, durante algum tempo, não haja ninguém para socorrê-los. Se você não sabe — e não sabe mesmo, somos afortunadas —, dor de dente é uma merda.

Mas sorri agradecida aos companheiros e, em instantes, devora o aipim que, além das frutas, transforma-se no seu único alimento durante o meio ano de trabalho. Nunca emagrecera tanto sem a ajuda das bolinhas.

Com o tempo, as primas começam a admirar o mundo diferente de mulheres com roupas coloridas e homens longilíneos, de porte orgulhoso. São os guerreiros Maasai, explica Dorotéia, delirante de felicidade em vê-los ao vivo e em cores, experiência rara para qualquer antropólogo que se preze:

— O único povo que não se rendeu ao colonizador europeu. Incrível, ainda hoje respeitam a matrilinearidade.

— Eles são naturalmente elegantes. Com um banho de loja, matariam de inveja muito carioca metido a besta.

Incorporada em sua faceta antropóloga-em-trabalho-de-campo, Dorotéia manda a prima plantar batatas:

— Pare de falar bobagem, Berenice. São elegantes aqui, no mundo e na cultura deles. Por que você não vai para o consultório?

Berenice odeia o consultório pré-histórico e jura que os milionários que sustentam a GTF sequer imaginam a precariedade do instrumental comprado com o dinheiro doado. Tudo é de última qualidade, a começar pelo motor movido a pedal, tecnologia perdida no século XIX. O.k., a aldeia não tem luz, mas com tanto dinheiro não dava para comprar um gerador? Tratar canal? Nem pensar. As poucas ampolas de anestesia, Berenice reserva para os casos mais graves. Na medida do possível, tenta salvar os dentes infantis. Num adulto, quando o problema é grande, oferece alguns copos de álcool de mandioca ao infeliz e o dente termina na lata do lixo. No fundo, avalia Berenice, a dinamarquesa está certa. Nascer em país pobre ensina jogo de cintura, além de macetes que os profissionais do Primeiro Mundo jamais saberão. Imagina se alguém do hemisfério norte conhece as propriedades anestésicas da bebida de forte teor alcoólico derivada do *mohogo* — aipim ou mandioca, como se diz no Brasil?

O uniforme de linho e seda, esquecido no fundo da mala, é trocado por bermudas, camisetas de malha e chinelos, figurino mais condizente com o entorno. Hora de trabalhar deixa de existir. Até de madrugada a chamam como se dor de dente fosse parto, algo incapaz de esperar o sol sair da toca. Paciência se transforma em palavra-chave. Mas a verdade é que, apesar de todos os pesares, ela gosta da experiência e dos novos clientes, alguns tão assustados quanto os do Rio. Outros sentando na cadeira com a expressão de ingenuidade de quem nunca sentiu a sensação do ferrinho esmiuçando uma cárie. Berenice não sabe se agiu bem trocando o casamento por seis meses junto a uma tribo isolada no interior da África. Mas tem certeza de que, se não viesse, perderia a mais rica experiência de sua vida. Além de sentir-se útil, alguém capaz de marcar diferença no mundo, os nativos a olham e a tratam com a reverência dedicada apenas aos bons. Para quem é considerada maluca desde a mais tenra idade, nada é mais compensador.

Rapidamente, estabelece-se uma rotina. Sem contar as eventuais emergências, Berenice abre o consultório às sete da manhã, hora em que, no Rio de Janeiro, ainda não pensava em acordar. Trata o povo de sua aldeia e das aldeias vizinhas, que chegam trazendo presentes: sorrisos, confiança, panos coloridos, quadros lindos, otimismo, peças em ébano, ovos, galinhas, frutas. A hora do almoço é sagrada. Berenice interrompe a função às onze da manhã, reassume à uma da tarde e só encerra o expediente após tratar o último paciente. Às vezes, após as sete da noite. O tempo passa leve e seguro, sem Berenice perceber. Seu coração está feliz. Mas tudo que é bom dura pouco. Três meses depois da chegada, Dorotéia encerra a participação na aventura africana, já recolhera material suficiente para várias teses de mestrado:

— Chegou o momento de partir, reuni pesquisa até para o doutorado. Vou embora no próximo comboio da GTF.

Como dizia a babá, hora de cair do galho. Berenice reclama:

— Por favor, Dorotéia, não vá, não me deixe sozinha. Só faltam três meses para eu cumprir o meu contrato. Fique comigo, por favor. Como viverei aqui sem a sua companhia?

— Os meses passarão rapidamente, prima. Você tem a sua ocupação. Eu preciso voltar ao Brasil. Deixar o Felipe sozinho é mais perigoso do que morar neste canto do mundo.

— Dorotéia, não vá. Por favor, não vá.

— Compreenda, preciso ir.

Berenice chora e Dorotéia implica:

— Vamos, pára de fazer cena. Eu não morri, nem vou morrer. Não há necessidade de lágrimas. Você lembra o quanto chorei no dia da coroação de Nossa Senhora? Pronto, estou vingada, hoje é a sua vez de chorar.

Beija Berenice, acarinha-a:

— Pena que não podemos comprar pão doce. A vovó gostaria.

Berenice continua chorando e, dias depois, cansada de implorar à prima que ficasse, decide se calar. Dorotéia se preocupa, mas parte no primeiro jipe com destino a Dar Es Salaam. A ausência de Dorotéia acomoda a Berenice Liberdade que, acuada, abre espaço para a versão Comportada. Surge nova rotina. Sozinha, Berenice estende o tempo de atender aos *impacientes*, como os definiu logo após a chegada, e, à noite, estuda. Só abandona a tosca construção de alvenaria, versão antediluviana de um consultório, quando o sol — um sol extraordinariamente lindo, como ela só viu na África — começa a se pôr.

O medo de dormir sozinha traz a insônia de volta. Berenice recomeça a tomar hipnóticos. Mas, para sua surpresa, o possível retorno às bolinhas termina neste primeiro passo. A dor de cabeça não volta, o intestino funciona, continua emagrecendo — detesta a comida africana — e não sente nenhuma angústia. Na verdade, conclui feliz, na África encontrara a sua verdadeira personalidade. A crisálida preguiçosa, que começara a romper o casulo no dia em que decidira atravessar o oceano, alçou vôo na partida de Dorotéia. Sozinha, contando apenas com a própria força, Berenice se descobre íntegra. As três Berenices juntas convivendo em harmonia. Sou maravilhosa, conclui, ao descobrir que nunca mais os seus egos atuariam separados. Para comemorar, decide, eventualmente, dispensar o hipnótico e atravessar as madrugadas observando o material extraído durante o dia. Oportunidade igual àquela, nunca mais teria. Não podia desperdiçar.

Por curiosidade, sem pretensão ou métodos científicos, passa a analisar as possíveis diferenças entre os dentes europeus/brasileiros e os africanos. De tanto arrancá-los e observá-los — recusa-se a pedalar a broca medieval sem ajuda de anestesia — encontra pequenas desigualdades. Talvez, entre os nativos, haja um número significativo de mais de um canal com raízes separadas nos primeiros pré-molares inferiores. O fato intrigante é que, nos segundos pré-molares inferiores, o fenômeno não se repete. Berenice reúne em vidros os molares arrancados para trazê-los ao Brasil e discutir com colegas. Nunca conseguiu provar a sua teoria. Mas sente-se orgulhosíssima de repartir com outros dentistas as observações feitas *in loco*.

Finalmente, o contrato acaba. Repetindo o ritual de sua chegada, Berenice recepciona no aeroporto o substituto, um espanhol. Volta à aldeia para passar o cargo e os encargos. Apenas dois ou três dias, o suficiente para dormir com o colega. Evento magnífico, ocorrido por acaso. Na segunda noite africana, morrendo de medo de uma aranha perambulando para cima e para baixo em seu lençol, o novo dentista, implorando proteção, invade a cabana de Berenice:

— *Mira, no se vá. I can not live here alone, everything is disgusting.*

— *Don't worry, you will get use to it.*

De conversa em conversa, Berenice acaba nos braços do espanhol antiaracnídeo. Programão, se soubesse da facilidade e do prazer, teria inaugurado uma vida paralela há mais tempo. Mas, ao fim da festa, despacha o cidadão de volta para a aranha andarilha, com a recomendação de se virar sozinho, exatamente como ela.

Antes de dormir graças a uma pílula — deixaria a caixa com o espanhol, na Europa ninguém compra facilmente remédios "sossega-leão" — Berenice descobre que as aranhas a perseguem. Desde que, na infância, apaixonara-se por Dona Aranha Costureira, volta e meia esbarra em um exemplar que, de um jeito ou de outro, provoca uma cambalhota em seus caminhos.

Na manhã seguinte, após falar secamente com a dinamarquesa-chefe e constatar que, provavelmente, o espanhol não sobreviveria — exibe olheiras enormes, merece os comprimidos que ela lhe entrega —, Berenice se comove despedindo-se do povo da aldeia. Recebe tantas manifestações de carinho que, até hoje, sua casa é entulhada de esculturas de ébano.

Ao ver-se livre, só pensa em voltar ao Brasil e beijar os

filhos. Beijar, beijar, beijar, até matá-los sufocados. Também avisaria a Flopi que vira um elefante, mas, pela graça de Deus, nem uma barata. Contaria a Lã e ao herdeiro mais velho que os leões, lindos, são preguiçosos — não parece difícil matá-los, principalmente um exemplar tetraplégico. Confiaria à mãe — se é que ela entenderia — a maravilha de sua loucura, capaz de amadurecê-la em seis meses muito mais do que em 36 anos de suposta sanidade. Reencontraria Dorotéia, reclamaria do abandono e conversaria de saudades.

Na escala da África do Sul espanta-se com a imagem que o espelho do hotel lhe devolve: macérrima, preta de sol, maltratada, cabelo em desalinho, um completo desastre. Tão feia quanto na juventude, se é que possível. Mas a África lhe ensinara: maluco é quem não realiza os próprios desejos. Avisa aos parentes que problemas extemporâneos a atrasam: chegaria uma semana após o combinado. Depois, compra uma passagem de primeira classe, hospeda-se no mais luxuoso hotel de São Paulo e, durante sete dias, dedica-se a renovar o guarda-roupa, a se tratar e a colocar o visual em ordem. Só não consegue se livrar da pele excessivamente queimada. Fazer o quê, em criança também fora assim.

Enquanto voa para o Rio de Janeiro ao encontro da família, Berenice Bem Comportada — mais Maluca e muito mais Liberdade — relembra a época de universitária e conclui que, nem naquele tempo, amadurecera tanto.

E, olha, que a universidade fora uma grande escola. De odontologia e de vida. Nela aprendera não apenas a sua profissão. Aprendera, principalmente, o quanto a avó acertara: é ótimo levar um sobrenome que abre todas as portas e faz baixar as cabeças. O problema se resume em administrar o privilégio, evitando que a força do nome se transforme no único apoio no qual possa descansar.

A África ensinara o resto. Ensinara-lhe sua força e coragem, desconhecidas por ela. Reunira as Berenices em uma só Berenice, mais segura e esperta. Permitira-lhe conhecer a tranqüilidade perseguida desde sempre. Olhando a beleza de sua cidade da janela do avião, Berenice sorri:

— Agora, serei feliz.

As bichas

Berenice desmente a fama de *boite* — pagou, passou — que persegue o elitista Sacré Coeur de Marie dos anos 1960. Assim que decide cursar a faculdade de odontologia — apesar do nervosismo com o casamento próximo — enfia o nariz nos livros e, no mesmo ano de sua formatura no curso clássico, passa, bem classificada, no vestibular da Universidade do Brasil, logo depois batizada de Universidade Federal do Rio de Janeiro. Acredite quem quiser: além dos testes dissertativos — múltipla escolha? Nem pensar — ela encara as classificatórias provas orais. Naquela época ainda se acreditava que as universidades se destinam à elite intelectual, independente de raça, credo ou cor. Bons tempos. Ao menos, os dentistas se formavam sabendo que os dentes — salvo porradas extemporâneas — localizam-se na boca.

A verdade é que, nervosa, ela tropeça na prova de geografia. Ao sortear o ponto — costume dissolvido pelo tempo — e descobrir que o assunto é geografia econômica, Berenice empaca. O mestre tenta auxiliar a jovem que, brilhantemente, enfrentara as bancas de química, matemática, física, português, etc. e tal. Na intenção de facilitar, sugere um comentário sobre a produção intensiva do milho. Quase chorando — sua habilidade com o milho resume-se a comer pipoca —, Berenice Maluca desaba diante do professor:

— Por favor, me desculpe. Estou exausta. Sei que se utiliza o milho em milhares de coisas. Mas, agora, só me lembro de que, além de virar pipoca, ele alimenta pintinhos. Ah, a minha avó também faz um ótimo bolo de fubá. Se quiser, trago-lhe a receita. Mas, por favor, não me reprove. Acredito que raros dentistas são responsáveis por um milharal. Além do mais, esta não é uma informação essencial para a saúde do paciente, é?

Sem graça, o professor de geografia concorda. E Berenice, finalmente, vê-se caloura de odontologia. Ao ler seu nome na lista afixada na reitoria, seu coração quase pára. Poucas vezes sente-se tão importante. O avô de Berenice também morre de orgulho da neta futura doutora e, para comemorar o sucesso intelectual e o próximo casamento, dá-lhe de presente um carro que destoa completamente dos novos tempos políticos: um recém-lançado Mustang 64 vermelho, importado dos Estados Unidos especialmente para ela.

Antes do início do ano letivo, Berenice e Henrique se casam, com direito a lua-de-mel no Taiti. A Europa, íntima de ambos, os noivos preferem dispensar. Escolha muito acertada, nunca ela fez ou fará uma viagem mais bela. O bangalô do hotel, construído dentro d'água, tem o piso transparente. À noite, luzes submarinas permitem que os dois se amem sobre peixes coloridos, algas, corais, tubarões, visões de sonho que remetem Berenice às artes e artimanhas de Dona Aranha Costureira na boda subaquática de Narizinho. Igual à de Berenice. Nem nos mais ousados sonhos ela ousara imaginar que um dia viveria o encanto milagroso de seu livro preferido. A literatura é mais bela, pensa Berenice, comentando com o marido:

— O nosso casamento quase me transportou ao metafísico mundo do sítio de dona Benta, do livro de Monteiro Lobato. Apesar de nos amarmos e de estarmos felizes, acho a vida real desprovida de recursos, pois não sabe eternizar, utilizando palavras, os nossos momentos únicos.

— Mas estou tirando fotos. Não valem por mil palavras?

— Descritivas, meu bem. Fotos não inventam nada. Registram o momento estático, impedem a imaginação.

Henrique, um craque em números, acha sem interesse a conversa da mulher. Mas não ela, a mulher, que quanto mais ele ama, muito mais deseja amar. Sem se preocupar com a história de dona Benta, com a pobreza das palavras que não gravam um momento — ou seria ao contrário? —, abraça, amoroso, a esposa, disposto a se regalar antes de algo inesperado reduzir a farta oferta de valor inestimável: o corpo de Berenice. Leve, ágil, esguio, que, em momento inspirado, o costureiro veado, autor do traje de noiva, definira como "gravura de Klimt".

Pela manhã, os empregados do hotel, travestidos de nativos, remam uma canoa típica e entregam o desjejum. Sobem uma escadinha cantarolando baixinho e, antes de colocar a bandeja com o melhor e mais gostoso na mesa — do quarto ou da varanda, depende dos recém-casados —, enfeitam Berenice com um colar entremeado de flores, inclusive jasmins, aroma estonteante que enlouquece Henrique. Na maioria dos dias, a bandeja permanece intocada. O casal apaixonado não sente fome, não dorme, amanhece e anoitece com os corpos embaralhados. Os dias voam; tristeza, não queriam retornar. Mas a vida é exigente e reserva pouco tempo ao tempo das maravilhas. Henrique precisa trabalhar e Berenice, estudar, apesar de o marido não se mostrar satisfeito em vê-la na faculdade. Afinal, ela o convence. Nos anos 1960 não existe mais espaço para mulheres dondocas.

Só 19 anos, mas Berenice se mostra a dona-de-casa perfeita. O sogro os presenteara com um belo apartamento, numa rua lateral de Ipanema, quase esquina com a praia. Ao entregar as chaves, desculpara-se, sem jeito:

— Para vocês começarem a vida. Espero que, em pouco tempo, Henrique já possa comprar uma bela casa ou apartamento de luxo, depende da vontade de Berenice, ela decidirá.

A mansão no alto da Gávea chega mais rápido do que se imagina. Henrique, igual ao pai, manipula as moedas com a perspicácia dos mágicos. O ouro, em suas mãos, dobra de quantidade num simples piscar de olhos. No início do segundo ano da faculdade, Berenice escolhe a casa e organiza a mudança: decoração, marceneiros, vidraceiros, paisagistas, um filho recém-nascido e aulas diárias. Quase morre de cansaço, mas o novo lar fica lindo, decorado e mobiliado com a elegância discreta aprendida na família. Pouco a pouco, dia a dia, apesar das enxaquecas, Berenice considera verdadeiras as palavras da avó: muito bons os privilégios ligados ao sobrenome e ao dinheiro infindável. Muito bom se comportar e usufruir de conforto, apesar de, em algumas horas, lamentar as Berenices trancadas no coração: a Maluca e a Liberdade. Admirando a piscina, a Comportada, saudosa, lamenta as companheiras:

— Elas gostariam de usufruir os luxos que vivemos na infância. Devo ser má com elas, necessito convidá-las.

A oportunidade de voltar a conviver com as suas versões menos nobres surge na universidade. Caloura, medrosa e tímida, dirigindo um Mustang, usando roupas de *griffe* e ostentando contra a vontade — a lei a obriga a trair o pai do céu, o tal que bateu asas — o sobrenome do financista detestado pela esquerda, Berenice surge para o primeiro dia de aula dominada pela Comportada. Silenciosa e *très rempli de soi même* isola-se dos novos colegas, sem notar que a atitude alimenta a má vontade da turma: burguesa metida a sebo, que ocupa, sem pagar, o lugar de um necessitado. Os meses passam, passa um ano e Berenice isolada, prestando atenção às aulas, dispensando amizades, revela-se boa aluna. Mas um dia, quem diria, sua vida se complica quando uma cambalhota política muda os rumos do país, instalando a repressão.

A opinião dos colegas sobre Berenice sofre uma reviravolta — para pior e para melhor — na primeira vez em que a Polícia Militar invade o *campus*, distribuindo safanões. Doutrinada pelo marido, por Lã, por Flopi, pelo avô e o sogro a sumir de circulação se o circo pegasse fogo, Berenice, no meio da balbúrdia, agarra os livros e caminha apressadamente, temendo que a polícia a impeça de sair. Tudo acontece tão rápido que a sua turma, entretida em uma aula de bioquímica oral, só repara que há algo errado quando as outras começam a correr gritando pelos velhos corredores.

Temerosa, Berenice também corre. Chegando à porta, no alto da pequena escada que a levaria ao estacionamento, assiste à cena que desperta a versão Maluca. Apavorados, os alunos fogem. Mas Denise — pequena, delicada e loura, sua colega de turma — está no chão, cercada por policiais que lhe chutam a cabeça, a barriga, as pernas. Chutes, chutes, raiva, pânico, Denise protege a cabeça com as mãos. De repente, um sargento aparece com um cassetete.

Assistindo a tal horror, Berenice recorda o peru católico, que a avó flagela nas vésperas de Natal. Com a mesma sensação de angústia e de morte anunciada, gosto de bílis na boca — e nem há um banheiro onde possa vomitar —, ela se encolhe contra o portal, larga os livros no chão, cobre o rosto com as mãos e começa a gritar descontrolada. Voando em sua cabeça, o peru se debate cagando, pressentindo a hora de morrer. Alguém a segura pelo braço, mas Berenice Maluca continua gritando cada vez mais alto:

— Assassinos, brutos, canalhas, covardes. Quem vocês pensam que são? Raça de animais raivosos, já me calei demais diante da tortura, não voltarei a me calar. Meu Deus, eu odeio violência. Odeio.

Um safanão arranca-lhe as mãos do rosto. A um palmo de seu nariz, o nariz do sargento com o cassetete:

— E você? Quem é, putinha desequilibrada? Vamos combinar uma coisa? Eu solto a sua amiga e você ocupa o lugar dela, o.k.?

Habitantes do cume da pirâmide social brasileira, segmento habituado a se acreditar acima do bem e do mal, crescem com pose autoritária e firme voz de comando. Berenice não é diferente. Ameaçada pelo sargento gentinha — ah, a avó acertara, gentinha nasce gentinha —, ela apresenta as credenciais de berço. O militar se surpreende, sentindo-a agarrar o cassetete e responder calma e pausadamente, encarando-o:

— Eu não sou o peru que a minha avó mata anualmente, sem ninguém para defendê-lo, entendeu? Eu detesto violência e detesto você. O peru, eu não detesto. Ele é apenas vítima de imensas covardias, iguais à que vocês praticam contra a Denise. Experimenta colocar um dedo em mim, você não imagina quem sou eu. Tire as mãos imundas do meu braço e saia imediatamente daqui, levando junto a sua tropa de bastardos. Agora, entendeu? Eu disse *a-go-ra*. Ainda não chegou a hora de sacrificar o peru.

O tempo parece suspenso, ninguém entende nada. Nem os colegas revolucionários, nem a polícia. No alto da escada, Berenice e o sargento se encaram, raivosos. Subitamente, o sargento guarda o cassetete. Decifra que a moça bem-vestida e com discurso desconexo transmite-lhe uma mensagem cifrada: "Ainda não chegou a hora de sacrificar o peru." Consciente de que ninguém seria suficientemente louco para enfrentar sozinho a tropa — como não o avisaram que a agente infiltrada é uma mulher tão fina? —, ele reúne os soldados e, após algumas ameaças idiotas, retira-se do *campus*. Berenice não o olha. Tremendo, corre até o Mustang e vai para casa, sem notar as expressões de espanto que deixa para trás.

No dia seguinte, ao chegar para a aula, encontra a turma discutindo, em ebulição: alguns a consideram uma agente do Doi-Codi, misturada aos estudantes para dedurar os colegas; outros, uma milionária inconseqüente; há quem aposte que Berenice pertence à luta armada e demonstra uma coragem que muito macho da classe — a maioria debandou com a chegada da polícia — não tem. Berenice, novamente protegida pela versão Comportada, nota olhares e cochichos. Dirige-se a seu lugar, fingindo não perceber as provocações. Até o momento em que um colega fanfarrão, com pose de líder das massas, pergunta-lhe diretamente:

— Afinal, quem é você? Por que enfrentou a polícia e conseguiu comandá-la? Quer me contar seu segredo?

Berenice sorri, discreta:

— Sou uma cidadã brasileira, que deseja se formar em odontologia. Enfrentei a polícia porque ninguém o fez, não podia deixar a Denise apanhando. Aprenda uma coisa a meu respeito, já que vamos continuar convivendo: eu odeio violência, não importa qual ideologia tente justificá-la. Onde vir violência, protestarei com energia. Não sou de direita, não sou de esquerda, infelizmente, nada entendo de política. Minha luta é a favor dos seres vivos. Já vi muito peru de Natal morrendo. Na minha frente, não matam nem uma mosca.

O rapaz a provoca:

— Ontem você citou um peru de Natal. Que história é essa?

Berenice suspira, recordando o lado triste da infância:

— Não interessa a ninguém, mas me transformou em pacifista.

Outro colega intromete-se:

— Você conseguiu mandar a polícia embora. Como? Falou em código?

Encurralada, Berenice liberta rara versão de sua personalidade: a Pedante, igualzinha à avó a quem, subitamente, entende. Escorada no sobrenome, na fortuna de seu clã, Berenice sabe não precisar temer nada. Vovó não errara: sua aristocracia, seu sangue, seu poder, o seu dinheiro infindável garantem-lhe a impunidade, toque divino *gauche* reservado aos bem-nascidos. Por isto é maluquinha, debochada, libertária, grande dama, inconseqüente, tudo quanto desejar. A vida é sua cúmplice. Disfarçando o constrangimento de se flagrar uma tola, Berenice, com ares de entediada, responde:

— Meu querido, ninguém, nem a polícia, nem as forças armadas, nem sequer a Igreja, tem coragem de se meter com alguém do mundo ao qual pertenço. Se vocês acreditam em mim, ótimo. Se não acreditam, não há nada que eu possa fazer.

Não acreditam, claro. Mas, embora Berenice continue calada e discreta, o gelo entre ela e a turma começa a dissolver. Denise agradece a ajuda, um e outro colega passam a cumprimentá-la com simpatia. A relação ambígua oscila de acordo com o quadro político. Quando some alguém, todos a evitam. Sabem o destino do companheiro e suspeitam de que a culpa cabe a ela. Com a passagem das semanas ou a volta do desaparecido, retornam os cumprimentos ligeiros. Até quase o fim do curso, Berenice é excluída. Ninguém a chama para festas, para o chope, para os grupos de trabalho. Solicitam-na apenas nas vésperas das provas. Boa aluna, ela colabora, tira dúvidas, empresta anotações e ponto final. Com os colegas mantém uma relação distante.

O único que lhe dispensa atenção é um companheiro mais velho, amante da fotografia. Chama-se Heitor e sempre carrega, atravessada no peito, uma máquina. No ombro, equilibra a bolsa carregada de lentes, teleobjetivas, tripés, filmes preto-e-branco e coloridos, além de outros apetrechos. Inclusive uma Rolleiflex cheia de macetes, de que Berenice sabe o preço. O marido comprara uma igual na Alemanha, gastando mais do que imaginava.

Berenice desconhece o motivo, mas não simpatiza com Heitor, que se declara fotógrafo amador, premiado numa exposição em São Paulo. Nos intervalos das aulas, ele reúne a garotada e ensina técnicas fotográficas. Os meninos animam-se, perguntam, xeretam, experimentam. A cada dia, Heitor se impõe no papel de líder da ala masculina. Até cair do galho, como ensina a babá.

No meio do quarto ano, escaldados pela seguidas sessões de pancadaria nas ruas do centro da cidade, as turmas de odontologia programam uma passeata dentro do *campus* para protestar contra algo que, sinceramente, Berenice não recorda. Não lhe interessa e, novamente grávida, ela deseja se proteger. Fosse qual fosse o protesto, não participaria. Mas, na queda de braço entre os alunos e a instituição, uma prova é marcada para a mesma hora, com ameaça de nota zero para os ausentes — embora os professores, apoiando os alunos, avisem que ninguém receberá punição. Resumindo, uma zona.

No dia da passeata, mais curiosa em assistir à previsível escaramuça do que temendo o zero, Berenice chega cedo à universidade. Senta-se sozinha na classe. Os demais alunos correm pelo parque, espalhando faixas e provocando a polícia que circunda o *campus*, ameaçando invadi-lo. O que acaba acontecendo. De olho nesta possibilidade, mal começa o arranca-rabo, Berenice vai para o segundo andar, onde, acredita, ficaria a salvo no laboratório. De quebra, assistiria o corre-corre, pois as altas e antigas janelas abrem direto para o pátio.

Sobe as escadas em silêncio e, calmamente, gira a maçaneta da porta. Quase desmaia ao encontrar Heitor, fardado de sargento do exército, escondido atrás do batente de um dos muitos janelões, fotografando, com uma teleobjetiva, quem discursa e enfrenta a polícia. Durante alguns segundos, Berenice e Heitor se encaram. Ela, assustada. Ele, surpreso, mas com jeito petulante, detalhe que agrava o pânico de Berenice.

Sem saber como agir, pensa em dar meia-volta e desaparecer. É salva por Berenice Liberdade, que surge de não sei onde e a controla, avisando que ambas enfrentam uma situação perigosa. Da atitude delas depende a formatura em odontologia e, talvez, a própria sobrevivência e a do filho. É hora de, como ensinam em casa, controlar as emoções.

Então, as duas Berenices concordam em convocar a versão Maluca, que chega sorridente e, com naturalidade, cumprimenta Heitor:

— Oi, sorte encontrar você, assim não fico sozinha.

Enquanto se instala na cadeira escolar, colocando a bolsa no chão, Berenice Maluca comenta sobre a gritaria e o calor, que aumentam o mal-estar da gravidez. Heitor a interrompe:

— Você ficará aí?

— Se não atrapalhar, ficarei. Mas se estou lhe perturbando, vou embora. Afinal, você chegou primeiro. Mas aqui é mais longe da confusão.

Meninas ricas, de tão protegidas, acabam idiotas, avalia o sargento fotógrafo, sem saber a qual argumento recorrer para aquela tonta deixá-lo trabalhar em paz. A contragosto, concorda com a permanência da inesperada visita:

— Não se preocupe, você não me atrapalha.

— Obrigada, prometo ficar quietinha.

Durante mais de uma hora, cada um representa o seu papel. Heitor, o de fotógrafo amador, à cata, como explica, de “expressões humanas de medo”. Berenice, o de tola fútil:

— Se é assim, você devia ir com mais freqüência aos atendimentos grátis, onde praticamos a nossa incipiente ciência. Ali, sim, você encontrará expressões apavoradas. E com razão.

Ri de seu comentário, Heitor divide o momento de bom humor. A cumplicidade nascente perturba Berenice. Se a descobrem com um sargento fotografando os militantes de esquerda, nunca mais conseguirá colocar os pés na faculdade. Ansiosa, decide inventar alguma coisa.

Devagar tira os sapatos. Reclama de enjôo e mal-estar — descobrira, na primeira gravidez, que os homens são sensíveis às queixas de gestantes:

— Preciso tomar ar, senão desmaiarei. Por favor, Heitor, me ajude.

Enquanto ele larga a tralha fotográfica para socorrê-la, Berenice, graças aos muitos jacarés da infância — excesso de fôlego e flexibilidade —, arrasta, em segundos, uma cadeira até a janela. Quando o sargento cai em si, Berenice, com quase a metade do corpo para fora do batente, chama um colega de turma que — milagre — passava no pátio naquele momento:

— Cláudio, pelo amor de Deus, sobe depressa, estou passando muito mal.

Cláudio, o tal com pinta de líder das massas — espaguete, lasanha, nhoque, implica, eventualmente, Berenice —, também se preocupa com o pedido de socorro. Afinal, pensa, mulheres grávidas não têm ideologia. Cabe aos machos protegê-las. Sentindo-se um herói, mais homem do que nunca, ele corre na intenção de ajudá-la. No caminho convoca mais três rapazes, com o argumento de que, talvez, necessitem carregá-la no colo.

O grupo invade o laboratório a tempo de testemunhar Heitor, com ar raivoso, socando, às pressas, o equipamento dentro da bolsa. Ao ver os quatro, Berenice Maluca, ainda em cima da cadeira, começa a explicar a situação:

— Graças a Deus vocês chegaram. É ele o espião que entrega todo mundo. Flagrei-o batendo fotos para dar a não sei quem e estragar a vida de vocês. Ainda tive que posar de idiota para continuar aqui, com este homem que, durante três anos, me deixou sofrer sozinha a fama de dedo-duro. Agora posso provar: o mau-caráter é o Heitor.

Não há como descrever a confusão. Em minutos, o laboratório lota de alunos, que cercam o sargento ameaçando linchá-lo. Os professores surgem dos mais inesperados locais — inclusive da passeata. O reitor é chamado às pressas, a polícia estadual — que já cometia um crime, invadindo o *campus* de uma universidade federal sem ordem da Justiça — acaba dentro do prédio, ofendendo o reitor, que ameaça mandar prender todo mundo.

A tensão aumenta com o desembarque de uma tropa do Exército, acionada pela universidade para resgatar Heitor, protegido por professores e funcionários. Os soldados aproveitam e tiram de circulação quantos conseguem enfiar no camburão. Menos Berenice, que tenta sair de fininho. Quando quase alcança a porta, um professor, desconhecendo seu gesto heróico, segura-lhe o braço:

— Aonde a senhora pensa que vai? Arma esse circo e foge? Nem pensar.

Nesta altura, Berenice Comportada assumira novamente o posto:

— Como o senhor quiser. Só peço um lugar seguro, quero proteger o meu bebê.

— Volte para cima da cadeira. Você não subiu sozinha? Então, suba novamente. Nada lhe acontecerá.

E é de cima da cadeira que Berenice dialoga com o capitão, comandante da patrulha recém-chegada:

— Por favor, capitão, não tenho nada a ver com a confusão. Apenas fui eu quem flagrou o sargento fotografando os meus colegas. Aliás, um sargento horrível. Deixou-me penando sozinha a fama de delatora, sem nem se preocupar. Sei que o Exército preza as pessoas de caráter. Mas este homem não vale nada. Pode lhes ser útil, mas compromete o nome de uma corporação honrada.

O capitão não quer conversa, nem se comove com a gravidez de Berenice. Manda-a saltar da cadeira, antes que ele perca a paciência:

— Se você não descer por bem, descerá por mal. Mas vai comigo para as dependências do Primeiro Exército, explicar direitinho a sua atuação no incidente.

As três Berenices se assustam:

— Doi-Codi? Mas nem pensar. O senhor enlouqueceu.

Naquela altura, informado do quebra-quebra e temendo que a mulher sofresse algum tipo de constrangimento, o marido de Berenice já ligara para o pai. Por sua vez, o sogro falou com o ministro da Guerra, que se reportou ao Primeiro Exército. Felizmente, via rádio, a comunicação para não perturbarem a senhora Berenice chega no momento em que o capitão estende a mão para, grávida ou não, arrancá-la da cadeira:

— Antes de se meter em encrenca, devia pensar na criança. Bando de irresponsáveis.

Quando se prepara para puxá-la — dane-se se caísse ao chão —, um tenente se aproxima e lhe sussurra ao ouvido. Imediatamente, o capitão muda o tom:

— Senhora, por favor, desça calmamente. Não se assuste, nada acontecerá. Para a sua segurança, vamos escoltá-la até seu carro. A senhora precisa de um motorista para levá-la em casa?

— Obrigada, capitão, estou bem. Agradeço a gentileza.

Apoiada pelos oficiais, ambos solícitos e delicados, Berenice desce da cadeira. Como na primeira experiência com a polícia, na agressão a Denise, o tempo parece parado. Do reitor ao Heitor — título de novela mexicana, sugere mais tarde Berenice Maluca —, todos boquiabertos testemunham o poder da aluna discreta, mas capaz de dominar qualquer situação. O líder das massas é o primeiro a quebrar o silêncio:

— Agora, só nos falta vê-la comandando um cardeal.

Sem olhar para os lados, sem falar com ninguém — pára somente para agradecer a ajuda de Cláudio, beijando-o no rosto —, Berenice abandona o laboratório escoltada pelo tenente. O capitão permanece, decidindo quem vai e quem não vai passear na prisão.

Desnecessário explicar que, ao chegar em casa, além do marido ensandecido, Berenice esbarra na mãe, em Lã, em Flopi, no avô, na avó, nas cunhadas, na tia, nos sogros e em Dorotéia, quase moça feita. Todos, aflitos, descarregam-lhe na cabeça a tensão vivida, sabendo-a exposta aos terríveis acontecimentos. O marido, transtornado, ameaça-a de tudo. Inclusive de não deixá-la mais cursar a faculdade. Tais palavras trazem de volta a Berenice Liberdade:

— Sei que errei, ninguém passou mais medo do que eu. Mas vá pensando que não voltarei à faculdade, ainda está para nascer quem me proibirá alguma coisa. Agora, por favor, em vez de gritar comigo, trate de me cuidar. Estou assustada, nervosa, atordoada. Meu único erro foi comparecer à aula. Como iria prever que, dentro do laboratório, encontraria um sargento fotografando meus colegas? Nossa, uma experiência horrível, morri de medo. Minha sorte é que peguei muito jacaré sem gritar, aprendi a engolir ondas e sapos.

Esperta, Berenice vira o jogo, colocando-se em posição de vantagem. O marido a abraça, a babá traz o filho para beijá-la, a mãe e a avó choram, o sogro alardeia a sua amizade com o ministro da Guerra, o avô ameaça Deus e o mundo:

— Se tocassem um dedo em Berenice, o governo caia. Eles não imaginam a quem provocaram.

Lã e Flopi começam a rir, louvando a antiga decisão de ensinar a irmã a se afogar com elegância:

— Viu como valeu a pena aprender a não se engasgar com o oceano Atlântico?

Também a acarinham, aliviados de verem a mana biruta a salvo em casa. Naquela noite, após os paparicos da família, Berenice dorme nos braços de Henrique, acreditando que o seu perfil Comportado é o menos louvável. Quando consegue liberar as personalidades destrambelhadas sempre produz algo útil.

Após três dias de repouso determinados pelo médico, Berenice volta à faculdade onde é recepcionada com aplausos, carinhos, abraços e beijos. Finalmente, quase no fim do curso, os colegas reconhecem-lhe o valor e a lealdade. Dali para a frente, todas as festas da turma são realizadas na casa dela, com a participação de Henrique, que se esforça heroicamente para interagir com os jovens amigos da mulher: churrascos, banhos de piscina, bailes, reuniões.

Tudo é desculpa para os quase-doutores se reunirem na mansão do alto da Gávea, que surpreende a maioria: ninguém imaginava que Berenice fosse tão rica. Ela os recebe efusivamente e até o sogro, para quem alguns futuros dentistas torcem o nariz, começa a participar das reuniões, onde discute acaloradamente com os ideólogos de esquerda, feliz de reencontrar quem ainda acredite nos homens e na vida e seja capaz de colocar o coração na defesa de idéias ingênuas, engolidas pelo mercado financeiro numa simples dentada. Flopi e Lã também se aproximam, comboiando as esposas. Dorotéia carrega o namorado. A mãe, os avós e os tios volta e meia passam para cumprimentos e sorrisos. Resumindo, o último semestre do curso de Berenice passa num piscar de olhos, em clima de festa e de confraternização.

Infelizmente, Berenice não deixa nada barato. Entre o flagrante a Heitor e a formatura, acontece o nascimento do bebê. Ao estilo da Berenice Maluca, claro. Excelente parideira — dera à luz o menino mais velho em oito horas —, ela, exatamente na semana das provas finais, sente o corpo sinalizar o fim da gravidez. Entre não se graduar e apostar numa correria até a maternidade, escolhe a última opção. Apesar da tensão do nascimento, não se arrepende da arriscada decisão. Não só o guri vem ao mundo forte e saudável, como ela consegue comparecer, ombreando os colegas, às cerimônias que lhe concedem o direito de usar antes do nome o título de doutora. Motivo de imenso orgulho. A vida lhe dera absolutamente tudo. O muito que faltava, conquistar o seu próprio lugar ao sol, conseguira sozinha, vencendo dificuldades que não dividira com ninguém. Nem com o marido, os irmãos ou Dorotéia. Falar com eles, que apresentariam a fácil solução de desistir de graduar-se, significaria arranjar sarna para se coçar. Nenhuma das Berenices se caracteriza por desistir de qualquer coisa sem antes lutar muito. Aliás, pensa Berenice Comportada no instante em que assina a ata de graduação, se não contasse com a generosa convivência de suas três personalidades, jamais conseguiria superar o medo, a intimidação, a solidão e o desprezo que a cercaram durante quase quatro anos do curso.

Desobedecendo às ordens do obstetra e contrariando a vontade de Henrique, Berenice Liberdade comparece às provas finais. Na última, sai de casa sabendo que iria da universidade diretamente para a casa de saúde. Contrações leves e esparsas começam durante a madrugada, a barriga pesa, anda com dificuldade. Finge sentir-se bem diante do marido para evitar que, por afobação, ele a leve para o hospital e protele a sua graduação em mais seis meses.

Antes de iniciar a prova, Berenice explica-se ao professor. Graças a Deus, reza quando a situação começa a complicar, é excelente aluna, o que permite ao mestre lhe dar boa nota. Pesam na decisão do docente os trabalhos anteriores de Berenice e o interesse demonstrado por ela, comparecendo ao teste final praticamente parindo.

Para quem é acostumada a ótimos médicos, aos melhores hospitais, a enfermagem de Primeiro Mundo, a quarto particular com rendas e frufrus, à família inteira se revezando à cabeceira de sua cama, dando-lhe forças, ajudando-a a respirar, Berenice passa por poucas e boas. Suporta calada, tentando resolver a prova, o aumento das contrações. Sua, sofre, controla-se. Preocupado, o mestre a observa. Finalmente, diante de tanto esforço, não se contém:

— Entregue-me a prova, sua média é ótima. Não há necessidade de tanto sacrifício.

Neste exato instante, a bolsa d'água se rompe. A turma, emocionada, pára de respirar com o comentário, alguns decibéis acima de sua característica voz delicada:

— Meu Deus, o neném vai nascer.

Nasceu, Berenice ignora como. Quando volta a raciocinar está numa das salas de um hospital perto da reitoria. Chega lá em seu próprio carro, dirigido por Cláudio, amparada por Denise e seguida por um batalhão de colegas e de professores, além de um médico famoso. A emergência suspende os trabalhos para assistir à cena inédita de uma parturiente bem-vestida desembarcar de um Mustang na intenção de parir no velho e sujo hospital da rede pública.

Explique-se a presença do medalhão. Quando Berenice piora, ainda na sala de aula, a diretoria da Faculdade de Odontologia, ao lado da de Medicina, não encontra dificuldade em angariar médicos e estudantes dispostos a ajudar o nascimento. Um dos catedráticos, exatamente o de ginecologia, é amigo de longa data do avô da parturiente e, ao ouvir o nome da futura mamãe, coloca-se às ordens para acompanhá-la.

Um sossego. Mas o figurão pouco faz. Apenas avisa à família de Berenice e, depois, segura-lhe a mão, deixando ainda mais nervoso o acadêmico responsável pelo atendimento. Ao ver a criança já coroada, o inexperiente doutor sequer leva Berenice para a sala de parto. Atende-a no consultório pediátrico, deitada em uma maca sem lençol. Basta uma contração e, pronto, o garoto berra no colo do plantonista, que ainda não conseguira entender de onde saíra aquela trupe de circo, comandada por um dos obstetras mais famosos da cidade. Aliás, sua atuação no parto rende-lhe ótimos frutos. Após terminar a residência é convidado pela sumidade para participar de seu quadro de assistentes.

Com o filho nos braços, Berenice volta à personalidade Comportada. Chora e chama o marido, a mãe, a avó, o avô, os irmãos, a tia e Dorotéia. Desconfortável e enojada com a maca suja, recusa medicamentos, deseja voltar para o conforto no qual ela própria nasceu. Seu pequeno príncipe não merece conhecer o mundo em um hospital pobre e enrolado em panos talvez mal lavados. Sente-se péssima no ambiente humilde. Apesar de tentar esconder os pensamentos, acaba reclamando:

— Tirem-me deste lugar horrível. Até o cheiro daqui me faz mal.

Bem-humorado, Cláudio anuncia:

— Distintos colegas, lamento informar que a Berenice Milionária acaba de incorporar e resolveu criar problemas. Reclama, exigindo um hospital cinco estrelas. Ela não sabe que, se houvesse tempo, nós a levaríamos ao palácio de Buckingham. Mas o moleque parece meio plebeu, decidiu nascer no Inamps.

Henrique chega assustadíssimo. Atrás dele, as duas famílias em estado de choque. A sogra, em seus colares de pérolas, mostra-se inconformada:

— Como o meu neto veio ao mundo neste ambiente horrível?

O sogro, ainda um dos inimigos públicos número um da esquerda, salta em defesa do hospital, enfrentando a mulher:

— Se você não sabe — e não sabe mesmo, é uma alienada —, a maioria dos brasileiros nasce assim. Isto quando não morrem antes por insuficiência de recursos. Alguns dos colegas de Berenice estão cobertos de razão, nossa distribuição de renda é pérfida.

Os tais colegas arregalam os olhos de espanto — teriam conseguido converter um dos próceres do capitalismo selvagem ao socialismo? Os doentes — adeptos da básica ideologia da sobrevivência e, há horas, aguardando atendimento — quase aplaudem o discurso do senhor bem-apessoado, preocupado com a saúde da população. Nascimento de neto realiza milagres, pensa a sogra de Berenice, desconhecendo o marido e mareada com o cheiro adocicado dos pobres que a rodeiam:

— Berenice é doida, cansei de avisar ao Henrique. Então, esta moça precisava ter o filho, nosso neto, num local fétido?

O avô se ofende:

— *Data venia*, fétido, mas amparou Berenice e o meu bisneto. Aliás, devo informá-la de que Berenice não é doida. É, sim, uma menina corajosa e muito decidida.

Dito isto, sai agradecendo e apertando as mãos do medalhão-amigo-particular que, com a sua simples presença, impôs credibilidade ao nascimento; dos professores e colegas da neta; dos médicos, das enfermeiras e do plantonista que, finalmente, caíra em si e entendera que ajudara a nascer um republicano de sangue azul. *Mutatis mutandis, of course*.

No dia seguinte, o mais importante colunista social brasileiro não perdoa. Em sua coluna publica a notícia do original nascimento. Na opinião do jornalista, o *society* não é mais o mesmo, desandou a nascer igual à gentinha:

Bomba, bomba: numa unidade pública, e sem as mínimas condições de higiene, veio ao mundo mais um herdeiro de duas das maiores fortunas cariocas. Culpa da jovem mamãe, vacilante em assumir a sua privilegiada posição social, pois se deixou levar pelo canto de sereia das feministas, estas mulheres sem rumo. Apesar do berço ultraprivilegiado, do marido titulado em universidade norte-americana, do sogro trilhardário e da falecida bisavó, que deixou uma herança capaz de sustentar três gerações sem trabalhar, sonho de todo high *que se preza, a parturiente decidiu se formar em odontologia.* Ipso facto *— gente fina é outra coisa, sabe até falar latim... —, acabou dando à luz num hospital chinfrim, próximo à reitoria da UFRJ. Para felicidade de ambos os clãs, o recém-nascido, 3,550kg e 51cm, passa muito bem, embora tenha enfrentado um processo de desinfeção ao chegar à maternidade* privée, *envolto em panos de chão. Já a mãe desmiolada toma antibióticos para afastar a possibilidade de febre puerperal, comum nos partos realizados primitivamente. Não obstante as condições adversas, a sociedade carioca comemora a chegada do novo e importante membro. Os cães ladram e a caravana passa.*

Internada na clínica *top* de linha e cheia de frescuras — os lençóis da cama são de linho belga, uma enfermeira supervisiona cada neném —, Berenice Maluca lê a nota e pede a Henrique para conversar com o jornalista:

— Avise-o que ele errou, o enredo é mais dramático. Nosso filho foi desinfetado num banho de água sanitária e, depois, fervido durante algumas horas. Mas, graças a Deus, esbanja saúde, mama, é corado, lindo e amadíssimo. Nossa, Henrique, como este homem escreve bobagens.

Bobagens, mas o Brasil inteiro lê, a notícia repercute estrondosamente. Além dos colegas de faculdade, que se manifestam às gargalhadas, as antigas amizades do Sacré

Coeur de Marie, de Ipanema — inclusive os cavalos —, amigos dos irmãos, companheiros de Henrique, todos ligam ou mandam flores, surpresos com a novidade. Henrique pessoalmente atende os telefonemas. Conta a versão verdadeira. Garante a saúde do filho que em momento algum foi dedetizado ou desinfetado. Explica que o pano de chão era, na verdade, a manta simples do resumido enxoval de uma parturiente pobre, a quem o avô de Berenice entregara quantia polpuda, capaz de ajudá-la a comprar a pequena casa em que vive com cinco filhos, nos confins da Baixada Fluminense.

No fundo, as duas famílias, devotadas à discrição, se aborrecem com a excessiva, desagradável e desnecessária exposição pública. A mãe, com a sua insuperável capacidade de sofrer, lamenta-se sem parar. A avó nem espera Berenice sair da maternidade para repreendê-la:

— Então, você não sabe que precisa zelar por seus sobrenomes? Havia necessidade deste parto absurdo? Felizmente, tudo terminou bem. Mas os comentários não cessam. Você devia se preservar, pensar em nós, no Henrique, na família dele, que é sua também. Há momentos, Berenice, em que até eu, que a criei, acho que você tem um parafuso solto.

Como sempre, o avô a desculpa:

— Pronto, você se formou e, ao mesmo tempo, deu à luz. Parabéns, apenas mulheres fortes realizam esta proeza.

Os irmãos se dividem. Lã considera insana a atitude da mana. Flopi a elogia:

— Você nos assustou, mas foi valente. Estou orgulhoso.

A tia-médica-fajuta põe as mãos na cabeça, temendo conseqüências malignas no pós-parto. Dorotéia apóia a prima:

— O menino nasceu bem, não nasceu? Então, está tudo certo. Não entendo o motivo de tanta falação, tanta preocupação com as aparências. Em vez de elogiarem a sua maternidade e formatura, as pessoas a crucificam porque você se meteu numa casa de saúde simples. Qual é o problema? Gente é gente, tudo igual. Detesto quem se preocupa com a opinião alheia.

O *high society* deita e rola. Comenta de um tudo. Desde que Berenice parira no hospitalzinho porque os dois clãs estavam falidos até a abominável versão de que ela apanhava do marido e se tratava no Inamps para não dar na vista. Ao ouvir esta fofoca, a família de Henrique desanca a agregada. O sogro, apesar de admirador de Berenice, ofende-se pelo filho:

— É boa menina, mas não regula. Irresponsavelmente, expôs Henrique à execração pública. Espero que, após tanto disse-me-disse, Berenice aprenda a viver discretamente.

Sem perder tempo, a sogra dispara:

— Esperança vã, Berenice é mau-caráter. Muda de personalidade conforme lhe dá na telha e da maneira que mais lhe interessa. Só eu sei o que ando escutando de minhas amigas do *bridge*. Não criei um filho para isto. Menininha horrível, não irei visitá-la um só dia.

Não foi mesmo. Henrique tenta contemporizar, mas Berenice observa seu descontentamento com o tititi. Como ensina a babá, hora de cair do galho. Preocupada com o desagrado do marido, com o aborrecimento da avó, com o possível sofrimento materno, com a frieza dos sogros, compreende que precisa voltar a encarnar a Comportada, versão preferida das famílias. Ainda internada — preventivamente, permanece em observação, o obstetra particular teme uma infecção, o parto não primara pela limpeza —, ela se cala, passa dois dias dormindo e, quando acorda, reúne os avós, a mãe, os sogros e o marido para pedir perdão:

— Vocês estão certos, eu faço papel de tola negando os meus privilégios. Fui irresponsável escondendo do Henrique que o bebê ia nascer. Aprendi muito nos últimos dias. Já matei e enterrei as minhas versões malucas. Daqui para a frente, viverei como nasci. Por favor, desculpem-me, sinto-me envergonhada.

Henrique abraça-a, pedindo, entre beijos, para ela manter a alegria:

— Gosto de você doidinha. Mas só um pouco, não precisa exagerar.

A avó se emociona:

— Parabéns, Berenice, é a escolha acertada. Agora você é mãe, casada, dona-de-casa, atuante em um mundo implacável com os deslizes. Para isto a eduquei. Você será mais feliz.

A mãe a beija no rosto:

— Querida, é um grande alívio. Mas eu confiava em você. Sabia que, um dia, você se acomodaria.

Esforçando-se, a sogra tenta dividir o clima de epifania:

— Que bom, andava preocupada.

Assim Berenice, de novo, assume a versão boa moça. Personalidade que, entre dores de cabeça e milhares de remédios, sobrevive — com imenso sacrifício, conhecido e dividido somente por suas irmãs, as Berenices enterradas — até a viagem para a África, mais de dez anos depois.

Selada a paz — o sogro foi visitá-la com uma braçada de rosas —, Berenice se forma três semanas após o atrapalhado nascimento. Naquele tempo, formatura, dia de extraordinária importância, pautava-se em várias solenidades: missa, colação de grau e baile. A Berenice que comparece à missa e à colação — ao baile, decide não ir — é exatamente a mesma que estreou na faculdade: orgulhosa, retraída e cheia de si. Os colegas tentam, inutilmente, atraí-la para as risadas e brincadeiras, alegria justificada de quem saboreia a vitória, mas ela se mantém distante. Contasse sua vontade, pensa, se reuniria a eles, festejando a formatura. Mas outro caos, prefere evitar.

Antes do início da missa, elegante e ressentida, Berenice observa seu clã *poseur*. Tanto eles lhe dão, tanto tiram. Desde muito pequena, com exceção do avô e dos irmãos, ninguém se preocupara em olhá-la de verdade. Havia uma forma a preencher e, para isto, usaram a sua carne, a sua alma, as suas emoções. Ao contrário dos perus — irracionais, mas valentes —, que morrem reclamando e cagando no quintal, ela se deixara imolar quase sem reagir. As suas rotas de fuga, as Berenices plebéias, ela mesma encarcerara. O triste resultado de tanta passividade é que nem Berenice conhece a verdadeira Berenice. Se pudesse, conclui, embarcaria para a pós-graduação na Suécia. Berenice Liberdade não hesitaria em tomar esse rumo. Berenice Comportada esbarra no círculo de giz que a aprisiona, onde se debate calada.

Sorri para Henrique, abaixa os olhos, pensa nos filhos e em suas famílias. Duas dinastias de dinheiro, poder e distinção — não saberia enfrentá-las. Cursaria a pós-graduação no Brasil, se possível em uma área na qual falasse pouco. Endodontia, decide enquanto o cardeal discursa na interminável homilia. Com as raízes em pandarecos qualquer humano é medroso. Cutucando os nervos alheios, não precisaria se fingir de boazinha. Alguma liberdade, ao menos.

O leite começando a escorrer, quase molhando o vestido, sinaliza a proximidade da hora de amamentar o caçula. Enfim a oportunidade de Cláudio, dos professores e de toda a turma viverem a extraordinária experiência de testemunhá-la disciplinando um cardeal. É verdade, concluem, Berenice não mentira, ninguém ousa contestar as pessoas de seu mundo. Como na ocasião da polícia e do Exército, dominados sem esforço, quando o cardeal pára de falar e escuta o recado da avó, todos sabem o que vem pela frente. Berenice já provara que manda quem pode, obedece quem tem juízo — é a sua tribo que dá os rumos, não há como contestá-la. No pigarrear da eminência após explicar o motivo pelo qual interrompera o sermão, Cláudio, sentado ao lado de Berenice, comenta baixinho:

— O último poder acaba de desabar a seus pés. Menina, você é poderosa.

Ela finge não ouvir, também faz parte de seu mundo não se misturar ao povo. Entre enraivecida e envergonhada, escuta o arcebispo anunciar a sua formatura, como se apenas ela, entre tantos rapazes e moças, estivesse concluindo um curso superior.

Não desejara se expor tanto. Simplesmente, com os seios doloridos e o leite vazando, levantara e caminhara de cabeça baixa pela lateral da igreja até a avó, sentada alguns bancos atrás dos formandos. Baixinho, pedira ajuda:

— Vovó, está quase na hora de o neném mamar. Mas eu gostaria de tirar a foto oficial com a minha turma. O que faço?

A avó vacila, mas decide apoiá-la. Pessoalmente se levanta, dirige-se ao altar e fala ao ouvido de um coroinha.

Imediatamente, o menino se reporta à autoridade religiosa, que sorri compreensiva. Berenice mal tem tempo de voltar a ocupar seu lugar:

— Entre os novos doutores que, neste momento, agradecem a Deus a felicidade de se graduarem, está uma jovem senhora, membro por nascimento e casamento de duas das mais refinadas e católicas famílias do Rio de Janeiro. Atendendo a um pedido da avó dela, pessoalmente oficio esta missa. Agora, atendendo a novo pedido da mesma senhora, encerro a homilia, feliz de dar a minha pequena contribuição à gentil mamãe, a doutora Berenice Vogel, que, em poucos minutos, precisará amamentar o filho nascido há menos de um mês. Eu a abençôo, Berenice. E, através de sua graça e felicidade, abençôo os seus colegas. Que todos se revistam de amor e generosidade na profissão que hoje iniciam. Amém.

A missa acaba em dois tempos. Berenice posa com a turma para a foto oficial, na porta da Candelária. Depois, rapidamente, desaparece rumo à mansão da Gávea para alimentar o filhote. Nesse dia sofre uma terrível enxaqueca, diagnosticada por Henrique como excesso de emoção, de calor e de fraqueza:

— A pobrezinha passou um enorme desconforto há três semanas. Mal se recuperou e, hoje, enfrenta a formatura. Precisa descansar. Será que você ficará boa para a colação de grau esta noite, querida?

Berenice, com bandagem gelada na cabeça — remédios contaminam o leite, avisa a sogra desagradável —, acena com a mão, avisando que sim e pedindo para descansar. Passa o dia na cama, só levantando nas horas certas para alimentar o filho. À noite, de beca e com enormes olheiras, rodeada novamente pelas famílias brasonadas, cola grau e, oficialmente, é promovida a doutora. Somente Flopi observa o seu desconforto:

— O que há? Você não está feliz? Quer conversar comigo?

Abre os braços para a irmã, que encosta a cabeça em seu ombro e começa a chorar:

— Ah, Flopi, eu era mais feliz quando você e Lã me provocavam, deixando-me reagir a meu modo. Não cresci para viver cercada por proibições, regras, imposições, normas, pode-não-pode. Um inferno, ninguém me deixa em paz.

— Você é impulsiva, Berenice, e meio destrambelhada. Adultos não escapam de obrigações, nosso tempo de liberdade acabou. Mas presta atenção, sou seu irmão, conheço-a mais do que ninguém. Você é uma menina forte, não perca esta qualidade. Se, um dia, uma onda perfeita aparecer, pegue-a, como em criança. Ondas perfeitas são raras, vêm e não voltam mais. Fique tranqüila, sempre estarei a seu lado.

— Obrigada, Flopi, eu amo você. Mas, por enquanto, decidi que a minha onda é tentar ser feliz, na medida do possível. Sei existir um preço para nossos privilegiados nascimentos e o meu casamento de primeira grandeza. Quero pagá-lo tranqüilamente. Nadar em dinheiro tem apertos, mas também muitas vantagens. Por exemplo, adoro viajar, os hotéis que podemos pagar, adoro comprar roupa, as minhas empregadas, meu carro, meu motorista, os luxos e privilégios que nos pertencem de berço. Mas conviver com isto também nos traz desconfortos. Antes de existirmos, existe um sobrenome guiando os nossos passos. Um saco, Deus me livre, queria sumir no mundo.

Mas, tudo bem, vou lhe dar uma notícia, você é o primeiro a saber. Farei pós-graduação em endodontia. Ou seja, tratamento de canal. Eu me divirto, saio do mundo naquele trabalhinho exigente de mão delicada e firme.

— Céus, Berenice, você é sádica e eu não sabia.

— Não, não sou sádica. Mas já que a Berenice a quem permitem viver é extremamente chata, pretendo mantê-la ocupada a maior parte do dia. Você me entende. Queria conseguir a sua coragem, que enfrentou a família, mas pilota aviões. Ora, onde já se viu? Bem-nascido, rico, educado, *gentleman* de fino trato sem o título de doutor? Pilotando aviãozinho em trabalho de plebeu? Ou seja, gentinha?

— Aviãozinho, uma vírgula. Entrei na era dos jatos. E gentinha é... Bem, refiro-me à sua sogra. A mamãe não entra nessa.

Alegres, riem e se beijam, Berenice esquece as lágrimas. Depois, prudentemente, se calam. Os clãs se aproximam para afastar o abraço, saber se a cabeça dói, sugerir um acerto na maquiagem, aconselhar a não chorar em público. Com apenas três imensos diamantes — um par de brincos e o anel solitário — a mãe é a perfeita imagem da distinção, realçada por um vestido preto de alta-costura. Quando criança, Berenice pensava que, ao crescer, pretendia copiá-la em beleza e elegância. Naquele momento, ouvindo-a falar, alimenta dúvidas. Discretamente, a mãe afasta os abraços dos filhos, alertando-os:

— Queridos, não é distinto efusões públicas de carinho. Nem lágrimas, Berenice. Já cansei de ensinar.

Enquanto os irmãos se entreolham, a avó sorridente se aproxima para beijar a doutora e lembrar velhas conversas:

— Viu como eu tinha razão? Agora posso morrer. A minha neta querida finalmente entendeu a importância de seu nome.

Emocionada, Berenice arregala os olhos:

— Não fala em morrer, vovó. Como viveria sem você? Aborreci-a demais. Agora, quero-a testemunhando a minha felicidade, naquele lugar de honra que me estava reservado desde antes de nascer.

A avó a beija no rosto, estendendo-lhe uma pequena e velha caixa de jóias:

— É o meu presente, e de seu avô, pela sua formatura. Estamos felizes com a neta doutora. Mas também representa o nosso orgulho pela dama refinada em que você se transformou. Felicidades, Berenice. Você deu uma trabalheira, a gente nunca sabia qual versão ia acordar. Mas, em compensação, o seu jeito doce e alegre trouxe à nossa velhice felicidades sem preço. Viu? Sempre há o que aprender. Você pensa que eu acho que o dinheiro compra tudo. Não compra, meu bem, eu sei. Dinheiro não compra, por exemplo, a paz que me foi tirada quando o seu pai morreu e vi minha filha sofrendo. Dinheiro não paga o sacrifício de fazer-me mais severa, pois seu avô a mimava sem lhe dar nenhum limite. Dinheiro também não apaga nossa preocupação enquanto você crescia, procurando os seus caminhos. Mas o dinheiro compra, quando sólido e antigo como é nosso dinheiro, o respeito e o poder. Aproveite-os, querida. Afinal, eles são seus.

Berenice abre a caixa e perde a respiração, não acredita no que vê. Emocionada, murmura não tão baixinho:

— Meu Deus, as bichas...

Henrique a repreende:

— Por favor, Berenice, linguagem vulgar, não.

Convenhamos, vulgaridades não constam do vocabulário de uma *lady*, Henrique se precipitou. *Bichas*, em famílias portuguesas, são brincos de diamantes, dois imensos solitários. Um para cada orelha, naturalmente. Maravilhada com o presente e o seu significado — a avó a presenteava com os brincos da bisavó, ignorava as filhas e lhe entregava os símbolos da realeza do clã, cada pedra branca e limpa pesa cinco quilates —, Berenice finge não ouvir a chatice do marido:

— Olha, Henrique, minha avó me deu as bichas. Ela usava todo dia e, antes, a bisavó Vogel. Céus, eu nem acredito.

Emocionada, abraça a avó, pedindo:

— Me ajuda a colocá-los?

A avó prende-lhe nas orelhas a insígnia da rebeldia finalmente dominada. A neta indisciplinada cansara e entregara os pontos. Ostentava em seu corpo o sinal do valimento, nascido junto com ela. Sorridente, a avó admira-a reunindo-se aos colegas para o início da cerimônia, sem notar o espanto deles diante dos diamantes. Então, comenta com o avô:

— Berenice sossegou. Comporta-se igual a nós. Quem, displicente, não entende a mensagem destes brincos incorporou seu poder.

O avô sorri:

— Vocês é que não entendem a Berenice. Aliás, nunca entenderam. Ela agora está calminha, levou um susto dos grandes. Mas basta esperar um pouco. Berenice Liberdade breve nos dará um susto. É isso que eu gosto nela, a imprevisibilidade. Querida, o brilho de Berenice impediu que a monotonia nos matasse de tristeza. Até nisto a vida nos foi generosa, a velhice só é boa com netos iguais aos nossos.

Os formandos se juntam em pares no salão da reitoria, onde colarão grau. Ajeitando a beca, Berenice pisca os olhos para Flopi. Sabe que ele, Lã, o avô e a prima (pena, o Boggie-Woggie) a conhecem direitinho — insegura, fragmentada —, mas que, mesmo assim, a amam. Não se sente mais sozinha, existem motivos de sobra para comemorar. Cláudio se aproxima para acompanhá-la. Berenice o cumprimenta com um aceno de cabeça, recusando-se a lhe dar o braço para o desfile de praxe.

Noblesse oblige.

Saco.

Perdas e ganhos

Ao chegar da África, Berenice não sabe o quanto a vida mudara. A emoção da volta se desfaz ao abraçar Lã, que lhe comunica a doença da avó. Terminal, irreversível. O sonho do retorno triunfal se transforma, num instante, em angústia indescritível. Não imaginava amá-la tanto, contestara-a a vida toda pelo simples contestar. Apesar da infância amalucada, das artes, das travessuras, da mania libertária de se afirmar diferente, a avó a acolhera, protegera e amara. Berenice não duvida: sua personalidade, seu jeito, seu caráter — tudo o que ela é, para o bem e para o mal — coube aos avós modelar.

O regresso da ex-mulher permite a Henrique vender a mansão da Gávea. Com a sua parte, Berenice compra um apartamento numa rua transversal de Ipanema, perto de onde crescera. Decora-o ao jeito da Berenice Africana, rascunho da verdadeira: claro, leve, descontraído, sem os veludos e os cristais que, desde a infância, a perseguem. Enquanto um operário pendura as cortinas de esteirinha de madeira, a mãe se escandaliza:

— Minha filha, o que é isto? Falta elegância, distinção, classe. Cortinas de segunda, horríveis.

— Mãe, já cumpri os meus deveres com a nobreza da família. Enquanto a vovó entendia, sorria, se manifestava, esforcei-me para agradá-la. Daqui para a frente, viverei como eu quero. Imagina se o Rio, um caldeirão fervente, combina com grossas cortinas, tapetes de lã felpuda, a tralha lá de casa, construída e mobiliada igual a um castelo inglês? A África ensinou-me muito.

Ensinara, realmente. Na África, as Berenices se acharam. Apesar de pifiamente, conseguiram formar uma, que assumiu a leveza perseguida desde sempre. Leveza que, de volta ao Brasil, Berenice pretende dividir com quem compartilha a vida. Por isto, entrega a decoração dos quartos dos filhos ao gosto de cada um: quer um lar aconchegante, onde possa relaxar ao lado dos meninos. A estratégia dá certo, os herdeiros se encantam e, ajeitando os seus mundos, acabam por revelar sonhos e intimidades.

O mais velho — quase na faculdade de economia, deseja seguir os passos do pai — escolhe um ambiente severo: estantes repletas de livros, escrivaninha, computador, a mais espantosa novidade dos últimos muitos séculos. No Brasil só têm PC, nome usado pelo filho com sotaque *very british*, as pessoas abonadas.

O do meio — ótimo surfista e péssimo estudante — sinaliza o desejo de se mudar para o Havaí, paraíso das ondas gigantes, enchendo o quarto com pôsteres de ondas, pranchas, skates, aparelhos de som e incensos, que, num instante, Berenice descobre servirem exclusivamente para disfarçar o cheiro de maconha. Depois do susto, ela enfrenta o filho:

— Se você pensa que me engana, deixa eu lhe participar que fiz faculdade na década de 1960. Conheço de longe este bodum. Então, escuta bem: maconha empaca os neurônios, quem usa perde o bonde da vida. Faça-me o favor de começar a estudar.

Tentando provar que, em sua enfumaçada agenda marítima, sobra tempo para os livros, o surfista escolhe uma mesa de segunda, supostamente para guardar o material escolar. Perda de tempo. Apenas um mês depois da inauguração da casa, a mesa submerge sob um monte de porcarias. Berenice analisa o ambiente e se expia com o ex-marido:

— Isto é praga do Inamps.

Para a surpresa da avançadinha Berenice — assim ela se avalia —, o convencido, careta e conservador Henrique defende o filho:

— Berenice, como você não vê que este menino é o único de nossos filhos a realizar os seus sonhos de liberdade? A maconha faz parte da *mise-en-scène*, incansavelmente cultivada pelas Berenices Maluca e Liberdade. Ele a repete em todos os detalhes e carências, até na vocação para peixe. Provavelmente, você deu o mesmo trabalho. Só não teve tempo, ou coragem, de puxar um fuminho. Afinal, meninas Vogel às voltas com baseados é algo inimaginável, ou não?

Pega de surpresa e sem argumentos para rebater o ex-marido, amigo de fé, irmão-camarada, que acabara de lhe enfiar o dedo no olho — realmente aquele filho, até no amor ao mar, a reproduzia em detalhes —, Berenice escapa pela tangente:

— O mais velho, tão correto, é a sua cópia xérox. O do meio, alucinado, parece comigo. Graças a Deus há a caçula, que reuniu as suas e as minhas melhores qualidades.

Berenice não se engana. A menina — jóia rara, paixão da mãe e do pai — não nega o duplo *pedigree*. Chama o decorador mais famoso da cidade, que escolhe para a suíte móveis de design *clean*, cortinas e colcha *composée* de tecidos importados. Piso frio, som embutido, banheiro *high tech*. Tudo lindo e perfeito, tudo absurdamente caro. Orgulhoso da filha meio dondoquinha, meio ávida do mundo — lembra-lhe a Berenice pela qual se apaixonara —, Henrique faz questão de dividir a conta com a ex-mulher, igualmente deslumbrada com o bom gosto da menina. Vaidosa, elogia a filha, escutando em sua voz a mesma voz da avó:

— Eduquei-a no caminho certo. Nasceu em berço de ouro, sabe aproveitá-lo.

Encontrar o passado no presente que constrói — e pretende diferente da infância e juventude, nas quais dormia e acordava subjugada por regras — assusta Berenice. Os caminhos vão e voltam, suspira, constatando que, apesar da aventura africana, ela continua uma versão revista e revisitada da matriarca do clã. Volta e meia, embora mais moderninha, repete-lhe as palavras. O mundo se transforma, Berenice o acompanha. Mas a noção de pertencer à elite e evocar privilégios infiltrara-se em sua pele. Lutara inutilmente. Na verdade, como esperava a família, ela perpetua os valores de seu clã *top* de linha. Mudara os acessórios, conserva o essencial. A avó vencera a guerra. Não à toa, espanta-se, entregara-lhe as bichas havia muitos e muitos anos:

— A danada já sabia e eu nem desconfiava. Espertinha, vejam só. Eu tão autoconfiante na minha idiota *egotrip* e ela sentada, esperando, sabendo que, a qualquer hora, eu cairia do galho. Igual a babá previa.

Sorri um sorriso doce, travado de amargura por ela e pela avó. Decide fazer análise. A amiga de infância dos tempos de Sacré Coeur indica o psicanalista, famoso por destrinchar as mais tresloucadas cabeças do Rio de Janeiro:

— Ele não é argentino, mas é ótimo. Lembra da Ludovica, que não podia ver homem? Enquanto não agarrava, não acalmava a periquita? Dava e se refestelava, matando a gente de inveja? Nós, as educadinhas, queríamos imitá-la, mas não tínhamos coragem. Então, de maldade, a discriminávamos, chamando-a de puta. Ríamos às gargalhadas com o desespero dela, chorando dias a fio, pois vagabunda não casa, ao menos diziam as freiras. Mal sabíamos nós que as vagabundas se casam com muito mais competência. *Anyway*, isto agora não importa, importa lembrar que a Ludovica chorava até surgir outro macho que acordasse a "adormecida".

— Coitada. Não me diga que, traumatizada, ela desistiu do melhor prazer da vida.

— Não, Berenice, análise não funciona assim. Análise serve para você descobrir as merdas que fez, sem lamentá-las. Não dá para voltar no tempo e consertar o errado. Então, o analista a convence que, na época da merda, você agiu da melhor maneira possível. Mas, conhecendo as motivações inconscientes — usar vocabulário psicanalítico é fundamental no processo de cura —, você agirá no futuro com mais racionalidade. Resumindo, ou você assume as merdas ou as evita com lógica. Sem dramas, nem sofrimentos. Claro, para expiar tanta culpa paga-se uma fortuna. Mas vale a pena. Hoje, tomo anfetamina tranqüilamente. Não quero saber se estou prestes a morrer de *overdose*, se terei tuberculose por comer somente alface ou se, num curto-circuito cerebral, assassinarei alguém. Enveneno-me sem culpas. Para continuar magra, faço qualquer negócio, inclusive os ilícitos. Graças à minha análise, cometo uma enorme asneira, mas continuo feliz.

— Eu ainda me culpo usando drogas. Na África melhorei, mas aqui recomecei o exagero de bolinhas. Mudando de assunto, e a Ludovica? Você me deixou curiosa.

— Ludovica pós-análise é a mulher mais realizada do planeta Terra. Livre, leve e solta, ela dá sem dramas ou remorsos. Já casou oito vezes, todas as cerimônias com festas inesquecíveis. Eu compareci a quatro, depois cansei de vê-la vestida de noiva. Enviuvou, separou, traiu todos os maridos, recebeu belas heranças. Virou a rainha do discurso sobre ego, id, superego, superação de traumas e vai por aí afora. Às vezes penso que ela é a reencarnação de Freud, tamanha a sua autoconfiança no jeito puta de ser. Resumindo, trata-se de uma mulher realizada.

— Amiga, você me dará agora o telefone deste doutor milagroso.

A avó morre na mesma semana que Berenice começa a análise. Com o agravamento de seu estado, o clã se reúne na mansão para acompanhar os últimos momentos. Se não sofresse tanto, Berenice pensaria que a avó falecera do modo mais lindo que alguém pode desejar. Filhas, netos, bisnetos, toda a família ao lado. Além do marido, amparado por Berenice, sem saber o que dizer ao avô adorado que, quase aos 90 anos, perde a companheira de vida. Tão pequenino, ele. Tão frágil, trêmulo e fraco. Não lembra o homem forte que tratava Berenice como se fosse boneca, mimando-a excessivamente. Berenice chora a morte da avó e a amargura do avô. Permanece ao lado dele, sem desgrudar um segundo. É a neta preferida. Consola-o como ele, sempre, amorosamente, nunca deixara de a consolar.

No sepultamento lotado — cada empresa da família publicara um convite, a página do obituário pertence somente à avó —, ela o defende quando um médico aconselha-o a ir embora. O viúvo recusa a idéia, quer continuar com a esposa, em pé ao lado do esquife, recebendo condolências. A mãe e a tia, igualmente abaladas, deixam a decisão aos filhos. Lã, Flopi e Dorotéia, com os devidos consortes, apóiam o doutor. Berenice os enfrenta:

— Se o vovô deseja ficar, ficará. Vai prejudicá-lo mais deixar a vovó sozinha, é assim que ele sente. Assumo o compromisso de não permitir que o nosso avô acompanhe o sepultamento.

Os irmãos e a prima cedem. Antes de sair o féretro, o avô tremendo em lágrimas, Berenice diz-lhe ao ouvido:

— Vovô, a vovó nos ensinava que não devemos chorar em público, é falta de fidalguia. Mais do que chorar, acho que vou desmaiar. Não quero decepcionar a minha avó, ela acreditava em mim. Por favor, vovô, me ajude, leve-me para casa. Desde pequena sou assim, só sossego no seu colo.

O avô encara Berenice com os olhos magoados, avisando entendê-la: a neta tenta evitar que ele assista ao final. A pedidos de Berenice, nunca resistiu. Não resistirá agora. Concorda com a cabeça, admirando a menina que, ao contrário dos outros, não insiste em apontar a sua fraqueza e velhice. Pelo contrário, pede socorro, como pedira na infância, sublinhando-lhe o posto de chefe da família. Braços mudam de lugar. Os do avô, que se deixava abraçar, passam para os ombros dela. Ambos fingem acreditar na crise de Berenice, prestes a desfalecer de tristeza e de saudade. Protetor, ele a enlaça e, conversando baixinho, os dois saem caminhando sem se despedir de ninguém. Flopi os acompanha até o carro, admirando a irmã que, de tanto brigar com ela mesma, demorara a descobrir a sua grande coragem.

Avô e neta sentam-se lado a lado. De mãos dadas e em silêncio voltam para casa. Ao ajudá-los a desembarcar, o motorista apresenta os pêsames:

— Doutora, nem sei o que dizer.

A morte da avó barafunda a cabeça de Berenice. Aproveitando o tempo instável, a Berenice Maluca — que andava em calmaria, aliada à Comportada e à Liberdade, as três atuando juntas — toma a dianteira:

— Obrigada, seu Inaldo.

— Inaldo? Meu nome é Samuel Monteiro, doutora.

— Por favor, desculpe. Estou cansada, sem querer troquei o seu nome. Mas agradeço novamente.

À lembrança de seu Inaldo — as farras, os cavalos de Ipanema, a babá na cisterna e seu Inaldo apalpando-a, as festas na igreja, a injustiça cometida com o motorista preferido da avó, o sorriso dela ao lhe entregar as bichas —, Berenice desaba. Só espera a mãe chegar, cercada pelas visitas, para voltar para casa junto com os filhos, que a cobrem de carinhos. Abraçada à caçula, Berenice chora um mundo de dores nunca choradas antes. A morte da avó, do pai, dos periquitos, o diuturno silêncio da mãe, a angústia nos natais com os perus se cagando, a rejeição na faculdade, a alegria não usufruída da formatura, os anos perdidos no casamento, não ter amado Henrique como ele merecia, a tristeza do avô. Chora muito e quase tudo.

A avó ensinara: sentimentos delicados e boa educação fazem a vida correr fácil. Os filhos ligam para o pai e quem socorre Berenice é o cunhado dele, irmão da segunda esposa. O rapaz, médico, aplica-lhe um sedativo e acalma os sobrinhos de afeto:

— Tranqüilizem-se, Berenice dormirá a noite inteira. Qualquer coisa, me liguem.

Não ligam. Berenice acorda forte. Sabe se controlar em público, mesmo quando a audiência se resume às próprias crias. Mas o sofrimento do avô, as tristezas caladas da mãe e da tia, a casa vazia, embora, nos últimos meses, a avó já estivesse ausente, tumultuam-lhe os sentimentos. Os meninos, incansáveis, não lhe negam apoio. Até o herdeiro-encrenca concorda em usar gravata para comparecer às missas da finada bisavó.

Passada a semana de nojo — a irmã-Socila acertara, aqueles que os visitam nos primeiros dias de luto quase são excomungados pela indelicadeza de lhes invadir a dor —, abre-se o inventário. O avô se recusa a sair do quarto, entrega as decisões às filhas. A mãe e a tia, viúva há alguns meses, resolvem não tocar na máquina produtora de dinheiro, azeitada desde que a administração passara das mãos da família para a de profissionais. As duas — assistidas por Lã, Flopi, Dorotéia e vários advogados — assinam montanhas de papéis cedendo ao pai o pleno direito à herança.

Berenice não se mete. Não consegue entender dinheiro, nem como ele se multiplica, aparece pelos cantos e verdeja pelas árvores. Aparentemente, milagre do sangue Vogel. Ela, pessoalmente, só sabe lucrar obturando canais. Mas o jeitinho doméstico — provedor de seu conforto e sua conta bancária; em uma semana recebe o dobro do produzido em meses no consultório — escapa-lhe à inteligência. A abstração financeira que faz da sua família uma casa da moeda é demais para Berenice. Por isso, enquanto os outros discutem, ela passeia nos *shoppings*, gastando à tripa forra, maneira infalível de sossegar a angústia. Nada pergunta e acha ótimo quando Lã comunica-lhe que, por decisão de todos e em honra ao patriarca, a fortuna ficaria intocada enquanto o avô vivesse. Infelizmente, por pouco tempo. Em menos de seis meses, o viúvo vai embora, derrotado de saudades.

Após o enterro da esposa, ele senta na *bergère* do quarto de vestir e nunca mais conversa com ninguém. Não come, não bebe, não chora, os olhos bailam perdidos ou se fecham pesarosos, isolando-o do mundo no qual não deseja estar. Só Berenice o retira da inércia. Convence-o a banhar-se, barbear-se, trocar de roupa, tomar um pouco de sopa. Feliz ou infelizmente, Berenice voltara ao trabalho, não pode abandonar os clientes, a imensa maioria à beira de um ataque de nervos dentários. Diariamente, ela o visita, mas em horas diferentes. O jeito, decide a família, é contratar um enfermeiro para acudir o viúvo nas necessidades básicas.

Dia após dia, Berenice percebe o avô se acabando, perdendo a dignidade. Ao visitá-lo uma tarde e encontrar o enfermeiro lhe dando comida na boca, entende o inevitável. Com o coração em prantos e segurança na voz, pede ao acompanhante para se retirar:

— Aproveite e descanse, eu o alimentarei.

Depois, passa a mão nos cabelos do avô, murmurando docemente:

— Precisamos tomar uma decisão, não é, vovô?

Ouvindo a voz de Berenice, o avô esboça um sorriso e, mecanicamente, abre a boca para receber as colheradas. Uma comunhão profana, a neta alimenta o avô sabendo que o fim chegara, mas sem trazer a reboque a consolação da Páscoa. A mais importante festa da cristandade, a avó explicara havia mais de trinta anos para Lã, Flopi e Boggie-Woggie. Somente naquele momento, Berenice decifra por quê. Páscoa é ressurreição e, em tempos milenares, um culto de alegria à chegada da primavera. Vida e o retorno da vida, em um ciclo de milagres. Mas quem realmente amamos vai para não voltar. Nunca mais as primaveras, pois Páscoa é o delírio humano diante do implacável: a inevitável morte. Assombrosa, definitiva. Berenice recorda a infância, a juventude inquieta, as respostas procuradas e conclui que, em alguns assuntos, a razão a acompanhara. Tudo nos leva ao fim, tolice consolar-se com os sonhos de nobreza. A grande dama da foice é a única no universo realmente poderosa, não abaixa a cabeça nem aos clãs da realeza. Bobagens, as muitas vaidades. Se a sorte nos dá dinheiro, ele serve, unicamente, para alegrar a vida. De si e de quem está em volta, mesmo sendo eles gentinhas. Igual fizera na África.

O mingau acaba. Berenice limpa a boca do avô, senta-se no chão, segura-lhe as mãos e abre o coração machucado muito cedo e, com os últimos acontecimentos, sangrando ainda mais:

— Vovô, por favor, me escute. Na família, ninguém o ama mais do que eu. Em nome deste amor, eu lhe peço: desista. Você não merece sofrer tanto. Ficar sentado, apagado, vivendo a humilhação de um homem desconhecido lhe dar comida na boca. Você é valente, vovô, sempre foi o meu herói. Eu morrerei de saudades, mas chegou a sua hora de encontrar a vovó, num plano que desconheço. Se acaso este plano forem somente as lembranças, você viverá para sempre nas recordações das filhas, dos netos, bisnetos, até dos tataranetos, para quem eu contarei o enterro dos periquitos, seu gesto de imenso amor que me ajudou a enterrar muitas das minhas dores. Vá em paz, vovô querido, e obrigada por tudo. Jamais amarei um homem como eu amo você.

O avô não se mexe. O enfermeiro volta. Berenice se levanta e beija o avô na testa:

— Um dia irei revê-lo. Vá em paz, meu adorado.

Coincidência ou não, o avô morre naquela noite, dormindo. Lã traz a notícia, chegando à casa da irmã antes do amanhecer. Conhecendo o grande amor que unia os dois, preocupa-se com a reação de Berenice. Quando a vê entrar na sala, vestindo o penhoar, escoltada pelos filhos, Lã lhe segura as mãos e murmura docemente:

— Berenice, fique calma...

Surpreende-se com a atitude da menina sempre imprevisível. Com a voz serena, ela o interrompe:

— Já sei, o vovô morreu. Para mim não é surpresa. Ontem à tarde, eu e ele conversamos e consegui convencê-lo que era hora de partir. Um homem que foi tão forte, tão digno, tão poderoso não merecia viver chafurdando na dor da saudade sem remédio. Muito menos se expor diante de um enfermeiro, que nem sabemos quem é. Doeu-me, mas animei-o a se juntar à vovó.

— Por favor, Berenice, ninguém resolve *se* ou *quando* morrerá. Vovô morreu e pronto. Não se culpe. Todos testemunhamos o grande amor de vocês. Também estou sofrendo, o vovô substituiu o nosso pai. Se sou como sou, devo a ele, a imagem masculina em quem sempre me espelhei.

— O.k. Lã, não vamos discutir, hoje é um dia importante. Com o vovô e a vovó perdemos o nosso apoio, nossa casa, nossa infância, nosso tempo mais feliz. Não imagino como serão as nossas vidas daqui para a frente, não me imagino sem o meu avô. Nosso mundo empobreceu, meu irmão.

— Nosso mundo não acabou. Parte dele, a importante, transformou-se em saudade. Mas seguiremos em frente.

Junto com os filhos e o irmão mais velho — o novo patriarca, pensa Berenice, o tempo corre demais — ela vai para a mansão onde viveu seus melhores anos, embora, à época, não soubesse. Uma traição da vida revelar-nos os bons momentos somente quando acabaram.

O enfermeiro a olha estranho quando a vê chegar. Berenice o ignora e, junto com Dorotéia, tôma as rédeas da casa, atende a mãe e a tia, recebe os primeiros parentes e os amigos mais íntimos, enquanto Lã e o marido de Dorotéia decidem as exéquias. Flopi voara à Alemanha, mas já estava voltando. Chegaria ao Rio em poucas horas. Berenice avisa à cunhada e manda o motorista buscá-lo no aeroporto. Movimenta-se e dá ordens, igualzinha à avó. No porte, na segurança, no autocontrole, no domínio do entorno — apesar da ansiedade. O irmão do falecido, que a abraçara em prantos, comenta com a esposa:

— Berenice está idêntica à avó, chega a afligir. Logo ela, a maluca, que acabou um casamento para passear na África, que cresceu preocupando a vida do meu irmão. Logo ela, a marginal, herdou a pose e a elegância dos Vogel, a família do dinheiro. Meu irmão só teve a sorte de casar com a milionária e de ser inteligente. Foi um grande advogado. O dinheiro faz milagres, consertou a neta doida.

A tia-avó censura o marido:

— Não é dinheiro, é linhagem. Educação e elegância nenhum dinheiro compra. Apesar de esnobe, Berenice é bem-nascida. Pisa com segurança por saber que é o mundo dela, nada lhe faltará. Diferente de nós dois, classe média, média, média, gente que não interessa à princesa Berenice.

Muitos, igual aos tios, fazem o mesmo comentário. Berenice impôs-se em cena, dirigindo cada ato, segura e imponente. Só com tudo organizado, na hora de voltar para casa e vestir-se para o enterro, Berenice é informada pela babá já velhinha, circulante sem limites entre a casa e a senzala, da fofoca do enfermeiro:

— O homem consegue ser mais doido que você. Imagina, minha filha, ele contou na cozinha que você é uma bruxa. Perguntou-me se, na África, você aprendeu magia negra, porque ele a ouviu direitinho mandar seu avô morrer. Passaram-se poucos horas e, pronto, ele obedeceu. Mandei-o calar-se, sua avó não admitia comentários de criados. Mas ele está lá, insistindo, chamando-a de feiticeira, mandingueira e outros nomes estranhos.

Berenice beija a babá, abraçando-a com ternura. Então, a emoção entorna e ela chora, baixinho, a morte do avô amado. Desabafa com a babá, que repete os gestos antigos: alisa-lhe os cabelos, seca com o dorso das mãos o exagero de lágrimas, diz-lhe coisas delicadas, baixinho no ouvido:

— Minha filhinha querida, detesto vê-la sofrendo. Vou acompanhá-la em casa, ajudá-la a se vestir, separar a sua roupa, preparar sua comida, igualzinho sempre fiz. Você quer?

Enxugando os olhos, Berenice sorri:

— Claro, babá, você me faz muita falta. Mas antes de irmos, avise ao enfermeiro que é melhor calar a boca, pois, na verdade, sou mandingueira das bravas, nasci filha de

Exu. Além de matar avôs, faço poções milagrosas que inutilizam um homem. Se ele insistir em alardear besteiras, até o final da vida usará os apetrechos só para fazer pipi. Por favor, babá, fale direitinho, o recado não pode parecer meu. Seria o máximo da grosseria.

A babá se afasta rindo e balançando a cabeça — ah, minha menina, nunca consertará, será sempre maluquinha — para iniciar a fofoca e preparar-se para ir à casa de Berenice. Foi e não voltou mais, viveu lá até morrer, poucos anos depois. Berenice convidou para o enterro via anúncio no jornal e a sepultou no jazigo da família. Analisada há tempo suficiente, com estes gestos, ela alardeou com todas as letras que o amor verdadeiro, que apenas depois de madura conseguia exercitar — sem pejo, sem restrições, sem censuras, sem limites —, ela aprendera com o avô e com a babá. Esta, segundo o clã, gentinha disciplinada, animal em extinção. Na opinião de Berenice, um imenso ser humano, de coração generoso. Suas lições de afeto, doação e carinho, Berenice não esquece.

O enterro do avô ultrapassou em pompa o da avó. Também proporcionou interpretações errôneas por parte daqueles que compareceram só para farejar quem, dali para a frente, daria as cartas na poderosa família. O discretíssimo clã não permitia vazar nem o afeto que o unia. Mas, à visão de Berenice elegante, digna, controlada, fazendo e acontecendo sem ninguém a contestar, os puxa-sacos acreditaram que o poder dos avós passara para as mãos dela. Completo engano. Igualzinha à infância, quando descascava inexistentes batatas ou representava a Chita, Berenice queria tudo da vida, menos mandar. Conhecia sua fraqueza, seu medo de humilhar alguém. Quem começou a procurá-la com pedidos, ofertas, sugestões e falsas intimidades recebeu a resposta correspondente a seu vacilante humor. Geralmente, em homenagem à avó, que morrera acreditando na sua cura completa, Berenice se limitava a redirecionar o pedinte ao irmão:

— Honório é o meu procurador. O que ele resolve eu acato.

Com os insistentes e chatos, Berenice apelava à birutice:

— O senhor não sabe que sou maluca? Como a minha família me daria algum poder decisório? Mas precisando tratar canais — aliás, acho o seu canino direito um pouco escurecido —, o senhor pode ir a meu consultório. Estou às ordens. Pagando, naturalmente.

E encerrava a conversa.

A verdade é que, após o enterro do avô, dezenas de reuniões com advogados e o *big boss* das empresas, centenas de papéis assinados, milhares de firmas reconhecidas, acertos e discussões, acertou-se o já sabido. Lã representaria a família nas reuniões empresariais, a casa seria vendida, as empresas mantidas em consórcio. Por testamento dos avós, à mãe e à tia, herdeiras diretas, cabiam 75%. Aos netos, os outros 25%, divididos igualmente. Lã desiste do *pro labore*. Aliás, nem teria sentido, espezinhou Dorotéia, implicando com o primo:

— Convenhamos, *pro labore* é coisa de pobre.

A mãe e a tia decidem morar juntas em um apartamento de frente para o mar de Ipanema. Junto carregam a criadagem, com exceção da babá, que fica com Berenice. Alívio para as primas, que dividem os seus tempos para apoiar as mães, sem nenhuma anular a vida. Berenice e Dorotéia retomam o hábito de se encontrar no novo endereço, prolongando o tempo da mansão dos avós quando riam, conversavam, choravam, reclamavam, confessavam intimidades. Mais irmãs do que primas.

Por conta de tanto afeto, Berenice assiste à defesa de tese de Dorotéia sobre a cultura matriarcal dos guerreiros Maasai. Meses depois, acompanha-a ao apartamento da Vieira Souto para vê-la participar à mãe que passara no concurso de uma universidade federal. Orgulhosa, Dorotéia anuncia:

— Agora, sou a doutora Dorotéia, professora da Faculdade de Ciências Sociais.

A tia se escandaliza:

— Já não basta Berenice?

Desanimada, confessa não entender o motivo de Dorotéia trabalhar para ganhar uns trocados sem necessidade alguma. A mãe de Berenice apóia a irmã:

— Nossas meninas são difíceis, não soubemos educá-las. Berenice é sádica e Dorotéia, masoquista. Resolveu ser professora para ganhar uns trocados. Talvez, se as duas precisassem, não se empenhassem tanto para arrumar emprego.

As primas riem. Suas mães não reparam que o avô não se diluíra no dinheiro da esposa, que conservara o respeito a si próprio e o dos outros, por exercer, competente, uma profissão. Nunca foi o "senhor Vogel", era o doutor Furtado, advogado afamado, admirado entre os pares. Ele ensinou aos netos — às filhas, não conseguira; além de o tempo ser outro, a influência materna as acaçapara — a importância da construção de um espaço onde a sabedoria é a moeda de troca. Dinheiro, claro, importa, mas sem a maior valia. Os netos o entenderam e seguiram-lhe o exemplo. Quando Flopi apareceu com a novidade da aviação civil, o avô o apoiou, apesar da oposição das mulheres da família. As mais velhas, claro. Berenice e Dorotéia adoraram a novidade. Depois de muita briga — a avó não se conformava em ver um neto sem diploma de doutor —, Flopi ganhou a briga graças ao avô. Ele pagou os cursos, as muitas horas de vôo, o preciso e necessário para Flopi aspirar a um posto numa companhia aérea. Conseguiu, seguiu carreira. Graças a Deus, os avós ainda o viram pilotando grandes jatos em rotas transoceânicas. Os dois morriam de orgulho. Só voavam ao exterior no avião de Flopi, como explicava a avó. Acomodada na primeira classe, ela assumia a vaidade e não perdia uma chance de alardear sua magna importância. Sorrindo de orelha a orelha, participava aos circunstantes:

— O comandante é meu neto.

Recolhia os cumprimentos, relaxava na poltrona e dormia igual a um anjo. Confiava em Flopi. O menino, um danado, adorava aventura. Aos dez anos, atravessava a nado a Lagoa Rodrigo de Freitas: da Rua Joana Angélica à favela da Catacumba, ida e volta. Uma tarde, salvou Lã da morte certa. Sabe-se lá por quê, Lã perdeu o fôlego e Flopi o trouxe no ombro. Berenice, na margem — no passado, a Lagoa era cercada por uma areinha fajuta —, literalmente desmaiou ao ver os irmãos em apuros. Flopi cortou um dobrado despertando-a, com o auxílio prestimoso de Lã e dos meninos de Ipanema. Naquele dia, após se recuperar, Berenice voltou para casa, se enfiou no banho quente, deitou-se na cama e não quis mais levantar. A mãe passou horas controlando-lhe a temperatura, jurando que a filha se gripara. Ninguém da família desconfiou do imenso susto dos três.

Susto que não impediu Flopi de, durante o verão, continuar nadando na Lagoa. Todo fim de tarde a garotada se encontrava na Joana Angélica e Flopi, o mais afoito, mergulhava. Um dia, o *chauffeur* o viu e contou para o avô, que trouxe o neto para casa pendurado pela orelha. Flopi ficou de castigo e jurou, pela "mãe morta", que nunca mais poria os pés naquela água imunda. Incrível, Flopi nadou novamente na podridão da Lagoa e, como a mãe não morreu, os meninos de Ipanema começaram a imitá-lo. Inclusive o ex-quase-afogado Lã, campeão em travessuras, sem jamais perder a pose. Só podia ser político de futuro promissor, como realmente é.

Bons tempos, já encerrados. Berenice sacode a cabeça para espantar a saudade. Custa a se recuperar da dor de enterrar os avós. Chora e tropeça muito, mas, enfim, compreende que viver também é isto: adaptar-se ao vazio, para sempre esvazado, que a perda de amados cava na alma da gente. No episódio dos periquitos aprendera que começara a andar levando um vazio no peito pela perda de seu pai. O difícil, suspira, é ajeitar tais buracos de modo a doer menos. Ela ajeitara a ausência paterna fragmentando a mente, tornando-se incapaz de olhar a vida de frente e encarar a verdade. A dos avós, resolve chorando. Única maneira de os vácuos conseguirem se encaixar, sem, como em tempos idos, arranharem dia e noite seu sentido coração.

Finalmente, ela consegue. Recuperada, começa para Berenice outra fase de alegria. O trabalho, até então bissexto, passa a preencher o seu dia. A todo vapor, reassume o consultório. Uma nova endodontista. Competente como antes — e bem menos paciente. Os clientes reaparecem, reclamando as mesmas dores, curiosos em conhecer a aventura africana. "Viagem de cabra-macho", define um paraibano, cliente de alguns anos, sentando-se na cadeira:

— A doutora já provou ser valente. Eu, não. Continuo um banana diante de dentistas. Por favor, não deixa doer.

Berenice sorri:

— Não se preocupe, voltei com a mesma mão, leve e segura. Nunca doeu antes, por que doeria agora? Quanto à África, o senhor está certo. Deu-me um ataque de macheza e fui em frente. Valeu a pena, mas não repito a experiência por nenhum milhão do mundo. Aprendi muito. Convivi com a pobreza, nenhum de nós imagina o quanto ela é feia e suja. Conheci os meus limites e ratifiquei que os seres humanos — qualquer um, não importa como viva, o quanto saiba ou tenha — são predadores sem ética. Vislumbrando uma chance de espoliar o outro, atacam sem nenhum pejo.

Enquanto trabalha, Berenice conta o que viu e viveu. Principalmente a relação com a ONG, a maior decepção de sua meteórica carreira de São Francisco de Paula, o apóstolo da caridade:

— O dinheiro cai do céu, os dirigentes se tratam, residindo na Suíça, enquanto a idiota que vos fala lutava contra a precariedade, atendendo os inocentes úteis, que justificam as fortunas doadas por milionários. Nem anestesia tinha, o senhor acredita?

Não, ele não acredita. Protesta com as mãos. Berenice pára de trabalhar:

— Está doendo?

— Não. Mas eu quase desmaiei com a simples possibilidade de abrir a boca sem anestesia.

Berenice o interrompe:

— Por favor, não fale. Senão, estraga o já feito. E não darei outra anestesia, certo?

Riem os dois. Paciente agradável, pensa Berenice, pena a tagarelice. Continua preferindo trabalhar calada — tal qual urso hibernando, define Flopi. Na verdade, Berenice voltara da África mais silenciosa do que fora. Gosta de falar consigo, as três Berenices unidas são um papo agradável.

A tendência à discrição na presença de estranhos, o extremo de pobreza visto e vivido no além-mar e as dores maceradas, ressuscitadas pela perda do avô e da avó, levam Berenice ao limite da paciência com clientes apavorados. Geralmente, homens. Mulher agüenta tranqueiras com mais competência. Sexo frágil o cacete, pensa sorrindo, lembrando-se da mãe. Ela pediria os sais se soubesse que a filha, mesmo em pensamentos, usa palavras chulas. Assim, no desassossego, perde um cliente. Episódio que a encaminha ao grande amor de sua vida: o cirurgião torácico.

O desastre acontece com um médico anestesista. Medroso metido a valente, tipinho que, especialmente, a irrita. Para completar, o cidadão adora palpitar. Basta Berenice pegar a seringa para ele desandar com ordens e contra-ordens. Um pouco mais à direita, um pouquinho à esquerda, o feixe nervoso isso, o entroncamento aquilo. Uma chatice. Berenice espera-o externar o pavor acumulado e só quando o homem se acalma começa a anestesiá-lo, sem se preocupar com o suor escorrendo e os olhos arregalados do doutor anestesista. O enredo se repete há anos, desde antes da África.

O fulano reaparece num dia difícil. A sessão de análise golpeara Berenice no fundo da alma. O filho mais velho terminava a faculdade e o pai o animava a estudar em Harvard. O do meio teimava em mudar para o Havaí, sem curso superior. A menina mais moça — na verdade, quase adulta — iniciara a vida sexual, assustando Berenice, que a considera um bebê. Finalmente, exatamente naquela semana, Berenice padece uma terrível TPM. Muito estresse para aliviar, sobraria para alguém.

Sobra para o anestesista, primeiro paciente do dia. No que, ao ver a seringa, ele inicia a lengalenga sobre lidocaína, bupivacaína, prilocaína, agulhas curtas e longas, infiltração na intimidade dos tecidos e coisa e tal, Berenice perde a calma:

— Por favor, hoje, não. Se você não confia em mim, vá até o banheiro. Lá tem um espelho, você se anestesia e volta para a cadeira. Se achar que também pode se autotratar, empresto-lhe o equipamento. Só não quero me aborrecer, paciência tem limite.

O médico se cala, Berenice o atende com a tranqüilidade costumeira. Encerrada a sessão, ele a reduz a pó. Acusa-a de antiética, de dentista de segunda, de ricaça metidinha. Berenice o interrompe com as suas conversas moles, desenvolvidas para implicar com os irmãos e confundir os avós. Lero-lero ainda capaz de enlouquecer interlocutores desavisados:

— Quer dizer que, se fosse pobre, seria competente? Esta assertiva é bastante preconceituosa.

— Eu não disse isto.

— Claro que disse. Chamou-me de dentista de segunda e ricaça metidinha. Resumindo, uma incompetente rica.

— Berenice, por favor, não complica. Você foi extremamente indelicada.

— Você é indelicado há anos, ensinando-me a usar o anestésico, e eu nunca o chamei de pobretão metido a sebo.

— Não sou pobretão. Nasci na classe média.

— Ou seja, a mediocridade absoluta. O próprio nome aponta: classe média. Tudo nivelado no meio. Sem graça, sem charme, sem horizontes. Aposto que o seu sonho juvenil era conhecer a Disney.

— Isto não vem ao caso, o que interessa é a sua descortesia. Mas se quer saber, ganhei de 15 anos uma viagem à Disney, uma das melhores lembranças da minha vida.

Berenice suspira, condescendente:

— Eu sabia. Esta viagem idiota estabelece um padrão de comportamento. Jovem que sonha com a Disney aprende a sonhar pequeno. Aos 15 anos, meu amigo, eu já falava três línguas e conhecia o mundo de cabo a rabo. Na idade em que você realizou a sonhada primeira viagem para se embasbacar com o Pateta — um encantando o outro —, conheci na Hungria um cisne psicopata, casado com um barquinho de madeira. Além de amar uma fêmea biônica, o cisne fundou um orfanato. Nadava com a consorte e a filharada alheia sem desconfiar de nada. Animal realizado, a metáfora perfeita dos casamentos felizes.

— Onde esta conversa acabará? Começou com anestesias e chegou a um cisne húngaro e louco. Olha, Berenice, não dá sequer para discutirmos. Encerro aqui a nossa relação profissional. O fato de ser ricaça não a faz melhor do que eu.

— Claro que não, mas ajuda. E eu não sou ricaça, pelo amor de Deus. Ricaço era o Dudu da Loteca, que ganhou na loteria esportiva e perdeu tudo em dois anos. Orgulhosamente, pertenço à elite do nosso pobre país. Fato que, *thanks God*, livrou-me da síndrome-do-Pato-Donald, distúrbio que leva pessoas a passear na Disney e se considerarem invejáveis *globbe-trotters*. Acredite-me, doutor, faltam-lhe muitas horas de vôo para chegar onde eu nasci. Aliás, você não chegará nunca. Na verdade, falta-lhe *pedigree*. Minha avó confundia um pouco, mas usava uma palavra ótima para definir pessoas iguais a você.

— A senhora está me insultando.

— Não, absolutamente. Apenas faço uma constatação socioeconômica. O senhor não concorda que quem conhece mais leva vantagem?

Irritadíssimo, o anestesista abre a porta, levantando a voz:

— Até logo. Peça à sua secretária para me ligar dizendo quanto lhe devo. Mandarei um cheque.

— Por gentileza, não grite, somos civilizados. Também não se preocupe. Tenho dinheiro, mas não sou boba. Claro que lhe enviarei a conta. Se precisar de instruções em qualquer anestesia, não hesite em me chamar. Será um prazer ajudá-lo.

Sem se despedir, o médico bate a porta com estrondo, largando para trás uma Berenice felicíssima: havia tempos não sentia o agradável gostinho de implicar com alguém. Evaporara o estresse, sumira o mau humor. Com um sorriso alegre, telefona para Analu, a psicoterapeuta da sala ao lado. Graças a Berenice, que não é do ramo, a carreira da vizinha deslanchara. Antes de conhecer a vizinha, o consultório de Analu vivia às moscas. Hoje, ela dispensa clientes. Por conta do episódio, as duas ficaram amigas. Companheiras de cinema, teatros, shows. A melhor substituta de Dorotéia, quando Dorotéia não está disponível. Afinal, a prima continua casada. Quem seria o barquinho de madeira daquele feliz matrimônio?

Analu se espanta com a voz animada de Berenice:

— Há tempos não a vejo assim. O que aconteceu, viu passarinho verde?

— Quase. Mandei um chato à merda.

— Então, vamos comemorar. Hoje à noite vou a uma palestra sobre literatura portuguesa, quer ir comigo?

— Claro. A que horas?

— Berenice, é uma reunião informal, use uma roupa simples.

No fim do dia, Berenice se arruma sem se dar ao trabalho de passar em casa. Informalidade, acredita, é com ela. No banheiro do consultório, volta a prender os cabelos em um rabo-de-cavalo, retoca a maquilagem, troca a calça, o blazer e o sapato de *griffe* por outros também de *griffe*, não brancos. Sem grandes pretensões de elegância, encontra a analista no *hall* do prédio em que ambas trabalham. Ao vê-la, Analu reage:

— Devia ter me lembrado que a sua roupinha casual mata todas de inveja. Olha como estou... Bem, vamos embora.

— Você sempre me chateia com esta história de roupa. Que culpa tenho se o meu conceito de simples não coincide com o seu?

— Não podia mesmo coincidir. Idiota fui eu, que não a avisei para se vestir como você anda em casa.

— Analu, não cansa.

A analista solta uma risada e ambas entram no carro rumo — Berenice não sabia — aos braços do cirurgião torácico, grande amor de sua vida, responsável, vias transversas, pelo tsunami que modificou a geografia do mundo.

A paixão de ambos é fulminante. Nenhum dos dois presta atenção à palestra. Olham-se fascinados, enquanto um professor enfatiza as cantigas de amor e de amigo, a literatura de viagem, a prosa doutrinal, o gongorismo, José Saramago, o Prêmio Nobel, tudo junto num balaio de nomes e estilos. Berenice nada entende, está enluarada. Nunca, em sua vida, vira homem tão completo: mãos, porte, dentes, cabelos, roupas, gestos, braços, o jeito bom de cruzar as pernas, o aroma, as roupas finas e displicentemente elegantes. No intervalo, eles se esbarram, quase hipnotizados. O doutor, aparentemente, é grão-mestre em sedução:

— Você é a doutora Berenice Vogel?

Berenice, que desde o nascimento usara três sobrenomes — o de solteira, o de casada e o profissional, misto dos dois primeiros —, sempre se irrita quando a chamam de Vogel, nome que não consta de nenhuma das suas certidões. Mas, na voz daquele homem, o Vogel bate asas e voa, pomba branca bailarina rodopiando no charme do sotaque estranho, que ela não decifra:

— Teoricamente, sim. Por quê?

A maravilha não responde. Mas lhe estende as mãos másculas, de pele delicada, enquanto, sorrindo, conta o quanto se divertiu com a história do anestesista que, naquela manhã, ela despachara do consultório. Berenice se surpreende:

— Como você sabe disto?

— Ele trabalha comigo, sou cirurgião. Nós, da equipe, rimos muito. Imagino o quanto você sofreu nas mãos dele para fazer o que fez. Meu colega é um chato, você nos vingou a todos. Não sei o que aconteceu, mas sei que você está certa. Há tempos ele merecia uma corrida.

Sorriem, as mãos já se procurando. Analu nota o clima, pisca para Berenice e tira o time de campo. O novo casal vai mergulhar os olhares num jantar à luz de velas, em restaurante discreto. Assim começa o romance que dura mais de três anos e faz Berenice compreender que, na vida, cada um nasce com um par, marcado na eternidade. Nem adianta tentar compor-se com outro, não há chance de dar certo. Os casais, os verdadeiros, acabam se encontrando, se entregando, marcando o corpo e a alma com os rastros que nunca saem. O cirurgião é o dela. Amante igual nunca teve e, sabe, jamais terá. De repente, Berenice compreende o cisne apaixonado pelo barco de madeira. Ela agradeceria se pudesse caminhar, silenciosa e humilde, ao lado daquele homem até o final da vida.

Hora de cair do galho, direto no colo dele. Berenice entrega os pontos, confessa-se apaixonada. Ele a devolve ao milagre de não encontrar tempo para nada, além de ser feliz. Mas há os filhos, a família, o consultório, as amigas. Deslumbrada, Berenice suga cada minuto dos dias. Passa um ano, passa outro, começa o terceiro. Os dois viajam, se amam, se esparramam pelo mundo. O filho mais velho faz doutoramento em Harvard. O do meio vai para o Havaí e não pensa em voltar. A filha entra na faculdade, começa a namorar e, logo depois, engravida. Acena com um casamento. Mais viagens, mais amor. Cada dia um pouquinho, o cirurgião invade-lhe a casa e a vida. Berenice não vê mais nada, nem sequer a novidade de um neto se aproximando. Analu a recrimina:

— Você perdeu o rumo. Pare de pensar o tempo todo neste homem. Olha a sua filha, vem um neném aí. Você ainda não demonstrou nenhuma emoção com a novidade de ser avó. Sabe que isto se chama obsessão e é doença?

Amiga verdadeira, um raro brinde da vida, poucas conseguem doar-se em sinceridade honesta. Quem diria, a amizade iniciada de maneira inusitada acorda-a na hora certa. Realmente, conclui Berenice, ela precisa se desligar do amado e olhar a sua menina, já com a barriga crescendo. Beija Analu no rosto, agradece o bom conselho, casa a filha, ama a neta, enterra a mulher de Henrique, enfrenta o ponto de inflexão de sua vida. Mas não esquece o dia em que, de maneira surpreendente, conhecera a analista.

Surpreendente, de fato. Ninguém diria que da conversa estranha surgiria amizade tão duradoura e sincera. Berenice e Analu se conheceram na portaria do prédio em que ambas trabalham. Enquanto esperavam o elevador, Analu comentara com Berenice a sua tristeza pela ausência de pacientes:

— Vejo seu consultório num entra-e-sai constante. Confesso, morro de inveja. Não sei o que faço de errado, meus pacientes não voltam.

Berenice não titubeara:

— Acho que sei o motivo. Se você não se ofender, falarei.

— Claro que não, o que é?

— Pensa um pouco, dá para acreditar numa psicóloga que rói as unhas? Impossível, ninguém que rói unha conserta a cabeça de alguém. Se você mesma se maltrata, se exterioriza a sua ansiedade agredindo o próprio corpo, como os clientes lhe darão um crédito de confiança?

Sem graça, a psicóloga tentara iniciar uma explicação sobre compulsão infantil:

— Minha onicofagia...

Berenice a interrompera, lembrando-se da avó:

— Embora não saiba tanto quanto você, também estudei alguma psicologia. Sei que onicofagia — em português claro, o vício de roer as unhas — revela dificuldades na elaboração da fase oral. Mas, nesta altura da vida, não adianta você explicar a sua onicofagia. Com um consultório aberto ao distinto público, você simplesmente não tem o direito de sofrer de onicofagia. Portanto, paremos de tergiversar sobre o assunto. Vamos resolvê-lo.

Na hora do almoço, Berenice arrastara a arquiteta das mentes alheias até seu cabeleireiro e pedira à manicure para caprichar em unhas postiças nas mãos da sofrida vizinha:

— Nem longas, nem curtas e pintadas em tom clarinho. Chique e discreto.

Mal acabara de falar, lembrara-se do autoritarismo de seu clã, do qual tanto reclamava. Sem graça, fingira não ser com ela e continuara mandando. Para a sua surpresa, Analu a obedecera. Agüentara, sem reclamar, duas horas colocando as tais unhas. Pagara a fortuna cobrada sem tugir ou mugir. Saíra do salão orgulhosa, ostentando unhas perfeitas e esbarrando nas portas, copos, paredes, em tudo quanto tocava:

— Céus, perdi o tato.

Berenice a tranqüilizara, garantindo que ela se habituaria e só tiraria as postiças quando as verdadeiras estivessem em perfeitas condições de manuseio e uso:

— Psicóloga que rói unha é igual a dentista desdentada ou nutricionista gorda. Não inspira confiança.

A analista rira desconcertada e perguntara a Berenice como podia agradecer a ajuda. Quase que pressentindo o desastre, Berenice avisara-a que a batalha apenas começara, a vitória estava longe:

— Onicofagia é vício bravo, igualzinho ao alcoolismo, não some assim, de repente. Você sabe melhor do que eu. Mas, quando tiver certeza que a sua mania de roer unhas acabou, vamos comemorar com um jantar.

Para espanto de Berenice, que desconhecia a sua alma de psiquiatra especialista em elevar o amor-próprio de estranhos, no princípio a estratégia das unhas funcionara. Analu até começara a se arrumar melhor, caprichar nos acessórios, aparecer no trabalho bem-vestida e perfumada. Aos poucos, os pacientes responderam à nova terapeuta mais segura de si. Feliz, a ex-onicófaga convidara Berenice para almoçar e contar as novidades:

— As unhas deram certo. Quatro pacientes marcaram novas sessões. Estou contente demais e queria lhe contar, agradecer a sua ajuda.

Naquele dia, Berenice andava nas nuvens. Sem escutar direito as boas-novas, deu à nova amiga a sua complicada opinião a respeito das unhas, de Deus e da vida:

— Viu? O povinho pensa assim: se é bonito, é correto. Ou, como diria Santo Tomás de Aquino, a beleza é o brilho da bondade. Afirmação instigante. Demasiado escolástica, demasiado cristã. Claro, estou pensando alto. Mas, a grosso modo, podemos aplicar a teoria da beleza e do bem de Santo Tomás às suas unhas postiças. Segundo ele, que socorreu o Vaticano com a filosofia definitiva em que, finalmente, o papa conseguiu encaixar todos os dogmas, a beleza só existe quando a integridade, as proporções harmônicas e a claridade interagem. *Deo gratias*, pintamos as suas neo-unhas com um esmalte clarinho. Enfim, voltando ao que interessa. Deus — ou as suas unhas, depende do ponto de vista —, pela beleza perfeita, resume a idéia da bondade. Santo Tomás voou mais longe e eu ouso acompanhá-lo. Toda beleza capaz de influenciar quem dela participa é divina. Nossa, endoidei. Enfim, deu para compreender a importância teológica das suas abençoadas unhas de porcelana?

— Berenice, você bebeu? Que conversa maluca.

— Maluca, em parte. Estou margeando o tomismo, baluarte da santa Igreja Católica. Meu avô me ensinou um pouco de filosofia. Maravilha, acho que nunca unhas postiças foram tão reverentemente descritas. Eu mesma falei, eu mesma adorei. É doido, mas é bonito.

Analu justificara-se:

— Sou judia.

— O que não a impede de conhecer filosofia, mesmo sendo ela cristã. Quer dizer que as unhas escolásticas cumprem brilhantemente o seu papel de bem impressionar o populacho?

— Hoje você está com a corda toda. Sim, as unhas escolásticas ajudam-me muito. Devolveram-me a confiança e, portanto, começaram a atrair pacientes. O que me preocupa é que uma delas soltou e, logo, soltarão as outras. Eu não sei o que fazer.

— Simples, enquanto as suas unhas não crescerem, você voltará ao salão e, outra vez, colará as de porcelana. Onicofagia, nunca mais. Acredite, você é a mais brilhante psicoterapeuta do mundo. Quiçá, do Universo. Pessoas assim importantes não cometem um deslize na aparência. Concorda?

Despediram-se, voltaram aos respectivos consultórios. Encontravam-se eventualmente no elevador ou quando, para diminuir o preço de recolocar as unhas, Berenice dava à nova amiga um pouco de resina autopolimerizável, substância utilizada para colar as postiças sobre as verdadeiras. Analu empacara no nome do produto:

— Poli... o quê?

— Chama de cimento odontológico. Não é exatamente verdade, mas facilita a comunicação entre você e a manicure. E as suas unhas? Já começaram a crescer?

— Sei lá, acho-as um pouco estranhas. Mas, enfim, pouco as vejo. Todo dia espio para me certificar se elas ultrapassaram o sabugo. Quando isto acontecer, tirarei as falsas, ficarei com as minhas e morrerei de felicidade.

Antes de a mestre dos ids alheios ir embora com a resina, Berenice aproveitara para renovar a sua proposta filosófica:

— Quem diria, hein? Suas unhas provam a existência do Deus perfeito e a gente nem desconfiava.

Tudo seguira em paz até a bomba estourar. De tanto colar e recolar as unhas postiças, as verdadeiras, sem respirar, apodreceram. Um belo dia, a manicure declarara que não colaria mais nada. Na opinião dela, profissional experiente, a psicóloga deveria, imediatamente, procurar o dermatologista:

— Suas unhas verdadeiras morreram. Se a gente insistir, elas cairão.

O dermatologista colocara as mãos na cabeça ao constatar o estado das mãos da infeliz psicóloga. Até mau cheiro exalavam. Perguntara a Analu o que ela fizera. Incrédulo, não acreditara quando a psicóloga, em prantos, contara que as unhas de porcelana eram coladas com resina *auto...poli-sei-lá-o-quê*. Resumindo, cimento odontológico, cedido por Berenice, uma amiga dentista. O doutor continuara boquiaberto e não dispensara um comentário machista:

— Duas profissionais da área da saúde, eu não posso acreditar. A senhora pode se magoar, peço-lhe desculpas antecipadamente. Mas é por isto que acredito num bom tanque de roupa, a vaidade feminina embota as mentes. Enfim, não quero dramatizar. Fique tranqüila. Em seis meses, um ano, suas unhas voltarão ao normal.

A gangrenada quase desmaiara:

— Um ano? Como irei trabalhar?

A consulta transcorrera tensa. Mas, justiça seja feita, não à toa a paciente era especialista em emoções, culpas e dramas afins. Sabia perfeitamente que a responsabilidade lhe pertencia, Berenice apenas sugerira a solução. A decisão coubera a ela, um asno, que não avaliara as conseqüências.

Com uma lista tríplice de remédios — antibióticos, pomadas, pós, fungicida, o raio-que-o-parta —, Analu invadira a sala de espera do consultório de Berenice com a expressão transtornada. Quando a dentista abrira a porta para despachar uma cliente, encontrara-a aguardando, com os olhos inchados de chorar:

— O que aconteceu? Entre aqui.

Pedira licença ao cliente seguinte e se trancara com a amiga:

— Conte logo, estou assustada.

— Uma tragédia, minhas unhas verdadeiras apodreceram. Eu, simplesmente, não sei o que fazer.

Berenice não conseguira esconder o mal-estar ao examinar as unhas de Analu. Pretas, rachadas, amolecidas, exalando odor forte. Para dar o toque final àquela espécie em extinção só faltavam os necrógenos. Antes de, por azar, detectar um verme nos lastimáveis despojos, Berenice desculpara-se pela idéia de jerico, que mutilara a amiga:

— Nem sei o que dizer, além de pedir mil desculpas. Não quero ser grosseira, mas posso lhe ajudar financeiramente enquanto você se recupera. Afinal, a culpa é minha.

— Por favor, não fale assim. Não vim procurar a milionária, vim procurar a amiga. Você pensa que dinheiro resolve tudo, é?

Berenice se calara, recordando a infância. Quantas vezes debochara da mania da família de solucionar os problemas sacando o talão de cheques. Gesto que, sem pensar, acabara de repetir. Não adiantara espernear, contestar, fingir-se de diferente. Não adianta a análise, a busca de liberdade, a postura moderninha. No seu íntimo mais íntimo, a avó sobrevivia. A avó, a bisavó, a tataravó. O que quer que fale, como quer que aja, Berenice esbarra em seu clã. Enquanto se atordoara, brincando de maluquinha, não questionara, de fato, os fatos que a incomodavam. Bancara o bobo da corte, não tinha mais salvação. Os vírus, fungos, bactérias, os vermes familiares são imortais, irreversíveis. Circulam na corrente sangüínea e, iguais às amebas, tornam-se patogênicos, alimentos insidiosos da alma e dos sentimentos de quem, conscientemente, recusa-se a ser hospedeiro da parte ruim de uma herança. Nem Berenice, apesar de toda a luta, escapara de ser Vogel até a última gota de sangue:

— Ah, Analu, você acaba de pinçar a minha veia milionária. Dói demais, dor sem remédio. Mas o jeito é ir em frente. Bem, o que faremos com as suas mãos? Quem sabe colocar luvas e alegar um tratamento estético?

Percebendo que tocara em parte sensível da alma de Berenice, a doutora gangrenosa posou de desentendida:

— Luvas, nem pensar. O médico cansou de avisar que as unhas precisam de ar fresco. Além do mais, durante o dia inteiro, preciso passar pomadas, pingar remédios, uma novela. Meu Deus, quanta tristeza, logo agora que a minha agenda enchia, meus pacientes fixos demonstravam entusiasmo. Realmente, estou numa sinuca de bico.

A palavra sinuca reverberara no cérebro de Berenice e a levara a resolver o problema. Havia anos, ainda noivo de Dorotéia, Felipe, um dos reis do circuito carioca de sinuca — o seu maior orgulho era ter disputado, sem vexames, um jogo com o famoso Carne Frita —, recusara-se a desistir de um campeonato, apesar da mão esquerda enfaixada por conta da ruptura de ligamentos, conseqüência de uma infeliz jogada futebolística na posição de goleiro. Berenice se confunde e fala para si mesma:

— Felipe, com esta mania de esporte, complica qualquer tentativa terapêutica. Deus me livre, sinuca não tem goleiro, tem tacos. De tanto saltar de um galho para o outro, de um esporte para o outro, ele vai terminar numa poliolimpíada destinada à terceira idade.

A psicóloga não entendera:

— Berenice, por favor, volte ao mundo dos vivos.

Berenice aterrissara, explicando à amiga:

— Descobri a solução. Uma vez, o marido da Dorotéia teimou em jogar sinuca com a mão machucada. Disse bastar enfaixar, deixando de fora a ponta dos dedos para garantir a sensibilidade do toque no feltro verde. Não é que deu certo? Ele não ganhou, mas também não o desclassificaram. Podemos utilizar a mesma tática. Você some uma semana, alegando queimadura em ambas as mãos. Culpe uma chaleira. Em sete dias, com tratamento intensivo, o odor desagradável desaparecerá. Então, você enfaixará as mãos, deixando a ponta dos dedos de fora. Sei, ficará horrível. Mas você alegará que também queimou as unhas. Tragédia que não a impedirá de voltar ao consultório, preocupada com seus pacientes. Assim, poderá tratar ambos: unhas e maluquinhos.

Sem outro epílogo à vista, o jeito fora aceitar a nova idéia idiota de Berenice. Idiotice que, aliás, funcionara e rendera ótimo frutos. Os pacientes, além de se apiedarem, sentiram-se valorizadíssimos com a atitude da profissional estóica, que preferia purgar as dores de dramáticas queimaduras do que abandoná-los na solidão de suas angústias e neuroses. Ainda houve um lucro extra: de tão nojentas, Analu conseguira não voltar a roer as unhas quando, meses depois, as mesmas, fortalecidas, começaram a sair do sabugo, com tímido ar de normalidade.

Finalmente, ao sentir-se em condições de se declarar curada das "queimaduras", a doutora terapeuta esbarrara em uma agenda tão cheia, que começara a redirecionar pacientes para colegas e a formar fila de espera para os que não abriam mão de consertar a cabeça com alguém tão cumpridor de seus sagrados deveres.

Então, o jantar de despedida da onicofagia foi marcado. Uma grande festa, reunindo os amigos comuns. Mas, na vida de Berenice, a felicidade viciara-se em ser delicada borboleta, que voa poucos minutos antes de, assustada, rasgar as asas num inesperado espinho. No meio do jantar, Lã aparece para avisar à irmã o súbito falecimento da mãe.

Enfarto fulminante.

Prazer solitário

Ao analista, Berenice confessa que a morte da mãe ressuscitara o prematuro falecimento do pai, assunto que julgava encerrado:

— Construí a minha vida em terreno pantanoso, sobre um buraco emocional. Quando enterrei a mamãe e me senti mais sozinha — graças a Deus, tenho os meus filhos, Lã, Flopi e Dorotéia —, achei que desabaria. Só então lembrei do meu primeiro luto consciente. Foi terrível. Se não conseguia entender nem por que o meu pai fora embora, imagina a minha sensação quando descobri que o Boggie-Woggie morrera. Ou melhor, que jamais morreria, pois nunca chegou a existir. Resumindo, o meu irmão Boggie-Woggie, também denominado Alexandre Guilherme, não passava de um urso de pelúcia. Quer saber? Após o espanto inicial, revesti-me de onipotência. Finalmente, encontrara a solução para o meu medo de perder: relacionar-me com o não-existente. Assim nasceram as três Berenices, a minha incompetência existencial e a conseqüente fama de doida. Complicado, não?

Apesar da rotina ultraprivilegiada, Berenice acredita repetir a trajetória da mãe: sentir a vida lhe escapando entre os dedos, igual à areia fina, é com ela mesma. No desenlace dos periquitos, entendera onde se escondera o pai que se habituara a ver na favela, à sombra da mangueira, montado a cavalo, elegantíssimo no uniforme de jogador de pólo. Imaginação de criança, esperançosa de que o pai somente tivesse perdido o trem das onze. Qual, o avô não deixara dúvidas, o genro se enfiara debaixo da terra:

— Um horror, meu avô caprichou na cerimônia de sepultamento, mas eu só queria fugir correndo e não assistir a nada. Excelente experiência, resolveu-me o problema do céu, das asas, dos anjos e das possíveis escalas na viagem entre a Terra e o firmamento, onde, acreditava, localiza-se o paraíso. Passei dias desorientada, mas, finalmente, entendi que, soterrado, o meu pai não voltaria. Meses após, enfrentei a perda do Boggie-Woggie.

Berenice lembra que achava Boggie-Woggie diferente: calado, ensimesmado, inapetente. Mas bom companheiro. Brincaram demais, os quatro. Ela, ele, Lã e Flopi. Quando começara a crescer, notara estranhezas em Boggie-Woggie e decidira observá-lo:

— Sofri demais. Primeiro, vi o quanto ele dependia de mim. Se não o carregasse no colo, Boggie-Woggie não ia a lugar nenhum. Depois, confrontei-o com Lã e Flopi. Não encontrei nenhuma semelhança. Os meninos eram morenos e Boggie-Woggie, coberto por uma penugem ruiva. Lembrei-me da babá afirmando que Lã, Flopi e eu havíamos herdado a beleza do nosso pai. Sobre Boggie-Woggie, nem uma palavra. Comecei a matar a charada.

O desastre final acontecera num domingo. Ao acomodar Boggie-Woggie para o café-da-manhã, Berenice constata o quanto os irmãos cresceram. O peito de ambos ultrapassa, com folga, a altura da mesa onde a família faz a primeira refeição. Boggie-Woggie, no entanto, continua tão pequeno que a sua cabeça mal alcança a beirada da toalha, bem passada e engomada, que cai na altura das pernas dos adultos conversando. Berenice não entende, ou prefere não entender. Pergunta para a mãe:

— Por que Boggie-Woggie continua pequenino? Eu cresci, Lã e Flopi também. O Boggie-Woggie é doente?

A mãe e a tia se entreolham, os meninos riem, a avó suspira alto e comenta com as filhas:

— Já passou a hora de contarmos a verdade para Berenice. Ela está bem grandinha. Não pode continuar andando por aí conversando com um urso de pelúcia.

Engolindo um pedaço de pão com manteiga, Berenice quase engasga:

— Boggie-Woggie é um urso? Urso é gentinha? Urso não cresce?

Como sempre, o avô se comove. Convoca Berenice e Boggie-Woggie para o colo dele e começa a explicar que Boggie-Woggie só vive no coraçãozinho dela. Na vida real, é um ursinho de brinquedo que Berenice ganhara da tia no dia em que nascera:

— Por isto você pensa que ele é gente. Mas não é, é um amiguinho de pelúcia, que você não deve deixar de amar, pois a acompanha desde sempre.

Num fiapo de voz, emocionada, Berenice pergunta ao avô:

— Boggie-Woggie não existe? É igual ao meu pai?

O analista interrompe:

— O que você acha?

— De quê?

— De Boggie-Woggie ser igual ao seu pai. Da possível transferência do desconhecido afeto paterno para o ursinho?

— Olha bem para mim. Você acha que eu sou filha de um urso de pelúcia?

— Eu não falei isto, e você me entendeu bem.

— O.k., entendi. Mas não sei responder. Ou melhor, não quero responder. Prefiro acreditar que Boggie-Woggie sinalizava a minha vocação para o sonho, para inventar enredos, refugiar-me num mundo criado por mim. Sem crises, sofrimentos ou regras. Resumindo, uma África *avant la lettre*.

Analistas são brochantes. Cultivam o sádico hábito de encerrar a sessão quando se está quase lá. O de Berenice não age diferente, fato que a irrita sobremodo. Naquele dia, quando ia começar a discorrer sobre regras, que, afinal, são perdas de liberdade e conversar com um urso, mesmo que inconscientemente, configura uma transgressão, o torturador bate as mãos na cadeira e anuncia:

— Chega por hoje.

Berenice precisa esperar dois dias para dizer ao psicólogo que ele trabalha seguindo a técnica dos roteiristas de novela, sempre criando um gancho para o próximo capítulo. Irritada pela despedida precoce na sessão anterior, provoca o laureado doutor:

— Ninguém quer perder o telespectador, não é?

O chato arma um sorriso profissional e não responde. Berenice conclui que jamais exerceria aquela profissão. Com o seu temperamento impulsivo, temperado pelo sangue luso, cobriria de porrada o primeiro que sentasse à sua frente para conversar abobrinhas e, depois, desafiá-la. Fica em silêncio, mas não por muito tempo. A avó afirmava que ela adora falar:

— Sobre o que vamos tagarelar hoje?

— Tagarelar?

— É.

— Tagarelar é tudo que você faz para driblar as suas verdades. Prefiro que você conte a sua reação após descobrir a verdade sobre Boggie-Woggie.

— Coloquei-o em cima da minha cama, deitado no meu travesseiro, onde continua. Casei, descasei, morei na África, mudei de casa três vezes, sempre comboiando Boggie-Woggie. Ainda hoje, ele ocupa lugar de honra em meu quarto. A empregada sabe que, ao arrumar a cama para a noite, deve colocá-lo sobre a mesinha-de-cabeceira. Boggie-Woggie é a última pessoa que vejo antes de dormir, a primeira que cumprimento ao acordar. Adoro-o, sei que nunca vou perdê-lo, ele jamais me ferirá de morte.

— Pessoa?

— Em termos. É de pelúcia, mas para mim, é gente. Dá para entender?

— Claro. Ele é o seu barquinho de madeira. Alguém que a obedece cegamente, não discute as suas ordens e realiza os seus desejos, inclusive o de não sumir. Amar quem não a enfrenta, quem não alimenta a sua fantasia de amor e morte, amar virtualmente é fácil, Berenice. Por favor, me informe o dia e a hora em que você pretende desembarcar na vida real.

— Quer saber de uma coisa, doutor de inconscientes feridos e atrapalhados? Vá lamber sabão. Alguém já lhe disse que você é detestável?

Aos trancos e barrancos, Berenice e o analista passam anos passeando nos recantos obscuros da alma da menina rica, que crescera confundindo alhos com bugalhos e, apesar de toda a encenação circense, acabara tão convencida quanto a avó. Berenice reconhece os lucros de sua análise. Mas, como alardeia a amiga dos tempos de colégio, as merdas não dá para consertar. Elas apenas passam a doer um pouco menos, pois se transformam em merdas intelectualizadas. Deixam de ser descargas emocionais — impulsos, raivas, medos — e se transformam em disciplinados cocôs cheirosos, leitores de Umberto Eco. Berenice costuma dizer que a grande alegria das terapias é assistir às merdas, de rabo entre as pernas, mudando-se do id ou do superego para o ego, local onde passarão o resto da vida encarando debochadamente a(o) idiota que as obrou. E que, a duras penas, conseguiu desinfetá-las. Ufa.

O psicólogo é o primeiro a saber da louca paixão de Berenice pelo cirurgião torácico e de sua recém-descoberta de que o terapeuta vencera a última discussão. No fundo, no fundo, o que ela realmente deseja é substituir Boggie-Woggie: transformar-se em barquinho de madeira. Ao lado do médico, claro.

— Antes, não amei. Sofri um ataque de paixão cutânea. Igual brotoeja, que dá, enlouquece e passa. Agora vivo em êxtase, admiro até o ar que ele respira.

— Paixão é um estado patológico. Pode, ou não, se transformar em amor. Mas você acredita mesmo na sua repentina vocação para barquinho de madeira?

Gastam inúmeras sessões para concluir que não, melhor deixar Boggie-Woggie sentando na mesinha-de-cabeceira. O barquinho que, desde os 15 anos, navega nas lembranças de Berenice é a melhor definição de seu caráter independente. O cirurgião é o amor, mas ela pretende continuar dominando o próprio espaço. Além do mais, conclui Berenice encerrando o assunto, o doutor gosta do seu jeito amalucado, capaz de falar o que lhe dá na cabeça, da sua capacidade de rir para, segundos após, transmutar-se em grande dama:

— Feliz ou infelizmente, ele gosta de tudo que o dinheiro me deu e dá. Nem na hora de amar consigo me livrar das obrigações do meu sofisticado berço de ouro. Ô saco.

Nas consultas, Berenice despeja a alegre emoção assustada com o nascimento da primeira neta, a saudade dos filhos — o doido do Havaí e o responsável de Harvard —, a tristeza culpada com a inesperada viuvez de Henrique, acontecimento que a abala muitíssimo, nunca o vira sofrer tanto. A notícia alcançara-a no consultório e ela custara a crer: a esposa de seu ex-marido morrera exatamente da mesma maneira que ela, criança, inventara para atrapalhar a aula de boas maneiras no Sacré Coeur de Marie:

— Fiquei arrasada, achei que a assassinara. Afinal, eu previ a tragédia, emoção atordoante. Mas, sinceramente, não entendo como alguém come uma fruta com mais caroço do que polpa. É claro que, mais dia menos dia, aquilo sufocaria alguém. Aliás, já deve ter sufocado várias outras pessoas. Tanta ciência, tanta manipulação genética, tanta tecnologia e ainda existe um alimento que é uma metralhadora giratória? Onde estão os japoneses, que não vêem isto?

Sob a supervisão do terapeuta, Berenice mergulha de cabeça no processo de amparar Henrique. Na ausência dos filhos homens, implora à filha que proteja o pai, suplica a

Lã e a Flopi que prestem a assistência possível, telefona para os amigos pedindo pelo amor de Deus que apóiem o viúvo inconsolável. Tão desesperado e inconsolável que até Berenice, a quem Henrique trata com especial deferência, leva um coice. Com a voz alterada, ele a manda à merda, ao ouvi-la censurando-o pela compra das frutas-de-conde:

— Não se meta onde não é chamada, você não tem nada com isto.

— Como não, Henrique? A minha neta freqüenta a sua casa, e se ela engasgasse? Cansei de avisar que as frutas-de-conde são assassinas disfarçadas de bem-bom. E você as continuava comprando? Olha o resultado...

— Acontece, madame Vogel, que esta casa não é sua e que a minha esposa é quem mandava aqui. Suas ordens sobre frutas-de-conde e outros assuntos não nos interessavam a mínima. Quer saber de uma coisa, Berenice? Vá à merda. Acho você tão chata que, há tempos, sonho em lhe dizer isto. Vá à merda, ouviu bem?

— Faria tudo para vê-lo novamente feliz. Mas, lamentavelmente, não posso ir à merda agora. Antes, vou a Phuket, na Tailândia, passar o Natal e o ano-novo. Estou tentando apoiá-lo para não viajar de consciência pesada. Mas, dado o seu estado mental alterado, desejo que, ano que vem, você se entupa de frutas-de-conde. Quem sabe Deus o abençoa com uma viagem cósmica para encontrar a falecida?

O analista a censura:

— Você precisava palpitar?

— Claro que não. Mas estou tentando deixar tudo acertadinho. Viajo no dia 20, não quero me aporrinhar com viuvez de ex-marido.

— O problema não é seu, Berenice. Você se julga onipotente, ninguém sobrevive sem a sua inestimável ajuda, não é? Deixe o Henrique viver o luto em paz, ele não depende de você.

— Você também, cara, é um mala. Tudo precisa esconder segundas intenções? Minha preocupação é normal. Além de pai dos meus filhos, Henrique é um amigo de vida inteira. Não posso deixá-lo sofrendo e embarcar para a felicidade. Se ele me mandou à merda, mandou pouco. Gente estressada fala coisas piores.

— Avalie se o afã de consolá-lo não esconde um motivo egoistamente simples: sua culpa por viajar exatamente na época em que Henrique mais precisa de você.

Berenice e o analista não chegam a um acordo. Ele bate na tecla do egoísmo; ela, nos cuidados com ex-marido de coração despetalado:

— É como se o Henrique fosse um vaso de plantas. Preciso saber que, na minha ausência, alguém vai regá-lo. Se me preocupo com as minhas samambaias, por que não me preocuparia com alguém de que gosto?

— Porque o Henrique não é uma samambaia.

— Mas é quase. Agora, com licença, desligo o assunto, câmbio. Só volto em janeiro.

Esquece o analista, Henrique e as frutas-de-conde. Apaixonada até a medula, viaja para inverter o rumo das preocupações familiares. Uma semana após embarcar, transforma-se em testemunha sensorial e ocular do tsunami de 26 de dezembro de 2004. Quando a notícia chega ao Brasil, a filha, os irmãos, a tia e Dorotéia perdem o rumo. O filho mais velho chora na Nova Inglaterra e o do meio, entre uma tragada e outra, assombra-se no Havaí:

— Minha mãe é doidona, *brother*. Tô sabendo que a velha está em Phuket. Tenho mesmo a quem sair...

Até o recém-viúvo esquece, alguns instantes, a bem-amada entalada e telefona à filha:

— Nunca me perdoarei se a sua mãe morreu no maremoto. Antes de ela viajar, mandei-a à merda.

A jovem senhora já incorporara o espírito Vogel. Segura, mantendo os sentimentos devidamente adestrados, avisa ao pai que o marido diplomata, em fase de hibernação em Brasília, pedira ao ministro das Relações Exteriores para procurar a sogra e, por tabela, outros brasileiros menos nobres.

— Não se preocupe, papai. Mamãe não morreu, ela detesta acordar cedo e, até onde sei, o acidente ocorreu antes das nove da manhã. Fique tranqüilo.

Enquanto isso, no outro lado do mundo, Berenice, em estado de choque, lembra que, na véspera, noite de Natal, jantando romanticamente sob um céu esparramado de estrelas, achara o mar estranhamente calmo. Até comentara com o companheiro:

— Mar, eu conheço. Este nem ondula, a superfície parece um espelho. O que será que ele esconde?

— Não inventa, Berenice. Ter sido, em criança, a rainha do jacaré de Ipanema não a transformou em especialista de assuntos marítimos. O oceano Índico é famoso pela beleza.

Berenice acertara, a calmaria escondia um maremoto. Mas, exatamente na hora em que as ondas invadem a terra firme, ela e o cirurgião — inebriados de amor e entocados no quarto andar de um *resort* à beira-mar plantado — chegam a acreditar que o barulho, a gritaria, a sensação de tremores, os impactos surdos e fortes nascem na emoção de ambos, entrelaçados e arfantes na celebração da vida. Milhares morrem ao lado e o casal não percebe, ressuscitado na profundidade de sua emoção. Já deitados lado a lado, no aconchego pós-amor, Berenice e o médico desconfiam do escândalo incessante, dos gritos de desespero. Caminham até a varanda e seus olhos esbarram em morte e destruição. Berenice esconde o rosto nas mãos:

— Meu Deus, nós acabamos com o mundo...

O cirurgião, habituado a emoções *heavy metal* — afinal, entra dia, sai dia, segura nas mãos os órgãos vitais alheios —, mantém-se calmo. Abre a porta do quarto e, imediatamente, entende a gravidade da situação. No hotel destruído zanzavam zumbis feridos ou não, em estado de choque ou crise histérica.

Nem médico, nem monstro, nem o amante apaixonado de poucos minutos antes. O homem que volta ao quarto cospe ordens secas e curtas, completamente transtornado:

— Berenice, pegue apenas dinheiro, documentos e remédios essenciais. Grudaremos tudo no corpo e sairemos daqui imediatamente.

Louvada avó, que lhe ensinara a manter o controle, reza Berenice. Sem questionar, reúne o solicitado e, em silêncio, espera-o grudar em seu corpo, com grossas tiras de esparadrapo, o pouco que pretendem salvar. Consegue até ironizar o momento:

— Viajar com um cirurgião reserva surpresas. Quando eu imaginaria que você coloca na bagagem tanto esparadrapo? Veio o bisturi também?

Não, mas veio a tesoura. Em minutos, quase transformada em múmia, usando uma camisa do amado para esconder o volume, sai do quarto. Sua primeira reação é tentar voltar. Ele a obriga a ir em frente:

— Não podemos ficar. Não sei o que houve, mas sei que ficaremos sem água, comida e cercados por corpos em putrefação. Aconteceu alguma coisa horrível, que pode se repetir. Então, não fale, não pergunte, não faça nada. Apenas me siga.

Horror em excesso. Berenice pára de falar, de pensar, de sentir, de se emocionar. Apenas caminha, ultrapassa obstáculos, suas mãos tocando levemente a mão e o braço do namorado, igualmente fora de si. Os dois enfrentam algo imensamente maior do que a capacidade de amar, respirar e viver: a possibilidade concreta das próprias mortes. Berenice não lembra, nunca conseguiu contar, o que viu e viveu. Não sabe como chegara ao superlotado aeroporto. Lembra vagamente que, no desembarque, gastara meia hora entre o terminal e o hotel luxuoso, revirado pelas ondas. Para voltar, esgotara o dia inteiro caminhando sob o sol implacável, os pés enfiados na lama, com fome, com sede, esbarrando em alucinados, em apáticos, em mortos, em semimortos, em mortos-vivos. Duvidara futilmente da eternidade. Ela existe, é cruel e a condenara a arder nas chamas do inferno, pensara enquanto se desviava de um homem uivando sobre os corpos da família. Fora amaldiçoada sem perceber.

No aeroporto, novas atrocidades. Espantada e incrédula, Berenice constatara que, como acreditava na infância e juventude — e, um dia, a imponente avó discretamente confirmara —, na vida há, sim, coisas que o dinheiro não compra. Por exemplo, a possibilidade de fugir do descalabro. Apesar de — após socos e cotoveladas, abrindo espaço na multidão que cercava os balcões das companhias aéreas — exibir os cartões de crédito sem limites de despesa, de oferecer qualquer quantia para voar a qualquer país, ela esbarrara na surpreendente realidade de que, nos portões capazes de libertar seres humanos das trevas, o dinheiro vale menos do que a cor do passaporte. Ao médico, dono de documento cinco estrelas, é oferecido um vôo à Austrália. Berenice é jogada no canto reservado aos asiáticos-segundo-time e aos latino-americanos.

Sem água, sem comida, sem assistência, sem nada capaz de diferenciá-la da gentinha que a rodeia, tão esfarrapada e amedrontada quanto os novos companheiros, Berenice se ajeita no chão imundo para passar a noite, pensando, pragmática, que, felizmente, nunca compartilhara a definição familiar para gentinha. Ao menos, naquele instante, sofre um pouco menos, já que, de uma hora para outra e além dos 50 anos, ela, a sofisticada, rica e finíssima doutora Berenice Vogel, quinta-essência do refinamento brasileiro, descobre-se no lixo. Enquanto ajeita o corpo no piso frio — felizmente, frio, o calor ultrapassava o insuportável —, murmura para si:

— Terceiro Mundo é o cu. Na hora do pega-pra-capar, a turma da primeira classe pede-nos um certificado de superioridade racial. Mesmo raciocínio de minha avó com a superioridade financeira. Só que dinheiro existe, e raça, meu Deus, nem a ciência reconhece mais.

Cansada até para sentir medo, dormira antes de colocar a cabeça no travesseiro improvisado em um casaco roubado. Acordara hora depois, com pernas cruzando-lhe o peito e acrescentando a seu sujo mal-estar mais um elemento de desconforto: o suor excessivo. Assustada, erguera-se sobressaltada, despertando o cirurgião que dormia recostado na parede, as pernas sobre o corpo de Berenice. Esta, entre as milhares de emoções vividas, é a única que, no Brasil, ela consegue verbalizar. Chora recordando a voz cansada, os olhos depressivos, o arrastado pedido de desculpas do homem que retornara:

— Não queria assustá-la, perdão. Perdi a coragem de embarcar sozinho. Sairemos juntos daqui.

Olhos nos olhos, os do médico pingando desalento; os de Berenice, incredulidade:

— Nós nos separamos naquele momento, embora tenhamos chegado juntos ao Brasil.

O terapeuta coça a cabeça, indeciso. Não existem, nos *vade-mecuns* psiquiátricos brasileiros, indicações terapêuticas para sobreviventes de tsunamis, basicamente um problema de psicanalistas orientais. Psiquiatra ocidental cuida de abobrinhas afetivo-emocionais e desencontros sexuais. No Brasil, até aquele momento, meses após a tragédia asiática, a encrenca da sexualidade do tsunami se resume à briga entre os gramáticos, indecisos se, em português, a grande onda é feminina ou masculina. Berenice palpita:

— Provavelmente, ambos. Uma maré bissexual, por que não? Mas isto não importa. Não me interessa saber se as ondas são homem ou mulher. O estrago que provocaram em minha vida independe de sexo, não tem cura e já foi feito. Pessoalmente, prefiro usar o pronome masculino, como ensina o dicionário. Mas, se a ouvidos brasileiros tsunami é feminino, digo amém. Vi que o tsunami tem as duas almas. Femininamente, sai do nada, surpreendendo e matando sem hesitar. O lado masculino é a força indescritível e a delicadeza envergonhada de largar sobreviventes, como se pedisse desculpas pela descomunal brutalidade.

O jeito é cortar a bola que Berenice levanta:

— Você vê os homens assim?

— Como?

— Fortes, mas gentis?

— Não, homens são fracos. Uma mulher tsunami não deixaria ninguém vivo. Mulheres demoram a tomar uma decisão. Mas, quando tomam, vão até o fim.

Mãos nos braços da cadeira, fim de papo. O analista sabe lidar com Berenice, embora a ciência médica titubeie no tratamento dos portadores de estresse pós-traumático. Não conhecem Berenice, pensa o terapeuta enquanto se organiza para o próximo cliente. Ela terá seqüelas, mas vai se recuperar. Convive com a morte desde o nascimento. Intuitivamente, dará o pulo-do-gato e, mais uma vez, ressuscitará.

As sessões são dolorosas. Berenice chegara ao Brasil — depois de passar por Suécia e Portugal — virada pelo avesso. Diferente, cética, desestimulada, distante. À filha, que a abraça chorando, pedira desculpas pelo desencontro com o diplomata brasileiro que, supostamente, a procurara:

— Perdão, meu amor, sei que você fez o impossível. Mas em Phuket pós-tsunami só havia bestas-feras, dispostas a qualquer coisa para sobreviver. Graças a Deus, passados os primeiros dias, o mundo retornou aos trilhos e, então, o dinheiro valeu. Paguei o preço de uma volta ao mundo para voar de Phuket a Estocolmo, num avião que fedia a chiqueiro. Todos imundos, arrasados, em estado de choque. Inclusive eu.

Depois, cala-se. Recusa-se a relatar a tragédia para a família, que não sai de seu lado. A filha passa uma semana no apartamento da mãe. Substitui-a Dorotéia, com quem Berenice fala mais um pouco, muito pouco. As cunhadas se revezam, os sobrinhos levam ajuda, a tia prepara todas as iguarias apreciadas por Berenice. Inútil. Berenice, com dor de cabeça e, outra vez, magra — alguma vantagem tirara dos dias inacreditáveis em que entrara em filas *para comer* —, não quer sair do quarto, nem conversar com ninguém. Como relatar o que vira e vivera? Como agüentara a miséria e a dor? Como descrever o cheiro putrefato, a agressividade humana diante do imponderável, o desespero de pais sem os filhos, as crianças perdidas sem falar outra língua além da materna? Como não lembrar os corpos em que pisara, passando literalmente por cima deles, pois o seu medo de morrer superava qualquer noção primária de respeito? Como saber se também não passava de uma besta-fera, capaz de jogar o peso do dinheiro para corromper um funcionário e tirar do vôo uma adolescente órfã, ocupando o lugar dela? Fugira na primeira oportunidade, sem peso na consciência. Afinal, quem era? A dondoca riquinha ou um animal? A avó nunca a ensinara a matar sem perder a pose. Assim, sozinha, não iria agüentar.

Poucos dias após desembarcar no Brasil, Berenice acorda com a filha e os irmãos sentados em sua cama. Apesar do torpor, tenta recorrer a uma das antigas personalidades:

— Reunião ministerial?

Os três participam que decidiram interná-la. Surpreendendo-os, Berenice concorda sem reclamar. Passa dez dias no hospital sob uma dose maciça de tranqüilizantes, que a atordoam ainda mais. Finalmente, Dorotéia descobre o melhor jeito de ajudar a prima desconectada do mundo:

— Vamos chamar o analista dela. Pedir para vir duas vezes por dia, todos os dias. Enquanto Berenice não desengasgar as lembranças macabras, não melhorará.

Dito e feito. Só de ver o terapeuta entrar no quarto, Berenice solta o choro, quase tão imenso quanto o tsunami, lágrimas presas desde o momento em que saíra à varanda do hotel, após o amor. Nenhum dos dois diz nada. Ela soluça, ele se mantém calado. Despede-se com a mesma naturalidade das sessões em que Berenice contava a infância:

— Voltarei amanhã de manhã, está bem?

Assim, de visita em visita, choro, crises depressivas, mais choro, dias inteiros de prostração, Berenice recebe alta hospitalar e, lentamente, começa a relatar ao analista algumas perversidades que vira e praticara. Em menos de três meses, sai de casa e vai ao consultório. Não mais a mesma Berenice que embarcara para a Tailândia. Apenas alguém que ainda respira. O analista a cumprimenta:

— Parabéns, você deu o primeiro grande passo, deixou de ser uma sobrevivente.

— Precisei enfrentar um terremoto, seguido de maremoto, para eu e você percebermos que, emocionalmente, sempre fui uma sobrevivente. Já nasci brigando por espaço, disputando amores que não me pertenciam exclusivamente. Perdi cedo demais, recorri a vários subterfúgios para esconder o meu pânico de continuar perdendo. Sou um milagre da força da vida, *mi doctor*. Só um tsunami me derrubou e, mesmo assim, eis-me de volta. Desesperada, mas tentando renascer. Novamente.

No processo de, pela milésima vez, romper a casca do ovo, ressurge a figura do cirurgião, desaparecido desde que ambos desembarcaram no aeroporto internacional do Rio. Falaram-se uma ou duas vezes pelo telefone, sem tesão, sem carinho, sem nada além da pressa de se livrarem mutuamente. Bateram o gentil ponto da convivência social, mal disfarçando a vontade de não ouvirem as próprias vozes. O analista a provoca:

— Mas ele não era o amor de sua vida? Você não admirava até o ar que ele respirava?

— Admiro ainda mais, ele reagiu à tragédia com coragem e sangue-frio, poucos fariam igual. Penso muito em por que nos separamos. Pior, por que sequer queremos nos falar. Concluí que todos sabem que, um dia, morrerão. Por qualquer mecanismo que desconheço, conseguimos escamotear esta realidade, pois, se pensarmos nela como algo realmente concreto, enlouqueceremos. A presença viva da morte de meu pai quase me endoidou na infância. Na época, eu não consegui notar que o afeto familiar — principalmente, o de meus avós — me resgatou do poço do medo, do susto, da total insegurança. Morte é coisa séria, doutor, ninguém convive com ela impunemente. Acredito que meu ex-amado e eu nos afastamos por sermos testemunhas oculares das nossas próprias mortes. Quando nos vemos ou conversamos, não podemos fingir que não somos finitos. Um conhece os momentos finais do outro: o rosto, a expressão corporal, os olhos, o terror. Talvez estejamos mais unidos do que nunca. Agora, o que nos liga é a inevitabilidade da vida. Só que nem ele nem eu queremos reviver o processo que ainda enfrentaremos. Isto nos assusta muito mais do que podemos suportar. Será que me expressei bem?

O terapeuta pára alguns segundos, encarando Berenice. Depois, sorri:

— Sim, você se expressou muito bem.

Satisfeita com a capacidade de analisar as rocambolescas circunstâncias de sua vida, Berenice, pela primeira vez desde o dia em que embarcara para quase não voltar, também sorri:

— Errei de profissão, meu amigo. Deveria ter sido agente funerária. Tenho doutorado em *post-mortem*.

A Berenice que nasce das cinzas é uma mulher madura, com cinco netos, definitivamente afastada das bolinhas para emagrecer, cansada, desiludida, mas ainda acreditando na improvável felicidade. Nem comportada, nem libertária. Finalmente, ela mesma, inteira em suas grandezas e mesquinhez. Das antigas Berenices conserva o bom humor e a tendência a eventuais crises depressivas. A nova assume uma ideologia — classificada por ela de existencial-iluminista — capaz de ajudá-la a, levemente, cumprir a rotina. As dolorosas lembranças e os pesadelos com o tsunami são administrados segundo as recém-adquiridas verdades. *Laissez-faire*, *laissez-aller*, *laissez-passer*, repete para a filha, os irmãos, os sobrinhos, Dorotéia e Henrique. Na verdade, o subtexto de suas palavras é uma súplica para a vida deixá-la em paz. Dos assassinatos cruéis de perus — passando pelo pai precocemente volatizado, pelas originais táticas de sobrevivência e pela própria, *strictu sensu*, ao tsunami —, ela sente quitadas todas as dívidas com o destino. Alforriada, entende desejar a felicidade simples. Sem cobranças, sem obrigações, sem julgamentos, sem nada capaz de detonar crises de angústia.

A primeira atitude é fechar o consultório. Toma a decisão no dia em que, atendendo ao antigo cliente paraibano, amigo de longa data, é obrigada a intervir em uma raiz na qual um abscesso, resistente aos antibióticos administrados *a priori*, impede o efeito completo da anestesia. Berenice aplica o máximo de ampolas possíveis, mas o homem ainda sofre. Entre internar-se para uma intervenção hospitalar ou enfrentar minutos de dor brutal, o cliente macho cabra-da-peste, como ele mesmo gosta de se definir, escolhe a segunda opção. Berenice trabalha rápido mas nota-lhe o esgar de dor, as lágrimas que rolam sem ele querer. De repente, enquanto manipula agilmente as agulhas, ela também se flagra chorando, sofrendo por provocar sofrimento num semelhante. No fim da sessão-tortura, Berenice pede perdão e avisa:

— Acabarei o seu tratamento e fecharei o consultório. Não gosto de maltratar ninguém, não posso mais exercer esta profissão.

Em semanas, aluga a sala a outro dentista a quem entrega os clientes e decide que, até o fim da vida, se dedicará aos filhos, netos, irmãos, sobrinhos e Dorotéia. Programas simples, para os quais também conta com a presença de Analu, a amiga psicóloga ex-onicófaga e atual rainha da cocada-preta das cabeças cariocas em pane. Sua fila de espera dobra o quarteirão e cada sessão custa uma pequena fortuna. Relembrando o início da carreira, as duas dobram de rir:

— Quem diria, hein? Sua fama de dedicada aos clientes, incapaz de abandoná-los até com as mãos queimadas, foi uma perfeita jogada de marketing.

— Eu sou ótima analista, só precisava do primeiro empurrão.

— Claro que é. Se não fosse, o empurrão não a levaria a nada. Mas que foi uma sorte as unhas terem apodrecido, ah, isto foi.

Risos, cinema, teatro, exposições, pequenas viagens, cursos livres sobre firulas filosóficas, diversão entrando em moda no circuito quase intelectual da cidade. Visitas bianuais à filha, aos dois netos e ao genro, servindo em Budapeste, conselheiro da embaixada. Sua menina — bela, elegante e forte, nobilíssima herdeira da bisavó — leva-a ao lago Balaton para rever o cisne apaixonado e seu barquinho. Decepcionada, Berenice descobre que o exótico casal falecera, mas o ninho de amor de ambos, a casinha de madeira, continua no mesmo lugar, embora em péssimas condições.

A rotina das viagens à Hungria só muda no ano em que um cachorro lambão e com tendências suicidas entra em cena. Além de sujar sistematicamente o casaco de pele da avó que, discretamente, o rejeita, o neto quadrúpede se esfrega em todas as poças d'água congeladas que encontra nos passeios diários. No dia em que amanhece resfriado por conta dos mergulhos frigorificantes, a filha se preocupa e Berenice oferece ao doente uma canjinha com dois comprimidos de aspirina. Infelizmente, o labrador de 40 quilos é alérgico ao ácido acetilsalicílico e a gripe termina com o totó, de olhos revirados e babando, numa clínica veterinária onde nem o doutor fala inglês, nem a filha, húngaro. Aflita e culpada, Berenice saltita em volta de ambos, exibindo o envelope da aspirina brasileira, objeto indecifrável pelo esculápio-mundo-animal. O bicho é salvo pelo gongo e os netos verdadeiros, os bípedes, acusam a avó de tentativa de homicídio. Uma tragédia. Berenice considera de bom alvitre adiar a próxima viagem por alguns meses. Quando as crianças esquecem sua desastrada intervenção hígido-maternal, volta a Budapeste, onde é recebida por um labrador sorridente, que a saúda jogando as duas patas enlameadas em seu deslumbrante *mink*. A antiga Berenice consideraria o descendente canino um animal antipático. A nova acha uma gracinha. Aposenta o agasalho antiecológico, compra um impermeável e só não mergulha nas poças congeladas com o animal porque, além dos 55 anos, teme a artrite reumatóide apontando a inexorável terceira idade.

Junto a Dorotéia, passeios e conversas de carinho, afeto e muitas lembranças:

— É, prima. Entramos na fase recordar é viver.

Bem-humorada e alguns anos mais moça, Dorotéia rebate:

— Você entrou. Eu, não. Mas já que a minha prima maluquinha está velhinha, meu dever é apoiá-la.

Ao chegar a notícia do casamento do filho mais velho com a herdeira de uma tradicional família católica de Massachusetts, Berenice procura o ex-marido para combinar a viagem familiar. Afinal, o filho merece toda consideração, desde o dia do nascimento só trouxe felicidade, destacara-se tanto na brilhante tese de doutoramento que a universidade o convidara para permanecer como professor. Preocupada em não macular a excelente fama do rapaz, Berenice sugere a Henrique não mencionar o divórcio nos Estados Unidos:

— Católico norte-americano é fundamentalista. Pensarão que somos pragas e torcerão o nariz para nós, pais descasados. Serão só três dias, podemos fingir um pouquinho.

Haviam lhe avisado, mas Berenice não acreditara. Henrique ficara completamente gagá. Recuperado da viuvez e em plena crise de andropausa, dedicava-se a namorar meninas, quase crianças. Polidamente, ele recusa a proposta de Berenice, afirmando pretender levar ao casório a sua atual companheira. Uma potranca loura falsa —

peitinho, bundão, apertada saia curta, botas de cano longo, camisetinha de lycra. Berenice pós-tsunami, que jurara nunca mais se intrometer na vida alheia, não segura a língua:

— Você está completamente louco. Consegue imaginar esta loura belzebu ao lado de *scholars* da Nova Inglaterra?

Henrique solta uma gargalhada:

— Que me importam os *scholars* da Nova Inglaterra? Um bando de velhos brochas e mulheres frígidas. Eu, madame Vogel, já passei dos 65, preciso de sangue novo.

— Se os *scholars* não o preocupam, nosso filho devia preocupar. A Nova Inglaterra é conservadora, todos pensarão que a madrasta do noivo é rampeira. Até logo, Henrique, a gente se encontra no casamento. Não sei se irei cumprimentá-lo.

Um lugar para cada coisa e cada coisa em seu lugar, costumava repetir a avó. Definitivamente, a loura-cotton-lycra de Henrique não pertence a ambientes refinados. Irritadíssima, Berenice reporta ao noivo que, injuriado e após uma troca frenética de e-mails com o pai, consegue convencê-lo a não levar o sangue novo para Massachusetts. Um tanto decepcionado, Henrique convida a namorada para encontrá-lo na Califórnia, escala para o Havaí. Decidira, após o casório, visitar o filho do meio, que o tempo transformara em surfista profissional, campeão nas megaondas californianas e havaianas. Nas horas vagas, surfa a marola zen-budista do oferecer/compartilhar/viver o dia presente, sem ontem ou amanhã. Até nisto, na incapacidade de administrar dinheiro, ele parece com a mãe, habituada a se escorar na herança familiar adormecida no banco, que lhe garante o futuro.

Cercado de incenso e *Cannabis sativa*, o alternativo canta mantras ao nascer e ao pôr-do-sol, medita três vezes ao dia e joga pela janela os prêmios arrecadados nos circuitos de surfe. Berenice e Henrique concordam: o pimpolho Inamps completara 34 anos. Se aprecia um estilo de vida não-convencional, problema dele. Henrique programa a viagem para rever o neto, filho de uma havaiana, com quem o fumacê casara num luau à beira-mar, festa lindíssima à qual Berenice não comparecera. A noiva saíra da cerimônia para os braços da parteira e só o avô paterno conhecera o recém-nascido com sobrenome latino e *shape* de polinésio. Sua ancestralidade, definiu o pai.

Sem saber dos planos do ex-marido, Berenice, a filha e Dorotéia planejam viagem exatamente igual. As três se encontrariam em Nova York e, após as bodas, esticariam até a Califórnia. Depois, Havaí, para conhecer os novos membros da família e beijar o filho/irmão/sobrinho biruta. Morrem de saudades.

Apenas no jantar em que a tradicional família católica norte-americana recebe os parentes brasileiros do noivo, Berenice e Henrique descobrem a coincidência do destino de ambos. Ele se aflige; ela não está nem aí. Conviver com a belzebu na tribo *hang loose* não a preocupa:

— Lá, eu serei a exótica. Absolve-me o fato de ser a mãe do campeão-pizza: *mezzo* maluco, *mezzo* filósofo. No Havaí, a sua louraça poderá exibir a bunda à vontade. Eu cuidarei do meu neto, enquanto você desfila a sua esplêndida macheza, pois, com 66 anos, dar conta daquela mulherona sem Viagra não é para qualquer um. Você usa Viagra? Incrível, meu Deus, antigamente quem se drogava era eu.

Sorriem para os norte-americanos, surpresos com a conversa paralela em português. Dorotéia e a filha do casal seguram o riso, enquanto o noivo se remexe aflito, mensagem para os pais voltarem a falar inglês. O jantar termina em clima de sucesso e chatice absoluta, compatíveis com as festas protocolares de qualquer país ou cultura. Berenice, os filhos, Dorotéia e Henrique encerram a noite em um *fast food*, deleitando-se com pizzas engorduradas, imbatíveis no combate à fome.

Salvo as damas de honra já meio gastas e enchapeladas — hábito que o senso estético brasileiro se recusa a aceitar —, a cerimônia e a recepção do casamento são exemplarmente belas. Berenice derrama lágrimas, o cavalheiro Henrique lhe oferece um lenço, os dois recordam o nascimento do herdeiro mais velho, que crescera sem criar problemas e, agora, lhes oferta uma nora bem-nascida e educada, além de delicadamente bonita. Pena que, para sempre, o novo casal viverá nos Estados Unidos, onde nascerá a sua descendência. Subitamente, Berenice se dá conta de que os seus três meninos tornaram-se cidadãos do mundo, fato que a condena à solidão. Num passe de mágica, decifra as louraças de Henrique, portos não seguros, mas portos. Local meio gasto onde, ao menos, ele pode encostar a cabeça. Sinceramente arrependida das palavras usadas para descrever a namoradinha do ex-marido, ela lhe segura a mão, desculpando-se:

— Henrique, perdão. Só agora entendi o que estas meninas significam para você. Envelhecer é realmente assustador. Eu gostava muito da falecida, você sabe disto. Prometo que, no Havaí, tratarei bem a sua vampiresca companheira. A ela e às sucessoras. Você sente medo de ficar sozinho, não é?

— Berenice, a sua sutileza lusa nunca deixa de me surpreender. O que eu julgo um segredo meu, muitíssimo bem guardado, você verbaliza com a banalidade de uma receita de bolo. Sim, tenho medo de ficar sozinho. Pior, tenho pavor da impotência sexual. Necessito destas meninas — vampirescas, na sua opinião — para sobreviver. Agora, por favor, me deixa em paz. Não nos separamos para você continuar me analisando com olhos de águia Vogel, dos quais nada escapa. Até logo.

Afasta-se da ex-mulher para desfilar entre os convidados, esbanjando grisalho charme latino, encantando as velhotas cobertas de jóias e acompanhado pelo olhar de Berenice, que identifica nele a sua mesma tristeza. Dorotéia se aproxima e Berenice agradece a Deus:

— Que bom que você está aqui. Observava o Henrique. Veja, ele está uma fera com as atenções histéricas das anglo-saxônicas da terceira idade. Gostaria dos mimos de uma amiguinha da nora. Bem-aventurada a cultura norte-americana, que dá a César o que é de César. Brochas, mais dia, menos dia, todos ficam.

— Você bebeu? Vamos, os noivos nos chamam para uma foto.

Assim, Berenice encerra mais um capítulo de sua vida. O filho que a leva ao aeroporto é o mesmo a quem reverá eventualmente e que, provavelmente, só chegará do exterior para a sua missa de sétimo dia. Chora ao se despedir e, mais uma vez, constata: há coisas que o dinheiro não compra. Por exemplo, a presença física de alguém. Emocionada, Berenice agradece aos céus a existência da filha, única que, apesar da distância, continua sendo — e sempre será — companheira de todas as horas. Encantos da identificação feminina, que os homens, por incompetência ou falta de orientação, não conseguem experimentar.

Henrique chega ao Havaí dez dias depois de Berenice. Mudara os planos, chamara a companheira a Nova York, gastara à vontade em lojas de segunda — para a louraça, a oitava maravilha; brasileiro médio se contenta com o Wal-Mart, ela subira um degrau, entrara em lojas de departamentos. Só após saber que a filha voltara à Europa e Dorotéia, ao Brasil, voa ao encontro do filho. Encontra Berenice de bermudas e descalça, sem um pingo de maquilagem, detalhes que acentuam os seus quase 60 anos. Com o neto pendurado na cintura, ela recebe o casal com alegria sincera, encantando Henrique, mais uma vez impressionado com a simpatia envolvente da ex-mulher. Quando Berenice quer ser acolhedora, não há quem a supere, pensa, ao vê-la abraçando sua desconfiada e desarmada namoradinha, precariamente equilibrada sobre a plataforma de petróleo de arquitetônicos tamancos.

Convivem uma semana para alegria do filho surfista, que alardeia a modernidade de seu clã: pai, mãe e a namorada do pai, uma piranha esforçada, que quase não abre a boca. Observador, o filho saca a jogada materna: expor a idade pela impossibilidade de disputar espaço no quesito encanto feminino; abusar da intimidade doméstica, prova incontestável de quem, com as bênçãos da nora, pode mandar no galinheiro; tratar a madame satã com a mesma benevolência com que trata o filho, autoridade outorgada pelo tempo já vivido e, sutilmente, não perder uma chance de expor a sua refinada educação. A estratégia funciona, a semana voa com a moça encolhida no canto e o pai, distraído, achando tudo ótimo.

Na hora de Berenice ir embora, todos se emocionam. A fulaninha se esforça heroicamente para esconder o alívio:

— Adorei conhecê-la. Boa viagem.

— Obrigada. Você é um encanto de menina.

Bingo, avalia Berenice enquanto o avião decola. Vencera a guerra. Impedira a fuleirinha de comparecer às bodas do filho mais velho e ainda tripudiara. Sou má, vangloriou-se, muito má:

— Deixei absolutamente claro ser uma simpática sessentona, que pode chamá-la de "menina". Mas pari os filhos do namorado dela. Se a loura cultiva apenas um neurônio, compreenderá que Henrique está prestes a começar a babar na gravata. Não é possível que ele se envolva com uma putinha de última categoria. Há de surgir uma mulher educada, capaz de fazê-lo feliz.

Surgiu: Analu. A ex-onicófoga conhece Henrique na pequena reunião oferecida por Berenice para mostrar aos amigos as fotos do casamento. Sem a oxigenada ao lado, ele se encanta com a verve e o charme da amiga da ex-mulher e a convida para jantar. O romance segue com as bênçãos de Berenice, que faz das tripas coração para o relacionamento engrenar. Apesar de o analista chamá-la de autoritária e manipuladora, Berenice arma e desarma e só sossega quando, finalmente, Henrique resolve casar com a psicóloga. Sucesso absoluto: Berenice é a madrinha da noiva e, para demonstrar sua felicidade com a união, oferece uma recepção de conto de fadas.

O analista não perdoa:

— Neste conto, você é a bruxa má, não?

— Sou apenas a bruxa, papel que alguém precisa desempenhar. Minha avó ensinava que a gente não pode deixar a vida decidir sozinha. A possibilidade de dar errado é imensa. Agora, sei que Henrique será feliz. Tem uma mulher que o estimula sexualmente e, ao mesmo tempo, é interessante e apresentável. Como, aliás, é normal. Ou deveria ser. Enfim, graças a Deus, estou em paz.

— E a Berenice, como fica nesta história?

— Assumidamente sozinha. Depois do médico, a paixão de minha vida, decidi que nunca mais sofrerei por amor. Sou feliz conversando com você e usando e abusando de meu prazer solitário: dormir em lençóis de três mil fios, algodão egípcio, sem ninguém atrapalhando. A pós-menopausa, querido doutor, tem muitas vantagens.

Armação de Dona Aranha

Lençol de algodão egípcio de três mil fios, empanturrar-se de chocolate, ler a noite inteira sem preocupação com a hora de acordar, escutar o Réquiem alemão de Brahms na altura suficiente para derramar lágrimas de beleza e não incomodar os vizinhos, longos banhos ferventes com sabonete Chanel nº 5, viajar sozinha para lugares inesperados. Por exemplo, no domingo em que, aborrecida, decidira esquecer as preocupações e embarcara para o Ceará, sonhando com as compras no Mercado Municipal de Fortaleza. Cinco dias memoráveis. De bolsas de palha a toalhas rendadas, Berenice comprara tudo que lhe enchera os olhos. Voltara para o Rio feliz da vida, distribuindo mentalmente a maioria das peças socadas na mala.

Mudança de apartamento. Escolhe um menor, igualmente aconchegante e em Ipanema. Adora a nova casa com decoração minimalista. Pratica ioga. Sozinha, viaja para rever os filhos e netos. Aos 60 anos, os cândidos prazeres solitários de Berenice se transformam em hábitos próximos ao transtorno obsessivo-compulsivo, mal que ataca a terceira idade, geralmente adepta de manhas e manias. Com exceção dos vôos internacionais, as outras alegrias cumprem agenda severa. Berenice não nota escravizar-se aos prazeres do mesmo modo que, em moça, se escravizara às obrigações. Gozado, às vezes, a cabeça dói um pouco, espanta-se.

Com amigas ou Dorotéia, companhia preferida, bate ponto nos cinemas e teatros, almoça e janta fora. Eventualmente encontra Henrique e Analu. Os três riem sem parar. O casal, pela graça de saber-se apaixonado. Berenice, de alegria. A amiga, nova senhora Henrique, representa a expulsão das mocréias que pululavam em volta do ex-marido, ameaçando Berenice com uma gravidez inesperada, capaz de diminuir a herança paterna de seus filhos.

Berenice só não gosta de se olhar no espelho. Apesar da vaidade, do bom trato, das roupas finas, vê-se uma senhora. Decide fazer plástica, encanta-se com o resultado, mas conclui que o importante — a aura, a magia feminina — não voltou. Torna-se, apenas, uma senhora sem rugas, mas igualmente senhora. Dói, conclui, a perda da sensualidade. Lamenta-se com a prima:

— Nada me incomoda tanto quanto ver um homem bonito, que dispara o meu botão vermelho. Então, reparo que ele me trata com a mesma deferência dispensada à avó. Por outro lado, a equação idade versus fortuna gera um problema enorme. Quem se aproxima, mesmo que, aparentemente, desconheça o meu nome, eu logo imagino tratar-se de um aproveitador. Ah, Dorotéia, vovó que me perdoe a ofensa à moral e aos bons costumes, mas envelhecer é uma merda. E se eu sofrer um infarte?

Dorotéia ri:

— O hospital telefonará. Então, providenciarei a sua cremação. Simples, não?

Rotina boa, regozija-se Berenice. À toa, mas boa. Finalmente, com atraso de quase 60 anos, o analista a ajudara a sepultar o pai; sobra dinheiro para satisfazer-lhe as vontades, tem filhos encantadores e uma filha princesa; netos louros, orientais e latinos, seu sangue rodando o mundo, dádiva do destino que a levará muito longe. Quando está no Havaí, ninando os netos de traços asiáticos, imagina onde o DNA Vogel andará nas futuras gerações:

— Japão? Coréia? Casa Real da Tailândia? De volta ao Brasil? Na Antártica? Quando imaginei espalhar descendentes pelo mundo?

Adora os irmãos, as cunhadas, os sobrinhos; Dorotéia, mais que prima, uma irmã. Encanta-se com os sobrinhos-netos e, quando uma completa 15 anos e dança a valsa com o avô, Berenice não dá tréguas, cansa de implicar com Flopi:

— Meu Deus, o galã aviador já é quase bisavô.

Começa a ensinar aos sobrinhos a chamá-la de Berenice:

— Não quero ser tia de quarentões, faz-me parecer idosa.

O filho mais velho de Lã decide tratá-la de doutora Berenice e a brincadeira vira festa. Depois de esgotar-se dando murros em ponta de faca, Berenice descobre que simplesmente viver — sem implicâncias, angústias desnecessárias, questionamentos fúteis — é ótimo. Sou feliz, imensamente feliz, conclui numa tarde de maio, observando a luz do Rio de Janeiro que, nesta época, torna-se particularmente bela. De tão clara, a atmosfera brilha.

Berenice desconhece que a felicidade é tímida e, quando reconhecida, some na primeira esquina. Exatamente na tarde em que sofre a grave intoxicação de luz e felicidade, um irmão morre em Nova York, aonde fora a trabalho. Quando Dorotéia lhe dá a notícia, sua reação é nenhuma. Estatelada, espera que ela desminta a brincadeira sem graça, a história sem pé nem cabeça inventada para assustá-la. Mas a expressão da prima reafirma a verdade. Por que, pensa Berenice, Dorotéia chora e treme, amparada em Felipe? Por que lhe diz que precisa ser forte? A cabeça de Berenice rodopia sem rumo, as palavras lhe escapam, tenta falar, não consegue. O fio de voz — a mesma voz da infância, abafada, insegura, que sublinhara a morte dos periquitos, o espanto por Boggie-Woggie, a terrível descoberta de que seu pai desconhecido não morava na favela com o cavalo adestrado — foge de sua boca, sem ela perceber:

— Dorotéia, repete. O que aconteceu?

— Prima, prima querida, Lã morreu em Nova York.

Um soco na boca do estômago, Berenice perde o equilíbrio. Em silêncio, lentamente, senta-se sem entender. Lã não morrera. Não agora, não nunca. Ela, Lã e Flopi são uma só pessoa. Cresceram assim para subjugar a vida, que lhes mostrara as garras cedo demais. Lã a traíra? Morrera da mesma maneira que o pai? Os periquitos? Boggie-Woggie? Abandonara-a? Que idiotice é esta? Onde está Flopi? Ainda sem acreditar, encara Dorotéia:

— Por favor, me conte a verdade.

Dorotéia a abraça em prantos e a dor que acomete Berenice é tão aguda e imensa que não encontra espaço para se manifestar. Vira ondas de lembranças, indo e vindo sem sentido. Lã correndo na praia e a chamando de gorda, mas com o sorriso maroto de quem se orgulha escondido da competência da mana deslizando em jacarés. Lã, o pirata Drake. Lã mergulhando na lagoa, montando acampamentos, assassinando o burrinho, domando Camoneboy. Lã adulto e vaidoso da irmã caçula, magra e elegante, bem casada e endodontista. Lã assustado com a África. Lã, o homem importante, procurador da família, o político bajulado. Mas sempre junto aos irmãos.

Esmagada de terror, sem falar, sem chorar, sem lamentar-se, Berenice encosta a cabeça no espaldar da cadeira. Subitamente, a avó se aproxima, rodopiando em volta, advertindo-a, severa:

— Controle, mantenha o controle, damas não perdem o controle.

Controle, controle, controle. Desesperadamente, Berenice tenta manter a maldita compostura, que não a deixa gritar, descabelar-se, correr maluca nas ruas procurando o irmão. Onde Lã guardara a prancha, que não consegue encontrá-la? O leão, o leão manco o matara e, então, Boggie-Woggie fugira. Dorotéia, Dorotéia, por favor, chama o vovô, não posso sofrer sozinha. Onde, meu Deus, está Flopi? Preciso falar com ele, Flopi salvara Lã de se afogar na Lagoa, vai salvá-lo de novo.

Movimentos em volta, vozes, sustos, sussurros. Tocam-lhe o braço, sente a presença de Flopi abatido, encurvado, os negros olhos profundos transformados em torrentes. Berenice o encara com a expressão vazia. Os dois se abraçam forte e, então, com a cabeça escondida nos ombros do irmão do meio — gesto igual ao da noite de sua colação de grau, quando chorara de tola, sem saber que era feliz —, Berenice solta um lamento surdo, nascido no coração, na alma, no corpo, lamento avassalador, que engolfa o que a cerca, igualzinho ao tsunami. O médico do terceiro andar, com uma agulha certeira, interrompe o desabafo.

Flopi vai a Nova York buscar o corpo. Os três filhos de Berenice chegam do exterior. Dorotéia divide-se entre a mãe, a família do falecido e a prima que se recusa a comer, a sair da cama e a falar. Nem a chegada de sua princesa tira-a do estado letárgico. Passa os dias de olhos fechados, recusando contato com o mundo, enxugando as lágrimas. Levantando-se apenas quando não há ninguém em volta para, em silêncio, examinar o morro que fecha o bairro e onde, há décadas, o pai a espera sob a mangueira. Talvez esteja lá, talvez Lã o acompanhe. A árvore continua no mesmo lugar, mas os prédios novos, que enlouquecem Ipanema, impedem a visão completa. Estão lá? Não estão? Aonde foi Lã? Onde, Jesus, esconde-se o pai que nunca lembra dela, que somente a penaliza? Nada à sombra da mangueira, além do imenso vazio. Berenice compreende que a morte, gêmea de seu nascimento, sempre a acompanhará. Desiste de lutar, de nadar contra a corrente. Entrega-se. Desde o início — das Berenices ameaçadas que brigavam entre si, que temiam o inesperado e inventavam histórias, da menina assustada vomitando nos natais de presépio e cadafalso, da criança magoada com o abandono do pai, da adolescente feia, da jovem discriminada nos anos da faculdade —, desde o início os fatos lhe apontam a solidão, a frustração e o medo. Fecha os olhos embaralhados de lágrimas, não quer desejar mais nada.

A tragédia termina como terminam as tragédias, cada qual com as suas sombras, cada qual com as suas lágrimas, cada qual com o seu quinhão de lembranças e saudades. Flopi se recusa a substituir o irmão na hierarquia familiar, lugar ocupado pelo filho de Lã, sem participação de Berenice. A produção financeira continuaria a toque de caixa, mas todo o dinheiro do mundo não compraria o que lhe perturbara a infância e voltara a perturbar a velhice: o medo do abandono. Apenas o avô e os irmãos decifraram-lhe a alma assustada. Apesar disto, dois a haviam largado, igualzinho a seu pai. Melhor parar de insistir. Para se defender e defender Flopi, Berenice se afasta do irmão. Aliás, afasta-se de todos. Resolve não perder de novo. Nada. Se necessário, jogaria fora pessoas e sentimentos sem pensar duas vezes. Mas chorar outra partida, nunca mais.

Atordoa-se, tentando esquecer. Vai à Europa, volta antes da hora. Não consegue parar quieta. Volta e meia reencontra Dorotéia, único ser, além da filha, com quem concorda em se comunicar. Evita Flopi, não suporta a idéia de, talvez, vê-lo morrer. Num raciocínio tortuoso, enterra-o precocemente, tentando controlar-lhe o óbito para, um dia, quem sabe, sofrer menos. Tranca-se em casa, revira os horários. Compra uma secretária eletrônica, dorme e acorda tarde, dá longos passeios de bicicleta. Suspende a terapia, começa a pintar porcelanas, volta a tomar bolinhas, dezenas de bolinhas. Sempre só, a cabeça congelada, nem no antes, nem no agora. Na verdade, Berenice deixa de existir. Pára de visitar a família, inclusive os filhos de Lã. Não quer identificar em olhos adultos a mesma lacuna que, na infância, machucara os olhos dela.

A brusca mudança de comportamento, o assustador silêncio, preocupa o clã. A esposa de Flopi, cunhada de afeto sincero, médica angiologista — no âmbito familiar, de aplicação multiuso —, sequer precisa examinar Berenice para definir o diagnóstico: depressão. Uma tarde, procura-a na tentativa de medicá-la. Berenice se recusa:

— Não quero nada. Já fui doida, fui mimada, fui do contra, fui perua. Mãe do ano, mãe maluca, milionária bem casada, ativista de uma ONG e, novamente, perua. Fui dentista, fui amada, salvei-me de um tsunami e aí mora o problema. Soma tudo, noves fora, sou uma sobrevivente, perfil claro e definido que a vida me reservou. Tentei várias Berenices e nenhuma, querida, vingou. Agora, procuro o silêncio. Minha única batalha é tentar driblar os fatos. Amo o Flopi, cuido dele, procuro não chegar perto. Tenho filhos, tenho netos, tenho meus oito sobrinhos. Também tenho você e muita gente que amo. Melhor me deixar calada, fingirem que eu não existo. Simplesmente é mais seguro. Para mim, para vocês. A morte me acompanha, perder é o meu destino e razão eu sempre tive. A riqueza é pouco útil. O que realmente importa, ela não pode comprar. Disto sou belo exemplo. Tenho dinheiro a rodo e não tenho a quem amei. Perdi-os antes da hora.

Nem a cunhada, nem ninguém consegue convencer Berenice a retomar a vida social, procurar os amigos, recuperar a rotina que a perda de Lã — tantas perdas — acabou destruindo. Quando a solidão aumenta e o silêncio atordoa, Berenice visita a filha, de onde logo retorna, temerosa do mistério que mata quem ela ama. Às vezes, foge para a casa de campo de Dorotéia, em Petrópolis, cidade serrana gelada, mas suficientemente próxima do Rio para uma retirada estratégica a qualquer hora do dia, caso a temperatura alcance os oito graus. Berenice adora o aconchego da família da prima, seu marido e a filharada: cinco solteiros taludos que se recusam a sair do colo dos pais. Os rapazes são alegres; a convivência entre eles, amorosa. Dá gosto apreciar a felicidade da prima, abonada com um dia-a-dia sem angústias excessivas. Dorotéia merece, filosofa Berenice:

— Anjos brancos são fadados às flores.

Dorotéia não perdoa:

— E anjos azuis à chatice. Pára de fazer cena, Berenice. Com 61 anos todo mundo já enterrou a metade da família. Você se comporta como se fosse a única no mundo a perder um irmão. Vamos, anime-se.

Tanto amor entre elas, pensa Berenice. Apesar do excesso de afeto, não adianta explicar as perdas que lhe ponteiam o caminho, no qual já não encontra graça: a saudade dos filhos e netos espalhados pelo mundo; a rompida unidade entre ela e os irmãos, três crianças enlaçadas pelo medo de perderem mais do que já haviam perdido; a insegurança dela e de Flopi com a morte de Lã, esteio de um triângulo que não podia quebrar; o prematuro desaparecimento do pai, que estilhaçou a nascente personalidade de cada um; a solidão, o medo, o silêncio. Berenice suspira, a incomunicabilidade é obstáculo insuperável, cada pessoa vive os próprios sentimentos. Todos conhecem a solução certeira para os problemas alheios, discursam horas ensinando o próximo a superar traumas e danos. Mas ninguém é capaz de consertar os tropeços diários. Aliás, ninguém é capaz sequer de admiti-los.

Pela absoluta impossibilidade de, naquele momento, estabelecer um diálogo construtivo, Berenice muda de assunto e convida Dorotéia a, no dia seguinte, visitar o ateliê de um artista lúdico-metafísico, assim o próprio se define. O cidadão mora em uma fazenda perto da cidade e pinta, com resinas coloridas extraídas de plantas da mata atlântica, quadros onde se confundem a realidade paralela, o cotidiano e paisagens fantásticas: fadas e duendes enfrentando a fila do INSS, gnomos trocando pneus do carro num cenário embaralhado de caixas bancárias eletrônicas, plantas pré-cambrianas e discos voadores riscando céus de cores surpreendentes. Ouvindo tal descrição, Felipe se declara fora do programa. Apesar de Berenice garantir que o *vernissage* do artista fora um sucesso de público, crítica e mídia no Rio de Janeiro:

— O que, necessariamente, não significa a qualidade das obras. O Rio é um amante devasso e, às vezes, ignorante. Volta e meia, por capricho, se apaixona por artistas chinfrins. Mas acho que vale a pena conhecermos o trabalho deste homem, quanto mais não seja pelo processo da extração das tintas. Lembra, Dorotéia, das pinturas africanas em que os nativos também retiravam as cores das plantas locais? Você adorou os quadros da Tanzânia, trouxe vários.

— Os tinga-tinga? Nossa, são os *näifs* mais maravilhosos do mundo. Mas, aleluia, você finalmente deseja ir a algum lugar. Vamos visitar este ateliê assim que o sol nascer. Prima, é uma felicidade vê-la tentar sair do buraco.

Bem, sol nascer é exagero. Berenice e Dorotéia gostam de acordar tarde. Passa do meio-dia quando as duas, após um início de briga sobre qual direção tomar para chegar ao ateliê, saem de casa no jipe do filho mais velho de Dorotéia, que decide comboiar as senhoras por medo de ficar órfão:

— Mamãe e tia Berenice são duas desorientadas. Não acharão nem o endereço do homem nem o caminho de volta para casa. Vou dirigindo para garantir a integridade familiar.

Dorotéia horroriza-se com os quadros, classifica-os de “loucura colorida”. Opinião não compartilhada por Berenice, deslumbrada com o original estilo lúdico-metafísico:

telas de cores fortes, dramáticas, intensas, que delineiam Chapeuzinho Vermelho passeando de touca e cestinha no intestino do lobo, ETs morando no interior de computadores, cérebros manipulados por engrenagens movidas a pilhas de dinheiro. O artista, um homem de meia-idade, vestido de jardineiro, surge no meio da visita e se entusiasma com a emoção de Berenice diante da "Vida", uma enorme tela branca com pingos vermelhos aqui e ali. Nada mais. O pintor tenta explicar sua intenção criativa, mas Berenice o interrompe:

— O tempo leva tudo, deixando apenas o nada, sufocado de dor. Na vida, o que existe de concreto são as lágrimas e o sangue.

Hora de o artista fungar a sua emoção:

— A senhora perdeu muito, não é?

— Muito mais do que devia. Até a mim mesma.

Berenice não pechincha um centavo, passa na hora o cheque com a considerável quantia cobrada. Mas colocar a tela branca com os pingos avermelhados no jipe, quem consegue? O artista resolve o problema, prometendo entregar o quadro no fim do dia.

Prometido e cumprido. Antes das seis da tarde, um furgão sobe a ladeira da casa de Dorotéia com a tela a bordo. Colocada na sala, apoiada em um móvel, o quadro chama a atenção de todos, cada qual com um palpite. O caçula de Dorotéia pergunta se a tia Berenice vai aprender a pintar:

— A tela você já tem. Comprou também os pincéis?

A noiva de um dos rapazes acha que os pingos vermelhos transmitem uma assustada emoção indefinível:

— Menstruação atrasada, talvez?

A namorada de outro apresenta sugestão concreta:

— Aborto?

As empregadas cochicham que dinheiro é uma festa, rico compra qualquer besteira, até chuva radioativa, como explica a arrumadeira, excelente aluna do Telecurso Segundo Grau:

— Em Chernobyl, após a explosão da usina nuclear, choveu água vermelha e envenenada, igual ao quadro da doutora Berenice. Virgem, que falta de gosto. Tanto Coração de Jesus bonito por aí, alguns até com luzinha, e a doutora me aparece com esta bobagem? Aposto que custou uma fortuna.

Felipe, que o tempo transformara em excelente amigo de Berenice, contemporiza o ar de espanto de sua família ante a tela misteriosa:

— Parece uma chuva de pétalas.

Em uníssono, os meninos vaiam o comentário:

— Qual é, pai? Chuva de pétalas é papo de veado.

Enquanto a família discute a origem e o destino da "Vida" — atividade à qual, inutilmente, os filósofos se dedicam desde que o mundo é mundo —, Berenice não dá uma palavra, admirando abismada a obra que retrata com perfeição o seu tempo e a sua alma. Em outra linguagem, o quadro é a sombra da mangueira, onde só há o vazio. Berenice luta para espantar as lágrimas.

Subitamente, Dorotéia dá-se conta de que o pintor, parado à porta, escuta o emaranhado de opiniões malucas sobre o seu trabalho. Imediatamente, convida-o a entrar. Assume o lado Vogel e derrama simpatia:

— Não quer jantar conosco?

Felipe oferece um uísque, que o convidado recusa. Diplomaticamente, Dorotéia desvia o rumo da prosa. Num instante, todos falam no agradável frio serrano, no clima que favorece as flores, nos jardins repletos de amores-perfeitos. Aliás, explica Dorotéia, confortavelmente instalada perto da lareira, o lugar onde ela viu os mais lindos amores-perfeitos foi na Hungria, em uma viagem com os avós e Berenice. Os quatro chegaram em Budapeste exatamente na época em que eles explodiam de beleza:

— Imensos, coloridos, maravilhosos. Canteiros inesquecíveis. Lembra, Berenice?

— Claro que sim. Também me lembro do cisne maluco, apaixonado por um barco de madeira.

Os herdeiros de Dorotéia adoram a história do cisne tarado na versão debochada de Berenice. O pintor, que tenta manter o ar-distante-de-artista-angustiado, cai do galho, descontrai-se e dá boas risadas, além de olhares profundos em direção à narradora, começando a acreditar que o mago dos pincéis talvez lhe reserve surpresas. A noite passa num estalar de dedos. Ao se despedir, o pintor convida Berenice para almoçar no dia seguinte. Convite imediatamente aceito pelo sorriso alegre de Dorotéia. Temendo que o urso residente no interior da prima dê, subitamente, o ar de sua graça e resolva que ela passará o dia na toca, hibernando, Dorotéia se adianta, afirmando que Berenice amou o convite e sugerindo que os dois experimentem um novo restaurante japonês *ma-ra-vi-lho-so*:

— Você pega Berenice às duas da tarde. Está bom?

Surpreso e ligeiramente assustado, o pintor se desculpa com o casal anfitrião, explicando atabalhoadamente que o convite era dirigido a Berenice:

— Dona Dorotéia, perdoe-me, jamais cometeria a indelicadeza de sugerir um almoço a uma senhora casada. Felipe, por favor, não me leve a mal...

Continuaria falando se Berenice não o interrompesse:

— Sossegue. Dorotéia entendeu direitinho que o convite foi dirigido a mim. Apenas adiantou-se na resposta, você não conhece esta família. Mas eu confirmo tudo que a minha priminha falou. Duas da tarde está ótimo e o restaurante japonês, ainda melhor. Grata pelo convite, ficarei lhe aguardando.

Basta o artista desaparecer na cerração da noite para Dorotéia começar uma festa sobre o almoço. Discursa enfática desde sobre a inexistência de coincidências — por que Berenice decidira visitar o ateliê exatamente daquele homem? — até o lado prático do inesperado convite. Resolve a roupa que Berenice vestirá, determina que a prima usará o mínimo de jóias e não prenderá o cabelo:

— Com ele solto, você fica mais jovem.

Quando, finalmente, a família e os agregados se recolhem aos respectivos quartos, Dorotéia ainda fala, nesta altura casando a prima com o pintor e resolvendo a própria *toillete* para o surpreendente evento no qual, aliás, o filho mais moço de Dorotéia pede para tocar pandeiro, instrumento que domina com a perfeição de um mestre-de-bateria:

— Irado uma noiva desfilar com batida sincopada.

A mãe manda-o calar a boca — onde já se viu, em bodas finas, alguém tocando pandeiro? — e continua delirando:

— Claro, Felipe e eu seremos os padrinhos. Comprarei um vestido salmão. Berenice, que maravilha, acho os quadros deles lindíssimos, nem no Louvre vi obras tão refinadas. Para falar a verdade, sequer reparei na tela em que o Chapeuzinho Vermelho andava no intestino do lobo numa cena escatológica. *Arghhhh*...

No dia seguinte, pontualmente às 14 horas, ainda vestido de jardineiro e com um tímido buquê de flores-do-campo na mão, o galã das tintas materializa-se para apanhar sua convidada. A péssima impressão que causa a Berenice começa a se desfazer ainda no carro. Artistas, mesmo os capazes de inserir Chapeuzinho Vermelho num monte de merda, são sensíveis e delicados. Para completar, este é bom ouvinte. Berenice encanta-se com a gentileza do novo amigo, sinceramente interessado em conhecer os tristes fatos que a tornaram tão *blasée*. Logo ela, diz o pintor mastigando um papo ultrapassado:

— Você não sabe, Berenice? A vida é feita de ciclos. Com certeza, o seu tempo de plenitude e felicidade chegará e você esquecerá o passado de mágoas.

Conversa vai, conversa vem, mão na mão, olho no olho, um delicioso sentimento que, há anos, Berenice não sente. Subitamente, são seis da tarde e Berenice se assusta:

— Temos que ir embora. Vou para o Rio no carro de Felipe e ele detesta dirigir à noite.

— Eu a levo mais tarde.

— Não se preocupe. Volto a semana que vem e a gente pode se encontrar, você gostaria?

Galante, o herói responde afirmativamente, beijando as mãos de Berenice, que levanta os olhos e o vê enfatiotado num *smoking* Armani, esbanjando charme. Ah, meu Deus, ela pensa, quem diria que, na terceira idade, sentiria arroubos adolescentes. E ainda precisaria esperar a semana inteira...

Dorotéia se desmancha em sorrisos quando o *gentleman* lhe devolve Berenice. Mas, quando ele dá meia-volta, cai em cima dela, reclamando da hora. A quase-discussão nem chega a começar. A aparente felicidade de Berenice faz

Dorotéia recuar. Vira a prima sofrer tanto que a súbita metamorfose provocada pela intervenção do lúdico-metafísico — aparentemente, mais lúdico do que metafísico — deveria ser estimulada:

— Pelo visto, você adorou o almoço. Viu? Valeu a pena eu ter me adiantado e aceitado o convite.

— Ah, Dorotéia, claro que valeu, muito obrigada. Ele é um homem tão atencioso. Um charme. Até combinamos de nos encontrar no próximo fim de semana.

— Bem, eu não pretendo subir no próximo fim de semana.

— Então me empresta a chave. Ou vamos reservar um hotel, fazer qualquer coisa, sei lá. Eu combinei de me encontrar com ele, não quero perder esta oportunidade.

Ajeitando-se no carro que Felipe, masculinamente, buzina sem parar para alertar o atraso e interromper a lengalenga das duas, Dorotéia decide rapidamente:

— Hotel, não. Se eu não subir, empresto-lhe as chaves. Nossa, às vezes nós duas falamos igualzinho à vovó, que não deixava problema para trás.

Berenice vai a Petrópolis com as chaves, sem as chaves, com a prima, a família inteira da prima, a nonagenária mãe de Felipe, debaixo de chuvas e trovoadas, sob um sol abrasador e o gentil pintor, vestido de jardineiro, não toma uma decisão. Delicadíssimo e meloso, rasga elogios, incensa Berenice, pinta-a em estilo figurativo realista — quadro que rende horas de discussão, já que, destacados, os olhos de Berenice tomam a tela quase inteira, realidade do pintor que afirma serem os olhos da amada "tão maravilhosamente belos que parecem as janelas do céu". A definição oftalmológica cai como uma bomba nos ouvidos masculinos do clã Dorotéia e o diagnóstico não tarda. Examinando a tela, os olhos imensos emoldurados por diáfanas orelhas, Felipe decide a parada:

— Berenice, pula fora, este cara é gay.

É, não é, pode ser, todos se acham no direito de palpitar. Até a arrumadeira-segundo-grau que, apesar dos com licença e desculpem, dá uma paulada:

— Além de veado — quero dizer, gay, perdoem —, é porco. Há semanas, ele paquera a doutora com a mesma roupa de jardineiro. Não deve nem trocar a cueca, se as senhoras não se importam de eu me meter.

Claro que não, imagina. A que mais se distrai com a novela é a própria Berenice que, aos 61 anos, já não cultiva ilusão nenhuma, nem mesmo a de que se divertiria tanto com um possível pretendente que não ata nem desata e fornece combustível para ela não parar de rir. Desde a morte de Lã, conta para a filha num telefonema, não se sentia tão bem:

— Achava que nada, nunca mais, teria graça e, de repente, ando às gargalhadas com um novo amigo problemático.

Ninguém sabe como, a dúvida sobre a masculinidade do pintor chega aos ouvidos do próprio. Aparentemente, ele se ofende, pois surge na casa de Dorotéia na manhã de um sábado, sem avisar, sem a roupa de jardineiro, sem flores-do-campo e sem jogar conversa fora. Ao ver Berenice não perde tempo: convida-a para um fim de semana romântico numa pousada de Itaipava, região nos arredores de Petrópolis. Tranqüilidade para Berenice, se o homem a aborrecesse, Dorotéia a resgataria.

Gay ou não, o pintor cumpre os trâmites legais. Depois de muita rasgação de seda, muito palavrório melado, delicadeza em excesso, cerimônias exageradas e, na opinião de Berenice, um comprimido de Viagra, o coitado, mimosamente, encerra a dolorosa missão.

Berenice não se considera uma mulher experiente. Seu currículo amoroso relaciona apenas o ex-marido, o dentista aracnofóbico e o cirurgião português. Os três dotados de uma espécie de ânsia terminal que os tornara, em alguns momentos, quase rudes. Necessidade, força, imposição, o atávico e dominante triunfo do macho. De tudo isto, Berenice sente falta. O pintor acredita que fazer amor é miar delicadezas no ouvido da companheira. Hora de pedir socorro a Dorotéia, que, curiosa, a resgata do hotel de Itaipava:

— E aí?

— Aí, o quê? Foi mais ou menos igual a fazer amor com São Francisco de Assis, uma experiência transcendental. Sou a culpada, não devia ter vindo, morro de raiva de mim. Meu Deus, que coisa horrível, quanta humilhação. Sabe mimosura, delicadinho, fofo? Tudo que um homem não deve ser numa hora destas? Não, ele não é gay, é Veado mesmo, com V maiúsculo, daqueles bravos.

— E seu eu lhe disser que ele não é gay?

— Ah, já sei, você foi amante dele e Felipe não sabe. Poupe-me, Dorotéia, estou à beira de um ataque de nervos.

Dorotéia dá uma gargalhada:

— Nossa, Berenice, você também não dá sorte, lhe acontece cada uma, deve ser mesmo praga de sua roupa de anjo azul. Não, fique tranqüila, eu não fui amante do pintor. Mas conheci esta semana a ex-mulher dele. Você não imagina o que ela me contou.

Entre Itaipava e Petrópolis, a 40 quilômetros por hora, uma infindável fila de motoristas xingando atrás, Dorotéia explica à prima que o pintor, além de lúdico-metafísico e, eventualmente, figurativo-realista, é também ruim das idéias. Depois de um casamento de 20 anos, duas filhas e uma bem-sucedida carreira de arquiteto, acordou uma manhã cismado que se transformara num pintor da Renascença. Ocorreram dificuldades de todas as ordens porque o homem, coitado, modificou seu *timming*. Saiu do mundo moderno, mergulhou em priscas eras e a primeira conseqüência foi perder o emprego. Depois, a esposa, pois cismou que amantes quinhentistas conservam alguma coisa de Cantiga de Amor e cavaleiro romântico. Em sua opinião, características exigentes de sexo em *slow motion*. A família tentou tudo. De professor de história — o neodoido tendia a misturar épocas distintas — a endocrinologistas e psiquiatras. Este conseguiu que o ex-arquiteto sossegasse em Petrópolis tomando doses diárias de Haldol e pintando as birutices que prenderam a respiração da sociedade carioca, encantada com a extraordinária criatividade do artista estreante.

— Resumindo, priminha querida, você acabou de transar no Pinel. Quando vamos nos benzer nos Capuchinhos?

Não dá tempo. Aliás, não dá tempo nem de Berenice chegar à casa de Dorotéia para, com a ajuda divina, encarar de bom humor as brincadeiras de Felipe e da garotada. Dona Aranha Costureira, mal-humorada com o disparate ocorrido à amiga de longa data, incorpora a venenosa versão armadeira, sai do esconderijo sob o banco do carona e morde o tornozelo de... Berenice. Exatamente a pessoa que deseja proteger. Trapalhadas de um anjo azul.

Berenice sente a picada. Em minutos seu pé começa a doer e a inchar. Além do veneno, alergia. Dorotéia decide levar a prima a um hospital em Petrópolis. Zás-trás, como sempre ocorre na vida de Berenice. Em minutos, a acidentada está no soro, o pé doendo e inchado. A seu lado, Dorotéia chama o marido pelo telefone celular. O pintor maluco cai em exercício findo, igual ao motorista da avó há mais de meio século. Rapidamente, Berenice e Dorotéia esquecem o doido renascentista. Até porque o médico, antes de aplicar o soro, faz um exame clínico superficial, o suficiente para desconfiar de ruídos estranhos em um dos pulmões da acidentada. Enquanto Berenice, por conta do antialérgico, começa a dormir tranqüilamente, o doutor participa a Dorotéia e a Felipe a necessidade de aprofundar os exames. Existe a possibilidade de Berenice apresentar neoplasia pulmonar. Dorotéia vacila, mas mantém a pose:

— O senhor quer dizer câncer?

— Não. Disse que precisamos aprofundar os exames. Os sons de um dos pulmões dela não estão normais.

Por rápida decisão de Dorotéia Vogel, Berenice permanece no hospital serrano o tempo suficiente para o soro acabar. Imediatamente após, com todos os contatos feitos no Rio de Janeiro, a doente é transferida de helicóptero, internada na melhor casa de saúde da cidade e, no dia seguinte, após uma bateria de exames, segurando a mão de Flopi e de Dorotéia, escuta o diagnóstico inesperado:

— Dona Berenice, a senhora será operada amanhã de manhã por um excelente cirurgião torácico. Ele retirará um nódulo de três centímetros em seu pulmão esquerdo. O aspecto não é bom, mas só poderemos afirmar se o nódulo é maligno após a cirurgia.

Assustada, Berenice se controla, como convém às damas Vogel. Concorda com a cabeça, pede a Dorotéia para avisar a seus filhos e olha para Flopi.

Subitamente envelhecido, com o peso do mundo nos ombros, Flopi se abaixa e beija os olhos da irmã. Nos dele bóiam lágrimas, sustos e rastros de indescritível solidão.

Bip, bip, bip...

Vozes altas, objetos metálicos entrechocando-se, gargalhadas. Som de pagode. O barulho a surpreende: samba é o ritmo do CTI. Pandeirinho sincopado, o mesmo que o filho de Dorotéia prometera tocar em seu casamento.

Casamento?

Berenice tenta se mover. Sobrevivera. Lembra-se de Dona Aranha, do hospital em Petrópolis, do helicóptero, início da barafunda que a levara à cirurgia. Inspira, o ar entra com facilidade. Inspira novamente e, novamente, o ar lhe enche o peito. Tranqüiliza-se. Cortaram-lhe o pulmão esquerdo, mas ela respira com facilidade. Berenice pensa em Deus — "obrigada, estou viva".

O peito, as pernas, a cabeça, as costas, todo o seu corpo dói. Uma enfermeira se aproxima, falando sem parar. Cada palavra muitos decibéis acima do necessário:

— Oi, como vai? Hora de levantar. Vamos mexer o corpo, estimular a circulação...

Ágil, enfia um braço sob o tórax de Berenice, tentando movê-la. O gesto a corta em dor. Quer protestar, a voz não sai. A cabeça roda nas palavras da enfermeira, mexendo, cutucando, perfurando, falando, falando, falando com a voz profissionalmente assustada:

— Doutor, depressa, o leito seis.

Correria. Ritmado o alerta de um aparelho — bip, bip, bip. Calmamente, Berenice respira. Inspira e expira, curiosa em descobrir quem morre no leito seis.

— Berenice, Berenice.

Sente os tapas no rosto, alguém chama o seu nome. Respira. Desta vez, não consegue. Um tubo rasga-lhe a garganta, suprindo-a do ar que faltava. Uma luz forte, subitamente acesa, reconforta-a. Envolta em confusos sentimentos de perdas e reencontros, de medo e de muito alívio, Berenice descobre: "O leito seis sou eu."

Olha o relógio na parede: dez horas, três minutos, quase cinco segundos.

Tanto, tanto silêncio.

Quebrado pelas borbulhas da água. Mania absurda a dos irmãos, obrigando-a a não gritar quando pega um jacaré. Está sempre se afogando e, agora, a coisa é feia, uma onda encaixotou, arrastando-a. Apesar dos esforços, Berenice não alcança a superfície. Das duas, uma, decide. Ou enfrentará os meninos e gritará à vontade ou lhes atenderá as súplicas e sentará na areia conversando tolices, qual menina comportada, de sobrenome famoso. Outra experiência assim, embrulhar-se aflita e tonta, o ar acabando no peito, o corpo já se entregando, ela, sinceramente, dispensa. Sensação tão ruim, nunca experimentou. Sente medo, sente dor, não quer morrer afogada e dar razão aos irmãos, vezeiros em afirmar que senhoritas bem-nascidas não rolam pela água à maneira dos moleques. De repente — sorte ou experiência? — Berenice alcança o fundo e impele o corpo para cima. O sol, a luz a atrai. Vida. Consegue alcançar a tona. Tosse, de tanto o ar lhe faltara.

Decide voltar à praia, mas se vê encurralada. Outra onda ainda maior quebra em cima dela, que volta a afundar, debatendo-se, lutando. Onde estão os seus irmãos? Não vêem que ela morre? Por que não tentam salvá-la? Mas como gritar por socorro se a água lhe invade a boca, o nariz, as vias aéreas superiores? O jeito é brigar sozinha e, então, briga valente, vê de longe a luz intensa, o sol está lhe chamando. Vai em direção a ele, com muito, mas muito esforço e, novamente, respira.

Desta vez, por algum tempo. Assustada, Berenice sai do mar e se estende na areia. Inspira e expira tranqüila. Olha em volta, está na África. Só lá há um sol tão lindo, só lá Dorotéia chora e pede para ela ficar:

— Por favor, Berenice, não vá, não me deixe aqui sozinha. Como viverei sem você?

Mas se é Dorotéia quem parte, se a abandona na África, por que está chorando? O que acontece em volta? Tanta gente lhe tocando, um pingüim pesa em seu peito enquanto vai para casa com os pés enregelados, efeito da corrente fria que desliza sob a bóia — será que há arraias perto? É bom demais o verão, o sol pinta arco-íris nos pingos que encantam os cílios dos olhos semicerrados. Mesmo assim vê Dorotéia vestida de anjo branco, o plissado do vestido, alvas asas de peru. Quis tanto ser anjo branco para encantar a platéia, não passou de anjo azul, destrambelhado e feio. Sacode a cabeça e ri, apenas a Dorotéia se vestiria de anjo no interior da Tanzânia, quilômetros e mais quilômetros de pobreza absoluta e uma arte tão linda.

Vem outra onda e a puxa, não é onda, é tsunami. Arrasta o cirurgião, grande amor de sua vida, que afunda lastimoso, repetindo-lhe o nome: "Berenice, Berenice." A voz naufraga com ele, melhor não chorar agora, piora a asfixia. Gostaria de gritar que o ama além da conta, muito mais do que amou qualquer homem, em qualquer tempo. Mas não consegue falar, a maré devora os pais, engole afoita os avós, leva Lã e Boggie-Woggie, mata todos os afetos. Ah, Berenice sabe o mar, conhece-o desde sempre, pode proteger os filhos, impedir que eles se afoguem. Coloca os três em seus braços e os salva na barriga, graças a Deus é mulher, guarda o segredo da vida.

A correnteza a carrega, Berenice se debate sem o homem mais amado, sem ninguém a protegê-la. Na maternidade Inamps, caminho do aeroporto, pare os três filhos na Hungria, onde já estão os netos. Suspirando aliviada, desce um jacaré perfeito na força do tsunami. Desta vez pode gritar, expulsando toda a água, mas a sensação do corpo é sobe-e-desce aflitivo. Por favor, chamem o avô. Assim, sofrendo sozinha, Berenice se apavora, não irá agüentar.

Flopi segura o seu braço, fardado de comandante. É lindo Flopi fardado, são lindos os grandes jatos que voam leves, seguros, graças às mãos de Flopi. Morre de orgulho do irmão. Afinal, onde está Flopi? Voando a Nova York ou nadando na Lagoa? Não, é Flopi a seu lado. Berenice não duvida, escuta os soluços dele:

— Berenice, não faz cena. Por favor, olhe para mim. Não quero ficar sozinho, virar o sobrevivente, único dono de histórias que ninguém mais quer ouvir.

Berenice flutuando quer falar e não consegue. Flopi, não chora, estou viva e Lã não morreu de verdade. Você o salvou de afogar-se, lembra? Deus, eu nunca fiz cena; Deus, onde está o ar?

De repente, o tempo vira. O forte sol já são raios, alguns lhe atravessam o corpo. Corre, subindo o morro, controlando o respirar. Inspira, expira, inspira, expira. Então chega à mangueira e, enfim, encontra o pai. Lindo, moreno, garboso, apeado do cavalo, com o uniforme de pólo. Berenice enxuga as lágrimas, lutou tanto, a vida inteira, para subir a favela e conhecer o homem que a abandonou criança. Por que você me deixou? Confronta-o raivosamente. Ele a beija, carinhoso. Ao lado enxerga Lã, os avós, a mãe, o tio. Será que existe Deus?

À sombra da mangueira, que lhe embalou os sonhos, Berenice compreende que sempre esteve certa, o pai não voara ao céu, decidira esperá-la. Finalmente, ao lado dele, poderia descansar despida da solidão, a companheira constante. Não precisa mais lutar. O destino a recompensa devolvendo-lhe os amores perdidos e enterrados. Inclusive os periquitos, que esvoaçam agitados, em algazarra feliz.

Sorrindo, Berenice abre os olhos e reconhece os herdeiros. A princesa delicada abraçada ao surfista, herói de ondas imensas, que ela conhece bem. O doutor em economia, sério, sisudo, amoroso, igualzinho ao pai dele, nos dias de bom humor. Vê Flopi, vê Dorotéia, vê médicos e enfermeiras, vê a luz igual ao sol, vê lágrimas, vê o passado e vê as três Berenices no ritmo do aparelho. Bip, bip, bip. Um bip para cada uma, que se encaram sem surpresa, elas sempre foram ela, apenas ela não viu. O som se alonga estranho quando, então, as Berenices se unem em nó górdio e cego, finalmente se encontram no abraço definitivo, ninguém as separará.

O relógio na parede marca dez horas, três minutos, quase seis segundos.

Envolta em confusos sentimentos de perdas e reencontros, sem medo e com muito alívio, Berenice fecha os olhos.

Tanta, tanta paz.

A babá

Na vida de Berenice, a felicidade se viciara em ser delicada borboleta que voa poucos minutos antes de, assustada, rasgar as asas em inesperado espinho.

Novamente, Berenice sente lhe estapearem o rosto. A voz do cirurgião torácico, voltando do fundo dos mares, a emociona:

— Berenice, Berenice, está me ouvindo? Vamos, abra os olhos. A cirurgia acabou, o nódulo não era maligno. Berenice, reage, está tudo ótimo.

Berenice não entende. À sombra da mangueira lentamente abre os olhos e enxerga um hospital. O que acontece com ela? Então, a paz não existe? Seu pai continua sendo simplesmente um delírio? Lã não está com ela? Os avós, os periquitos? O sossego encontrado não passa de devaneio, dilacerado outra vez?

Mal alinhavando pensamentos, sentimentos, medo e dor, Berenice tenta falar, na esperança idiota de resgatar qualquer sonho. Perder é o seu destino mas, quem sabe, desta vez conseguirá ser feliz?

— Meu amor, você... voltou?

A voz que responde é profissionalmente simpática:

— Sou cirurgião torácico, você não lembra?

Hora de — como sempre, desde sempre — esborrachar-se do galho.

Gentinha? Sua babá era sábia.

Merda.

Angela Dutra de Menezes
Rio de Janeiro, julho de 2007

Este livro foi composto na tipologia Arrus BT,
em corpo 10,5/15, e impresso em papel off-white 80g/m² no Sistema Cameron da Divisão Gráfica da Distribuidora Record.